UM LUGAR
SELVAGEM

UM LUGAR SELVAGEM

CHRISTIAN WHITE

Tradução:
Rossano Segabinazzi

1ª edição

São Paulo
2022

Editor Chefe:
Fernando Luiz

Tradução:
Rossano Segabinazzi

Capa e Diagramação:
Gian Leonel de Sena

Revisão:
Juliana Roeder

Imagens:
Freepik
Pexels

Copyright © 2021 by Christian White
First published by Affirm Press

This edition arranged with Kaplan/DeFiore Rights through Agencia Literaria Riff Ltda.

Dados Internacionais de Catalogação na Publicação (CIP)
Elaborada por Bibliotecária Janaina Ramos – CRB-8/9166

W582

White, Christian

Um lugar selvagem / Christian White;
Rossano Segabinazzi (Tradução). – São Paulo: Todos Livros, 2022.
Título original: Wild place
300 p.; 16 X 23 cm
ISBN 978-65-51230-71-4

1. Ficção. 2. Literatura australiana. I. White, Christian. II. Segabinazzi, Rossano (Tradução). III. Título.

CDD A823.91

Proibida a reprodução total ou parcial desta obra, de qualquer forma ou por qualquer meio eletrônico, mecânico, inclusive por meio de processos xenográficos incluindo ainda o uso da internet, sem a permissão expressa da Editora Skull (Lei nº 9.610, de 19.2.98).

PRÓLOGO

SEXTA-FEIRA

8 DE DEZEMBRO, 1989

" *A existência de Satanás é uma questão de crença, mas a existência do satanismo é inegável. As trevas se escondem por trás da música preferida do seu filho, nas prateleiras de sua locadora de vídeo, nos lares, escolas e parques de qualquer cidade pequena do país. No episódio de hoje de Special Look, mergulharemos no perigoso e perturbador mundo da adoração ao diabo. É uma epidemia que se espalha rápido. Ninguém está seguro, especialmente os seus...*"

Nancy Reed diminuiu o volume da TV. Isso não fez muita diferença. Ainda havia barulho demais dentro de sua cabeça. Ela estava fazendo as duas coisas que poderiam arruinar qualquer noite de sexta-feira: beber sozinha e refletir sobre a própria vida.

Em algum momento, tudo deu errado. Ela tinha quarenta e um anos, estava desempregada e encarava um processo de divórcio. Mas, olhando para trás, fazendo uma espécie de autópsia da própria vida, não havia sinais óbvios de perturbação, apenas uma série de decisões erradas. A causa da morte, pelo que parecia, era a vida em si.

Já eram quase onze horas da noite. Era tarde para os padrões do subúrbio. Sua filha estava dormindo na casa de uma amiga, e seu marido — ex, ela fez questão de se lembrar — se encontrava em um quarto barato no acampamento Motor Inn, para onde havia se mudado enquanto finalizava o processo de divórcio. Nancy estava sozinha, livre para cair em um poço de desespero e autopiedade. Na mesinha de centro a sua frente, havia uma cópia do jornal The Camp Hill Leader, aberto na seção de classificados. Um marcador de texto amarelo ao lado, ainda com a tampa. Os únicos trabalhos para os quais ela parecia qualificada eram caixa de supermercado e cozinheira de lanchonete, mas ela não estava tão desesperada. Ainda não.

O problema de ser dona de casa era que nenhuma de suas habilidades eram transferíveis para o mundo dos negócios. Dezessete anos criando uma filha deveria qualificá-la o suficiente para negociar reféns, ou ter um cargo importante em um hospital psiquiátrico. A culpa era do Owen. Ele insistiu que Nancy parasse de trabalhar; era antiquado nestes assuntos. Ou talvez só precisasse de alguma desculpa para poder agir feito um idiota. Talvez ele soubesse que, quando alguém depende de você para tudo, é mais difícil de se ir embora.

Sentindo-se terrível, ela bebeu mais.

Crac.

O barulho veio de trás dela. Ela se virou para olhar por cima do sofá. Quase todas as luzes da casa estavam desligadas — ela logo iria começar a pagar a própria conta de luz, e já queria se acostumar com a economia. A TV projetava sombras trepidantes pelas paredes da casa. Não havia ninguém ali. Ao menos ninguém que ela pudesse ver. Nancy ficou em pé e ouviu outra vez: um click metálico suave, e um longo e demorado *crac*. A janela de um dos outros quartos estava sendo aberta pelo lado de fora. Ela se esgueirou pela cozinha e parou logo antes do corredor.

Silêncio.

Antes de andar até o fim da casa para investigar, ela passou pelo rack de panelas e pelo bloco de facas Ginsu, que eram afiadas o suficiente para atravessar um sapato de couro — mas espere, tem mais! — e se armou com um grosso guia telefônico.

Uma arma seria melhor, é claro. Havia uma dentro da casa, um rifle que Owen usava para caçar coelhos com os primos — que moravam ao norte, na porra do meio do nada —, mas a arma estava do outro lado da casa, na última prateleira de seu armário, em um estojo trancado. A chave estava no bolso das calças jeans de seu ex-marido, que, no momento, certamente estavam jogadas em uma cadeira daquele hotel barato. Nancy considerou ligar para ele, mas decidiu que preferia ser desmembrada e largada em alguma cova rasa. Por mais que ela odiasse admitir — e nunca o faria em voz alta —, Nancy sentia falta de um homem em situações como aquela. Ela estava pegando o jeito de como ser mãe solo, mas algumas vezes ela queria uma criatura que pudesse enviar cegamente em direção ao perigo, antes dela mesma. Ela estendeu a mão e ligou o interruptor, aliviada em descobrir que não havia nenhum assassino psicótico esperando por ela.

Ela segurou o guia telefônico com força e seguiu pelo corredor. Na metade do caminho, percebeu algum movimento. Uma luz piscou em algum lugar. Um finíssimo fio de luz brilhava sob uma das portas. O quarto de Tracy. Mais dois passos, e então ouviu o som de gavetas sendo abertas e reviradas. Se eles — seja lá quem "eles" fossem — estivessem saqueando qualquer um dos outros quartos, Nancy poderia ter corrido até a casa do vizinho e ligado para a polícia.

Mas eles estavam no quarto de sua filha. Ela abandonou qualquer senso ou razão e sentiu apenas o ódio fervendo dentro de si. Ergueu o peso com a mão direita. Com a esquerda, ela envolveu a maçaneta e abriu a porta com um golpe rápido.

No meio do quarto, estava parada uma jovem com cabelos loiros vibrantes, descoloridos há tão pouco tempo que era possível sentir o cheiro dos produtos químicos.

— Tracie?

A filha de Nancy deixou escapar um grito de novela, e cambaleou para trás tão rápido que derrubou uma pilha de fitas cassete de sua mesinha de canto.

— Jesus, mãe, você me assustou.

— Eu te assustei? Eu achei que fosse um invasor!

— E seu plano era o quê, ligar para um táxi?

Nancy exalou, deu uma risada e baixou a lista telefônica.

— O que aconteceu com o seu cabelo?

Quando Tracie saiu de casa mais cedo, ela ainda era morena. Tinha lindos cachos naturais, e chegara em casa parecendo a Debbie Harry.

— Deu vontade de mudar um pouco. É tipo um comentário. Você gostou?

— Claro. — Ela mentiu. — Sabe, a maioria dos adolescentes tentam sair de fininho pela janela. Não o contrário.

— Esqueci minha chave. Não queria te acordar.

— Achei que iria passar a noite na casa da Cassie.

— A gente brigou. — Tracie chutou os tênis para o lado. — Como vai a procura de emprego?

— Não vai.

— Que bom — disse Tracie. — Você não precisa de um emprego. Precisa de um encontro.

— Eu prefiro me dar um tiro, mas obrigada mesmo assim.

— Mãe, qual é, você é bonita e engraçada e... até que jovem.

— O lado do seu pai na cama ainda tá quente.

— Mas eu não vou ficar aqui para sempre.

Aquilo doeu de um jeito que Nancy não esperava. Era verdade, claro. Tracie havia terminado o ensino médio. Ela iria para a universidade no ano seguinte e então seria trabalho e namorados e casamentos e filhos, e Nancy eventualmente morreria. Sozinha. Mas não era aquilo que a incomodava. Correção: não era aquilo que a incomodava naquele momento. Era algo no tom de voz de Tracie. Não vou ficar aqui para sempre. Era o tipo de coisa que os pais diziam dizer para seus filhos. Desde a separação,

Tracie parecia mais velha. Era uma coisa estranha de se dizer sobre alguém de dezessete anos, mas era verdade. Até a cor dos seus olhos estava mais densa.

— Seu pai e eu vamos ficar bem — disse Nancy. — Não precisa se preocupar com a gente.

— Eu não estou preocupada com meu pai. Não dessa forma, pelo menos. Ele vai casar com a primeira que aparecer.

— Ele não é assim.

— Ele é um sobrevivente, mãe.

— Se ele é um sobrevivente, então eu sou o quê? — Nancy perguntou.

Tracie balançou a cabeça:

— Eu só odeio pensar em você morando nessa casa sozinha.

Nancy suspirou, e então sentou na cama e ajudou a filha a se ajeitar sob as cobertas. Um vento quente e suave entrou pela janela aberta.

— Então — disse Nancy. — Me conta do cabelo.

— O que ele tem?

— Às vezes, quando fazemos uma mudança grande assim, é porque perdemos o controle de algo importante em nossas vidas. E essa é uma forma de recuperar esse controle. Não foi por causa do divórcio, não é?

Tracie sorriu, mas este sorriso desapareceu rápido.

— Não tem nada a ver com você, mãe. Isso provavelmente vai parecer loucura, mas eu queria parecer uma pessoa diferente... Eu... Eu acho que alguém está me seguindo.

Nancy se aproximou.

— Algumas noites atrás, alguém ligou para cá. — Tracie explicou. — Quando atendi, quem estava do outro lado da linha não disse nada. Mas eu conseguia ouvir a respiração. E desde então eu tenho essa sensação, sabe? Como se eu estivesse sendo observada. Outro dia, no rinque de patinação. E hoje, de novo, no cinema.

Nancy esperou a filha terminar. Então, perguntou:

— É só isso?

— É só isso?

— Você viu alguém?

Tracie a encarou.

— Não exatamente.

— Será que não foi a sua mania de espiar que te deixou um pouco paranoica?

— Eu não espiono, mãe... Eu capturo a verdade. Isso é tipo Jornalismo básico.

— Desculpa, querida, mas você costuma fazer isso.

— Fazer o quê?

— No mês passado você tinha certeza de que havia alguém arranhando a sua janela pelo lado de fora. Mas aí o barulho sumiu magicamente quando eu podei o limoeiro do quintal. Aí no mês anterior, você achou que um poltergeist estava movendo coisas pela casa, mas era só uma janela aberta no quarto vago. Você tem uma imaginação fértil, querida. É uma das coisas que te torna única. Mas ela também te deixa... — Nancy escolheu a palavra seguinte com cuidado. — Expansiva.

— Você tá parecendo a Cassie. Ela diz que, porque sou filha única, preciso sempre de atenção.

— Eu odeio admitir...

— Então não admita.

— ...mas talvez a Cassie tenha razão.

— Eu te odeio.

— Também te amo. É por isso que você e a Cassie brigaram?

— Na verdade, a briga foi sobre você e o meu pai. — A expressão no rosto de Tracie enrijeceu. — Mãe, eu vou te fazer uma pergunta e queria que você fosse sincera. Não suaviza, nem tenta aplacar a situação, tipo como você e o papai sempre fazem.

— Nem tenho certeza se sei o que significa "aplacar".

— Mãe. Estou falando sério.

Ela realmente estava. Nancy podia ver isso, e isso a deixou nervosa.

— É sobre o divórcio — disse Tracie. — Papai... ele era... —

Ela fez uma pausa para se recompor:

— Havia outra pessoa?

Tracie Reed desapareceu no dia seguinte.

CAPÍTULO 01

28 DE DEZEMBRO, 1989

Tom Witter ensinava inglês na Universidade Cristã Camp Hill. Ele tinha quarenta e quatro anos no verão de 1989, quando Tracie Reed desapareceu. Ele ouviu sobre o caso em uma reunião da Vigilância do Bairro, três dias após o natal. As reuniões eram feitas duas vezes por mês na casa de Lydia Chow. Um representante de cada lar da Rua Keel deveria aparecer. Naquela noite, Tom fora o infeliz escolhido.

Bill Davis o encurralou na mesinha com os lanches. Bill morava numa enorme casa no endereço número quatro. Ele era mais ou menos do mesmo tamanho e formato de um urso. Connie — a esposa de Tom — costumava chamar Bill de vampiro social, porque se ele o prendesse em uma conversa, sugaria toda sua energia antes de partir para a próxima vítima.

— Você e a patroa ainda vão aparecer na nossa festinha de Ano-Novo? — Bill perguntou. — Vicky nunca recebeu seu bilhete confirmando presença.

— Não tenho certeza se vamos conseguir aparecer, Bill. Connie gostaria de uma noite tranquila em casa.

— Ela ainda está brava por causa do prêmio?

Tom não respondeu.

Na última festa de Ano-Novo de Bill e Vicky, ele havia distribuído prêmios feitos à mão para todos que compareceram. Tom foi nomeado "O cara mais esperto da Rua Keel", um título que ele aceitou com pouquíssima humildade. Mas Connie, por outro lado, ganhou o prêmio de "Melhor Bunda". Ela foi rápida em responder, que, por mais que o prêmio estivesse tecnicamente correto, Bill tinha ignorado suas verdadeiras qualidades: inteligência e senso de humor.

Bill correu os olhos pela sala de reunião e suspirou:

— Como se chama aquele espacinho entre o cu e as bolas? — Ele perguntou.

— Períneo — respondeu Tom.

— Períneo. — Bill enrolou a palavra na ponta da língua. — Essas reuniões são tão inúteis quanto um períneo.

— Você poderia ter dito apêndice ou lóbulo da orelha, mas eu entendo.

Lydia, a anfitriã da noite, se interpôs entre os dois:

— Na verdade, o períneo é muito importante. — Ela disse. — Ele separa os cuzões dos paus moles, que é meio o que estou fazendo agora.

Tom conseguiu dar um meio sorriso. Bill deu uma gargalhada, seus olhos descendo na direção do traseiro de Lydia enquanto ela se afastava.

Lydia era uma mulher esbelta, de quarenta e poucos anos. Mantinha os cabelos presos em um rabo de cavalo, que balançava com cada um de seus passinhos rápidos. Ela vestia decotes profundos e saias curtas, e era conhecida por gostar de chamar atenção. Tudo aquilo significava que ela estava entediada, o que fazia dela a moderadora perfeita para uma reunião daquele tipo. Camp Hill era um lugar pacato, mas se um formigueiro aparecesse na cidade, Lydia poderia fazê-lo parecer uma montanha.

— Preciso de todos na sala — declarou, em voz alta. — Estamos prestes a começar.

Tom e Bill fizeram o que foi solicitado.

Toda a mobília na sala havia sido afastada para dar espaço às três fileiras de cadeiras de plástico. A maioria dos presentes já estavam sentados, com níveis variados de entusiasmo. O marido de Lydia, Rob, estava na última fileira, chacoalhando um copo com vodca tônica e tentando ao máximo ficar acordado. Ellie Sipple, da casa número seis, sentou na frente, clicando repetidamente uma caneta. Ao seu lado, estava Donnie Hines. Ele tinha seu próprio negócio imobiliário e estava prestes a casar pela terceira — ou seria quarta? — vez.

Tom encontrou uma cadeira no meio. Bill sentou na fileira atrás dele. Lydia foi até a frente da sala e, na falta de um martelo e uma bancada, bateu palmas. Com força.

— Bem-vindos, membros da Vigilância do Bairro da Rua Keel. — Ela disse. — A data é vinte e oito de dezembro, Ellie irá fazer as anotações, e agora iniciamos a sessão.

Ela pausou por um segundo como se esperasse aplausos. Não houve nenhum.

— Primeiro item da pauta, ainda precisamos de mais assinaturas na petição para o Conselho construir um quebra-molas na Avenida Johnson. Eu sinto que devo frisar o quanto isso é importante. Aquela rua virou um ímã de barbeiros, e é só uma questão de tempo até que o bichinho de estimação, ou que Deus me livre, o filho de alguém, seja atropelado.

O marido de Lydia bocejou da última fileira.

— Estou te mantendo acordado, Rob? — perguntou.

Houve algumas risadas baixinhas do público.

— Próximo item, recebemos uma denúncia de um arrombamento no Monte Eliza. Um agressor desconhecido quebrou a janela de um veículo de trabalho e fugiu com mais de trezentos dólares em ferramentas. É um bom lembrete para deixarmos nossos carros nas garagens durante a noite, isso evitaria algumas manchas desagradáveis no asfalto. Sim, Gary, eu estou olhando para você.

Gary Henskee, da casa número nove, dirigia um Mitsubishi Scorpion 1979 que estava eternamente vazando óleo na entrada de sua garagem.

— Não acho que meu carro esteja sob sua jurisdição, Lydia — disse Gary.

— Ora, vamos, Gary, cada um faz a sua parte na limpeza. Enquanto eu estou te enchendo, você ainda não trocou as luzes da varanda. Uma rua iluminada é uma rua segura. E eu sei o que todos estão pensando. Meu ditado não rimou. Mas a gente faz o que pode.

Norma Spurr-Smith, do número oito, pigarreou.

— Certo — disse Lydia, aproveitando a deixa. — O anão de jardim da Norma ainda está desaparecido. Se alguém tiver qualquer informação, por favor, fale com a Norma depois da reunião.

Bill deu um tapinha no ombro de Tom e sussurrou:

— O que eu te disse? Inútil como um períneo.

— O terceiro e último item da pauta é algo grande — falou Lydia. — Ellie, você se importa?

Ellie Sipple colocou sua caneta atrás da orelha e ficou em pé. Ela abriu uma pasta de papel Kraft, pegou uma pilha de fotocópias e as distribuiu entre todos.

Tom imaginou que seria uma lista atualizada dos telefones de contato ou instruções de como cortar a grama de forma perpendicular. Mas era uma foto colorida de uma jovem de cabelos cacheados e olhos escuros. A garota estava sorrindo. Um sorriso genuíno, feliz. Tinha fones de ouvido pendurados ao redor do pescoço — do tipo que se encontraria preso em um Walkman — com uma tira de fita adesiva vermelha segurando um dos fones.

Embaixo da foto havia a legenda:

Tracie Reed, dezessete anos, vista pela última vez em sua casa na Rua Bright, em Camp Hill, na sexta—feira, oito de dezembro de 1989. Se você viu esta garota, sabe de seu paradeiro, ou tem qualquer informação que possa ajudar, por favor contate o número abaixo ou digite zero zero zero.

AJUDE A TRAZER TRACIE PARA CASA!

Tom fitou o rosto da menina, e não escutou o que era dito pelo resto do grupo.

— Ela sumiu há quase três semanas. — Lydia disse. — A Rua Bright é logo atravessando a floresta.

A floresta local fora apelidada de "Lugar Selvagem". Ela formava uma barreira natural entre as vizinhanças, não era especialmente grande, mas era densa. Havia mais ou menos um quilômetro de um lado ao outro, e meio quilômetro para atravessar. As árvores — na maioria árvores-do--âmbar — eram muito próximas entre si e emanavam vida animal. As casas ao lado da de Tom tinham contato com o Lugar Selvagem por trás, com pequenas cercas que as separavam da floresta.

— Está tudo bem, Tom? — Lydia perguntou.

Ele deveria estar com alguma expressão estranha, porque ela o encarava. Aquilo não era incomum. Tom tinha síndrome de Tourette. Quando as pessoas ouviam aquilo, imaginavam alguém gritando "porra caralho filho da puta" no meio do mercado lotado, ou dentro do ônibus. Mas a maioria dos casos — como o de Tom — era mais sutil: tiques, espasmos e pequenos gestos involuntários. Tom piscava rapidamente, fazia sons estranhos com a garganta e, às vezes, seu pescoço fazia um movimento da esquerda para a direita. Mesmo assim, com o passar dos anos, ele aprendeu a esconder a maior parte dos sinais. Ele poderia sufocar os tiques e só deixá-los sair quando estava sozinho. Mas, às vezes, se estivesse particularmente ansioso ou estressado, eles se tornavam incontroláveis.

— Estou bem — disse ele. — Mas eu conheço essa menina. Ela estava em minha aula de literatura.

O rosto de Lydia se iluminou:

— E como ela era?

— Eu não lembro de muita coisa sobre ela — respondeu.

Lydia seguiu:

— Bem, a polícia não faz ideia de onde ela está, então a família está pedindo ajuda do público — no caso, nós. Vamos ser sinceros, aqui é Camp Hill, então a possibilidade de termos um assassino de crianças à solta é bastante improvável. Conhecendo garotas da idade dela, ela deve ter escapado com algum menino para fazer sexo desprotegido. E certamente será breve. Mas, mesmo assim, devemos nos manter atentos a qualquer atividade suspeita.

Cheree Gifford, a moradora da casa com a porta azul de número quatorze, perguntou: — Que tipo de atividade suspeita?

— Estranhos andando pela área, veículos misteriosos, qualquer coisa fora do comum. No meio tempo, eu vou precisar que alguém coloque esses cartazes pela vizinhança. Eu faria isso, mas estou ocupada com a petição do quebra-molas da Avenida Johnson. Agora, todos nós sabemos o que acontece quando eu peço por voluntários. A pobrezinha da Ellie é a única que levanta a mão e fica com todo o trabalho.

— Eu não me importo, de verdade — disse Ellie Sipple.

Enquanto a ignorava, Lydia falou:

— Tom? Que tal você?

Ele ergueu o rosto.

— Eu?

— Como professor dela, você obviamente tem uma ligação com essa garota, e bastante tempo livre.

Tom não poderia discordar. O colégio estava em hiato até depois do natal. Tom tinha cinco longas semanas de verão à sua frente.

— Então? — Perguntou Lydia. — O que me diz?

O que ele poderia dizer?

CAPÍTULO 02

Após o fim da reunião, Tom sentiu o ar agradável da noite enquanto caminhava para casa. Ele morava a quatro casas de distância e do outro lado da rua de Lydia. Bill andou ao seu lado, fumando um cigarro como se sua vida dependesse disso.

— Se eu caminhar devagar o suficiente, consigo terminar esse cigarro antes de chegar em casa — disse ele. — Vicky não me deixa fumar lá. Ela comprou uma daquelas plaquinhas de "Proibido fumar" e pendurou na porta da sala. Eu me sinto um estranho dentro da minha própria casa.

A Rua Keel era uma sequência de casas de família, grandes e rodeadas por vastos gramados. As luzes das varandas estavam acesas, os carros estacionados perfeitamente em suas garagens (sem contar o carro de Gary Henskee, é claro) e uma brisa de verão soprava ao longo do caminho.

Mark Devlin estava bebendo uma cerveja em sua garagem com o portão aberto. Ele acenou para Tom e Bill enquanto eles passavam. Irene Borschmann passeava com seus cães, Lola e Dude: um rotweiller e um chihuahua, como Arnold Schwarzenegger e Danny DeVito em Irmãos Gêmeos.

Bill, então, exclamou:

— Ei, Irene, querida, o que é bom para unha encravada?

Irene e seu marido Red viviam duas portas depois de Tom. Eles eram donos da farmácia local, o que significava que eles conheciam detalhes íntimos sobre todos na vizinhança. Por exemplo, a batalha de Tom contra as hemorroidas em 87. Antes de sua vasectomia, ele dirigia até Frankston só para comprar camisinhas.

— Extrato de camomila pode ajudar — disse Irene. — Venha até a farmácia amanhã e te consigo um desconto.

— Você não precisa ver a unha?

— Eu já tenho problemas o suficiente para dormir, Bill, obrigada.

Lola havia iniciado o ato de cagar em uma das plantas de Patti Devlin, então Tom e Bill seguiram caminhando.

Tom carregava a pilha de cartazes que Ellie lhe entregara. Ele os segurou contra a luz de um poste para poder ver o rosto de Tracie Reed. Ao notar, Bill perguntou:

— O que acha que aconteceu com ela?

— Eu não sei. — Tom respondeu. — Ela pode ter fugido. Camp Hill é como uma prisão para garotas da idade dela.

— Talvez ela tenha sido assassinada.

— Jesus, Bill!

— Só estou dizendo. Uma garota bonita como ela, é difícil não imaginar o pior. Tá a fim de um drink? Você precisa ver a mesa nova da piscina.

— Fica para a próxima — respondeu Tom.

Ele atravessou a rua para sua casa. Bill seguiu pela Rua Keel, dando passos vagarosos e tragadas profundas em seu cigarro, olhando para trás de vez em quando, caso Tom mudasse de ideia sobre o drink. O que não foi o caso.

Tom já estava subindo os degraus de sua porta da frente quando ouviu uma voz baixa murmurar "que merda".

Ele olhou por cima de sua cerca. Sua vizinha, Debbie Fryman, estava ajoelhada em frente a sua própria porta, segurando uma chave de fenda.

— Tudo bem por aí, Deb? — Tom exclamou.

— Depende da sua definição. — Ela respondeu. — Estou tentando instalar esta fechadura nova. O cara da loja de ferragens disse que seria fácil. Agora eu acho que ele estava sendo sarcástico.

— Achei que ninguém trancasse a porta em Camp Hill.

— É verdade, mas eu até que gostaria de ter a opção.

— Posso dar uma olhada? — Tom perguntou.

Ele largou os cartazes na soleira de sua porta e foi até a frente da casa de Debbie. Ela o cumprimentou com um grande — mas exausto — sorriso e lhe passou sua "caixa de ferramentas": um pote de sorvete contendo uma variedade de itens aleatórios, um pacote de pregos ainda fechados e duas chaves inglesas. Tom selecionou a chave de fenda que Debbie segurava. Ele não fazia ideia do que estava fazendo — Tom não saberia usar aquelas ferramentas para sair de dentro de uma sacola de papel. Mas as regras não verbais dos homens ditavam que ele deveria ao menos tentar.

— Eu não te vi na reunião da Vigilância do Bairro hoje. — Tom comentou.

— Não pude ir, estava ocupada. — Ela olhou ao redor e diminuiu o tom de voz. — Preferi ficar olhando a grama crescer.

Tom deu uma gargalhada.

— Mas a pior parte não é o tédio. — Ela explicou. — São os olhares de ódio da Lydia.

— A Lydia não te odeia, Deb.

— Ok, talvez ódio seja uma palavra forte, mas ela também não gosta de mim. Sou mãe solteira trabalhando horas insanas no meio do subúrbio. Isso já é o suficiente para eu ser uma estranha nos olhos das pessoas.

— Espero que não pense que eu te veja assim.

— Você é um dos caras legais, Tom.

Mas aquilo não era exatamente verdade. Tom nunca fez nenhum esforço real para conhecer Debbie. Era estranho, considerando o quanto seus filhos costumavam ser próximos: Sean e o filho mais velho de Tom, Marty, cresceram juntos e, durante algum tempo, foram melhores amigos. Talvez tenha sido a diferença de idade — Tom e Connie eram uma década mais velhos que Debbie —, mas por mais que ele odiasse admitir, o fato de ela ser solteira não ajudava. A dinâmica entre os três era estranha, como se algo estivesse faltando.

Ela ficou em pé ao lado dele, com as mãos na cintura. Sob o brilho suave da luz da varanda, Debbie era — e não havia outra forma de dizer — linda. Seus cabelos eram ruivos, e seus olhos eram de um verde profundo. Sua pele era tão nívea que fez Tom imaginar uma gota de leite gelado sendo despejada no café.

— Como está o Marty? — Ela perguntou.

— Está prestes a se mudar.

— Está brincando!

Ele balançou a cabeça negativamente, então olhou para sua casa:

— Ele nos contou algumas semanas atrás. Encontrou um apartamento em Frankston para alugar com um amigo. Diz que quer ficar mais perto da universidade. Pelo menos foi assim que ele convenceu Connie e a mim. Ele ainda está estudando arquitetura. O garoto que não pegou um único giz de cera até os sete anos vai projetar casas como profissão, acredita?

— Como se sente sobre a mudança?

— Sinto uma crise de meia idade se aproximando. — Tom respondeu. — O que acha? Entre comprar um carro conversível ou ter um caso, qual parece a pior ideia?

— Deveria comprar o conversível. Por isso a Connie poderia te perdoar.

E, então, porque as pessoas sempre perguntam dos filhos dos outros quando querem mencionar os seus próprios, Tom perguntou:

— E o Sean?

Ela balançou a cabeça e, pela primeira vez desde que Tom chegou, seu sorriso desapareceu.

Connie havia dado a ele uma lista de tudo que deveria ser consertado antes de voltar ao trabalho em janeiro. O banheiro do andar de cima tinha um vazamento, o quarto de costura precisava de uma demão de tinta e a porta de tela da frente da casa ficava batendo durante a noite como um tambor.

— O que houve com ela? — Keiran perguntou. — É tipo, um assassino maluco que fugiu ou algo assim?

— Não — disse Tom. — Mas em todo caso, eu não quero você brincando na floresta.

Keiran revirou os olhos:

— Alguém já falou que você é muito paranoico? Deveria procurar ajuda profissional.

— Ele tem razão, Tom — concordou Connie. — Depois dos tais assassinatos do Tylenol, você não tomou nenhum analgésico por meses. Eu tive que esconder o ibuprofeno que nem uma traficante toda vez que eu menstruava.

— Eca, mãe, não diga "menstruação".

Tom então disse para Keiran:

— Só prometa que vai ficar longe daquele lugar por um tempo.

Keiran olhou para Connie: — Mãe?

Ela deu de ombros. Não tinha nenhum comentário.

— Beleza... — Ele respondeu. — Eu prometo.

*

Depois do jantar, Tom foi até o andar de cima, para o quarto de Marty. Ele estava enrolando seu pôster de "Nascido Para Matar". Além de suas roupas, o pôster parecia a única coisa do quarto que ele levaria consigo. Aparentemente estava abandonando sua coleção de livros infantis da

Enid Blyton, e a cestinha de basquete de plástico fixada com uma ventosa na porta do armário. E é claro, ele também estava abandonando seu pai.

Sem desviar os olhos do pôster, Marty perguntou:

— Como foi a reunião? Já encontraram o anão de jardim da Norma, ou estão esperando o bilhete de resgate do sequestrador?

— Nada ainda. Mas já temos um suspeito.

Tom fez uma pausa:

— O Papai Noel.

Marty fez uma cara feia.

— Pai! Essa foi terrível.

— Vai sentir saudade das minhas piadas quando estiver longe.

— Se você diz...

Um pequeno rádio-relógio estava parado no peitoril da janela, tocando uma música do Fleetwood Mac. Marty cantarolava junto. Ele era um rapaz bonito, com um maxilar forte e um monte de cabelo loiro que sempre parecia penteado, mesmo quando, de fato, não estava. Ele havia herdado tudo aquilo de Connie. Tom não tinha muito cabelo sobrando.

— Como está se sentindo? Saindo do seu antigo quarto? — Tom perguntou. — Tenho certeza de que vai sentir saudade daqui quando estiver morando com seis outros manos.

— Eu vou ter um colega de quarto, pai. E não diga "manos", por favor. Faz você parecer um...

— Deixa eu adivinhar. Um velho?

— Um pervertido.

Tom sentou na cama e observou seu filho fazer as malas.

— Tem certeza de que pensou bem sobre isso, Marty?

— Pai, por favor, não comece.

— Eu não estou começando nada. Acho que sua mãe e eu só pensamos que ficaríamos do seu lado por mais alguns anos. Pelo menos até você terminar a universidade. Só parece repentino, sabe? Você acha que alguma coisa... Mudou?

Marty fechou uma das caixas com fita adesiva e olhou para seu pai.

— Eu mudei, pai. Quando eu era garoto, Camp Hill parecia o mundo inteiro. Agora parece só um pedacinho dele.

— Você ainda é um garoto, Marty — disse Tom.

— Se isso é verdade, por que me dariam uma carteira de motorista?

— Touché. — Tom respondeu. — Ei, você conhece Tracie Reed?

— Do Colégio Camp Hill?

— Ela era um ano mais nova que você, sim. Ela desapareceu.

— Desapareceu? — Marty ergueu as sobrancelhas.

Tom deu a ele um de seus cartazes.

— Talvez você pudesse perguntar sobre ela por aí, talvez um de seus amigos a tenha visto, ou talvez tenha ouvido falar sobre onde ela está.

— Talvez. — Marty disse. — Mas é que a gente não era do mesmo círculo.

— Você não conhecia ela?

— Nós tínhamos só uma aula juntos. Eles a deixaram fazer umas matérias do último ano, acho que por ela ser inteligente. E ela sabia disso.

— Como assim?

Ele deu de ombros.

— Sabe... ela era uma daquelas garotas. Agia como se fosse melhor que todo mundo. — Ele parou de falar por um segundo. — Você acha que ela está bem?

— Espero mesmo que sim. — Tom respondeu.

Tom foi até a janela e olhou para o lado de fora. A grama do quintal se dobrava gentilmente contra a cerca. Do outro lado, o Lugar Selvagem. Denso, escuro e repleto de sombras. Os galhos das árvores balançavam com a brisa da noite. Uma imagem estranha apareceu na mente de Tom, como se fosse uma memória ou um tipo de visão psíquica. Ele viu um homem sem rosto caminhando por entre as árvores, agarrando a jovem Tracie Reed e a arrastando para o escuro. Ele imaginou a boca desse homem, grande e assustadora, prestes a devorá-la.

Depois de dizer boa noite a Marty, Tom voltou para o andar de baixo. Então, pela primeira vez desde que ele conseguia lembrar, trancou a porta da frente.

CAPÍTULO 03

SEXTA-FEIRA

28 DE DEZEMBRO, 1989

Às sete da manhã, Owen Reed sentou-se em um banco de madeira em um corredor refrigerado, do lado de fora do mortuário da cidade. Ele olhou seu relógio. Um detetive havia dito que o encontraria três minutos atrás. Ele estava atrasado.

Perto dele havia uma pequena mesinha branca com algumas revistas, jornais e livros. Seleções, Time, Vogue, A Lagartinha Comilona. Owen fez uma careta. Quem diabos sentaria e leria um pouco naquele lugar?

Ele olhou novamente para seu relógio. Quatro minutos de atraso.

Owen era um homem grande. Não. Grande não lhe faria justiça. Ele era enorme. Mais de um metro e noventa de altura, com ombros largos de jogador de rúgbi e nariz de boxeador. Ele costumava manter a barba bem aparada, os cabelos cinzentos arrumados em um corte militar. Mas desde o desaparecimento de Tracie, ele parou de ligar para sua aparência. Sua barba estava desgrenhada e escura, e seu cabelo crescia como erva daninha.

Ele encarou a parede branca em sua frente e esperou. Em algum lugar do outro lado daquela parede, havia cadáveres. Ele não fazia ideia de quantos. Dúzias? Centenas? Ele imaginou todos eles dispostos em mesas metálicas, como amostras de piso em lojas de construção. Ou talvez estivessem naquelas gavetas barulhentas parecidas com caixões, como nos filmes.

— Sr. Reed.

O Detetive Rambaldini, o policial que estava cuidando do caso de sua filha, caminhou na direção dele. Rambaldini era grande e inchado, com um tufo de cabelo ruivo na cabeça, e mais um pouquinho debaixo do nariz. Ele usava uma camisa amarela de manga curta que parecia não servir direito. Owen Reed só usava mangas longas. As curtas o faziam sentir como se tivesse esquecido de algo.

Era algo estranho de se pensar, naquela circunstância. Mas como os dias desde o desaparecimento de Tracie se transformaram em semanas, Owen notou que sua mente divagava cada vez mais. Às vezes, ele se via pensando no próximo check-up de seu carro ou no preço dos tomates no mercadinho local. Mas esses momentos iam e vinham. Era como um mecanismo de defesa, ele pensou. A mente só consegue aguentar certa quantia de medo e pânico até precisar de uma pausa.

Owen ficou em pé.

— Obrigado por vir até aqui, desculpe avisar tão em cima da hora — disse Rambaldini. — Mas essa é uma possibilidade bem remota, Sr. Reed. Há boas chances de que tenha vindo aqui por nada.

— Eu posso vê-la?

— É contra o regulamento deixar o senhor ver o corpo antes da identificação formal. — Ele olhou para o envelope que carregava. — Mas eu tenho uma foto que posso mostrar.

Owen encarou o envelope. Mas não estendeu a mão para pegá-lo. Em vez disso, ele sentou outra vez. Suas pernas ficaram pesadas. O detetive sentou ao lado dele.

— Onde você encontrou ela? — Owen perguntou.

— No Rio Yarra. Ela ficou presa em uma rede de pesca perto da ponte Oakbank. É um ponto comum de suicídio.

— Foi assim que ela morreu? Ela pulou da ponte?

— Ainda não sabemos — respondeu Rambaldini. — Infelizmente, o corpo passou muito tempo na água, então determinar a identidade e a causa da morte pode levar algum tempo. Eu devo dizer, Sr. Reed, a aparência dela é... Perturbadora. Mesmo que seja ela, até depois de ver a foto, é possível que não consiga reconhecê-la. A sua filha tinha algum problema anterior com vícios ou hábitos?

— Tinha?

— Perdão?

— Está falando sobre ela no passado. — Ele olhou outra vez para o envelope na mão do detetive. Antes de ele ver a foto, antes que soubesse com certeza, Tracie não era só "passado". — E o que quer dizer com problemas com vícios?

— Por acaso ela bebia... — Rambaldini emudeceu por um instante. — Ela bebe?

— Não.

— Algum histórico com drogas?

— Nunca. A Tracie não é assim. Ela é uma boa menina. — Owen pensou por alguns segundos. — Ela voltou para casa, uns anos atrás, com cheiro de maconha. A mãe dela e eu ficamos loucos com ela. Eu sei que toda essa conversa de ser uma droga de entrada é cafona, mas é baseada em fatos. Tracie admitiu que tinha maconha rolando na festa, mas jurou que não havia experimentado. — Ele olhou nos olhos do detetive. — Eu acreditei nela.

Detetive Rambaldini franziu a testa.

— O exame toxicológico dela mostrava heroína em seu sistema. Muita, mesmo.

— Ela nunca faria isso. — Owen gaguejou. — Ela tinha uma prima que morreu de overdose. Morre de medo de drogas. Se essa coisa estava no sistema dela, então alguém a forçou a usar.

Rambaldini parecia cético. Owen não poderia culpá-lo. Seria difícil encontrar um pai que não considerasse sua filha uma boa menina, mas no caso dele, era realmente verdade.

— Está preparado?

Não.

— Sim.

Rambaldini passou o envelope para ele. Estava selado. Ele rasgou com o dedo indicador e deixou a foto pousar na palma de sua mão. Era uma Polaroid, virada para baixo. Ele virou a foto e teve de respirar fundo. Seus instintos apareceram repentinamente: mandaram ele parar de olhar. Virar o rosto. Correr. Mas se ele não fizesse isso, sua esposa teria de fazer. Sua ex-esposa. Tanto faz.

Então ele olhou. O rosto da garota morta estava inchado. Ferido.

— O que são esses cortes pequenos na pele dela? — perguntou. — Parecem cortes de faca.

— Ela ficou na água por muito tempo — disse Rambaldini — São mordidas de peixe, Sr. Reed.

Owen ficou gelado. Dormente.

O detetive perguntou:

— É a sua filha, Sr. Reed?

Owen olhou para ele e perguntou:

— Já ouviu falar do Parque Mistério?

Rambaldini fez uma expressão confusa e balançou a cabeça negativamente.

— É um parque de diversões passando a ferrovia. Os donos são uns caipiras que não se importam nem um pouco com segurança. Eu nem sei se ainda está lá. O Conselho provavelmente fechou aquele lugar.

— Sr. Reed, não tenho certeza de que estou entendendo... — disse o detetive.

— Quando a Tracie tinha uns cinco, talvez seis anos, sempre que a propaganda do parque passava na TV, ela ficava maluca. Então minha esposa e eu aceitamos e levamos ela para passar o dia lá. Havia esse escorregador, o Retão. Não, não era isso... O Gritão. Devia ter uns vinte e poucos metros de altura.

Os olhos dele voltaram para a garota na foto.

— Dizer que a Tracie queria ir naquele brinquedo não é suficiente. Ela precisava ir. Ansiava por isso. Quando ela olhava para aquele troço, era como se soubesse que era o destino dela. A mãe da Tracie achou que seria perigoso demais, e que ela era muito pequena. Ela tinha razão, é claro. Mas a Tracie não aceitaria aquele "não".

Rambaldini balançou a cabeça.

Owen sorriu com a memória, o que não deveria ser tão comum naquele lugar.

— A Tracie começou a chorar. E gritar. Ela se jogou em uma pilha de serragem e começou a chutar para todo lado. Então fizemos o que qualquer um faria diante de um chilique daqueles: nós desistimos.

— Sr. Reed — disse Rambaldini. — Owen... Eu realmente preciso que...

— Cinco minutos depois, tinha sangue por todo o seu rosto — continuou ele. — Tracie escorregou pela lateral e foi arremessada em uma cerca. Teve que levar pontos. Deixou uma cicatriz permanente bem aqui, na testa dela.

Ele apontou para o lugar. O detetive se aproximou da foto para ver melhor.

— Tem certeza de que...

— Nenhuma cicatriz. Não é ela — afirmou Owen. — Essa não é a minha filha.

*

Levou mais de duas horas até que Owen estivesse de volta em Camp Hill. Ele usou a maior parte daquele tempo ziguezagueando seu conversível amarelo pelo tráfego. Mesmo que ainda fosse cedo, o trânsito já estava caótico. Sempre havia turistas passando o verão na Península Mornington, e eles estavam chegando em bandos. Ele passou todo o percurso pensando sobre a garota na foto. A garota que não era Tracie. Imaginou o pai dela, ainda a procurando e rezando em vão.

Merda, ele pensou. Estava chorando outra vez. Ele chegou em casa depois das nove e meia. Bom, a "casa" atual de Owen se referia ao hotel saindo da Rodovia Nepean, com a vista de uma piscina tão esverdeada que não era possível enxergar o fundo. Mas seu verdadeiro lar costumava ser — e de uma forma triste e nostálgica, sempre seria — a casa de número dez na Bright Street. A casa que ele se aproximava naquele momento.

Chegando à porta da frente, ele sentiu cheiro de fumaça de churrasco vinda de quintais vizinhos, e ouviu uma música pop qualquer tocando ao fundo. A vida seguia naquele pequeno paraíso no subúrbio, debaixo de um céu azul claro.

Com ou sem Tracie, Owen imaginava que sua casa — a casa de Nancy — era a nuvem escura daquele céu.

Nos dias após o desaparecimento de Tracie, Nancy e ele ganharam um status macabro de celebridades. Todo mundo queria dizer aos seus amigos que eles conheciam os pais da garota desaparecida. Mas quando a polícia decidiu que Tracie havia fugido por conta própria, todos na cidade acreditaram também. Quase que da noite para o dia, Nancy passou de alguém digna de pena para alguém que se deveria culpar por tudo aquilo.

Nancy abriu a porta assim que Owen tocou a campainha. Ela parecia pálida e emaciada: um fantasma da mulher que ele conhecia antes de tudo acontecer. Seus olhos eram formas escuras afundadas no crânio. Seus lábios manchados do vinho da noite anterior. Ao menos, Owen esperava que não fossem manchas de vinho daquela manhã.

— Más notícias ou nenhuma notícia? — Nancy perguntou.

— Não era ela, Nancy.

— Eu poderia ter dito isso e te poupado a viagem. — Ela disse. — Se ela estivesse morta, eu teria sentido. Você parece cansado.

Ele lhe deu um sorriso fatigado e perguntou:

— Você teria algum café?

Ela acenou positivamente com a cabeça e entrou novamente pela porta. Ele a seguiu. Quando Owen vivia lá, o lugar era imaculado. Nancy era um pouco obcecada por limpeza. Mas a sujeira e o caos se tornavam cada vez maiores, dominando a casa aos poucos. Pelo que Owen notou, Nancy não havia saído de dentro de casa nenhuma vez desde que Tracie sumiu. Ela queria ficar ao lado do telefone caso alguém — Tracie, ou a polícia, ou algum sequestrador de voz grave procurando por dinheiro — ligasse. Aquilo era parte do motivo.

A outra parte, Owen pensou, era que a casa havia se tornado um santuário trágico. Cada quarto tinha preciosas memórias e artefatos. Nancy poderia vagar pela casa e visitar cada um deles. Ela poderia reviver aqueles momentos, várias e várias vezes. Aqui, Tracie tinha treze anos, sentada na mesa da cozinha, comendo seu café da manhã com pressa enquanto terminava o dever de casa. Ali, ela tinha sete anos, deitada no sofá da sala assistindo uma fita de vídeo. Ali, ela estava na pia, tomando seus primeiros banhos e rindo das bolhas de sabão. Quando ainda era pequena o suficiente para Nancy erguê-la com um braço só.

Eles sentaram na mesa da cozinha e beberam café requentado do dia anterior. O calor estava terrível, mesmo naquela hora da manhã. Nancy abriu uma janela, mas isso não fez uma grande diferença. Por algum tempo, os dois permaneceram em silêncio. A geladeira fazia um ruído baixinho, e a torneira pingava. Em algum lugar da vizinhança, era possível ouvir alguém cortando a grama.

— É como estar parado no sinal vermelho, não é? — Owen disse quando o silêncio o deixou ansioso. — Só esperando algo acontecer.

Nancy levantou da cadeira e foi até a pia. Esvaziou sua caneca e a enxaguou rapidamente. Era uma das canecas que ela trouxe do trabalho, com as palavras "Seguradora ARB" impressas no lado. Nancy então pegou uma garrafa de vinho da geladeira, encheu a caneca e voltou para a mesa sem dizer uma palavra.

— Ainda é um pouco cedo, Nancy.

Ela o encarou e bebeu um gole mesmo assim.

— Os dias são longos, e as noites, mais ainda. — Nancy apontou para a caneca com o rosto.

— Isso ajuda.

Ele concordou. Também tinha seus próprios métodos de lidar com a situação.

— Quer ouvir algo estranho?

— Nossa, eu adoraria ouvir algo estranho, Owen... — Ela disse, revirando os olhos. — Pelo amor de Deus, você nunca soube reconhecer o clima do ambiente, não é?

Owen ignorou o sarcasmo.

— Quando eu me mudei daqui, comecei a fazer umas caminhadas. Sempre achei mais fácil, sabe, pensar enquanto faço alguma coisa. Também não foi nada mal sair daquele quartinho de hotel deprimente. Então eu caminhava. E quando minhas pernas cansavam, eu dirigia. Às vezes, dirigia até aqui.

Nancy olhou para ele.

— Estacionava do outro lado da rua — prosseguiu. — Atrás da árvore do Mike Carson, para que você não pudesse me ver se olhasse pela janela.

— Tem razão. — Ela disse. — Isso é estranho.

Owen sorriu.

— Eu só queria estar por perto, sabe? No caso de algo acontecer. No caso de você precisar de mim. — Ele olhou para Nancy com lágrimas nos olhos. — Se eu estivesse aqui naquela noite...

— Mas você não estava, Owen. Não estava aqui.

— Eu poderia agora, Nancy.

— Owen...

— Eu poderia voltar para casa. Não há razão para enfrentarmos isso sozinhos.

— Por favor — sussurrou. — Não faça isso.

— As coisas não parecem menos importantes agora? — perguntou ele. — Todos os problemas de antes, sobre o nosso casamento. Agora que a Tracie desapareceu, eu só consigo pensar nisso. Se me deixar voltar, podemos encarar isso juntos. Como nos velhos tempos.

Nancy terminou seu vinho e pousou a caneca sobre a mesa.

— Nossos problemas não parecem menores para mim — disse ela. — Owen, tem algo que eu não te contei. — Ela hesitou por um instante e respirou fundo. — Na noite que ela desapareceu, Tracie perguntou o que tinha acontecido entre nós. Ela perguntou se você estava saindo com alguém. Eu sei que ela não precisava saber de todos os detalhes, mas...

— O que disse para ela?

— Tracie pediu a verdade. Então foi o que eu contei para ela.

CAPÍTULO 04

A primeira coisa que Keiran Witter viu quando ele acordou naquela manhã — a primeira coisa que ele via todas as manhãs, na verdade — era a rede verde oliva que formava um dossel sobre sua cama.

O quarto de Keiran era completamente decorado com temáticas militares. Seus lençóis tinham um padrão camuflado. Havia um pôster do filme Platoon pendurado atrás da porta — as duas letras O no título eram colares de identificação do exército, o que deveria ser a coisa mais bacana que ele viu na vida. Não havia estrelas fosforescentes coladas em seu teto, mas sim tanques e jatos que brilhavam no escuro. Haviam gibis do Comando Selvagem e "Histórias de Guerra" espalhadas por sua escrivaninha. Escondidos em um baú debaixo de sua cama, estavam todos os seus velhos bonequinhos G.I. Joe.

Ele ainda brincava com eles às vezes, tarde da noite, quando ninguém estava olhando. Nos últimos meses, Keiran percebeu que estava passando por um período de transição. Tecnicamente, ele era velho demais para brincar com bonequinhos, mas não velho o suficiente para não querer brincar. Ele era velho o suficiente para querer ficar com uma garota, mas jovem demais para realmente conseguir ficar com uma. E ele pensou que, se pudesse ficar com qualquer pessoa, seria Hannah Kehlmann, que sentava na sua frente na aula de Ciências, e atrás dele, em Matemática. O cabelo de Hannah tinha o tom de folhas caídas. Pensando bem, Keiran pensou que aquilo fazia o cabelo dela soar sujo, mas a cor era, na verdade, maravilhosa. Hannah era maravilhosa.

Ele sentou e ergueu seu travesseiro. Keiran escondeu o cartaz de Tracie Reed ali na noite anterior. Ele pegou o cartaz e olhou para ele atentamente, e então pegou o telefone em sua mesinha de cabeceira e discou o número do seu melhor amigo, Ricky Neville. Ele ganhou o telefone de aniversário naquele ano. Era amarelo vivo e no formato de uma banana.

— Residência dos Neville — cantarolou uma voz feminina do outro lado da linha.

Era a mãe de Ricky. Droga.

— Oi, Sra. Neville — disse Keiran. — O Ricky está?

— Keiran, é você?

— Sim, sou eu.

— Como passou o Natal? Tudo bem?

— Muito bem.

— Está aproveitando as férias?

— Uhum.

— E seus pais? Estão bem?

— Estão, sim, Sra. Neville.

— Algum plano para o Ano-Novo?

Jesus Cristo.

Keiran disse à mãe de Ricky que não tinha planos, e concordou com ela que, sim, o tempo parecia ótimo para ir à praia, mas que, se fosse, teria de passar muito protetor solar por causa do buraco na camada de ozônio. Sim, era um tanto engraçado que ninguém precisava se preocupar com o ozônio, chuva ácida e AIDS quando ela tinha a idade de Keiran. Os tempos estavam mudando, como naquela música do Bob Dylan.

Mais ou menos uns sessenta e cinco anos depois, ela passou o telefone para Ricky.

— Ricky, cara, você tem que fazer alguma coisa sobre a tua mãe — disse Keiran.

— Foi mal, ela tem se sentido solitária desde que o meu pai ficou com o turno da noite de novo. — Ricky se afastou do telefone e disse: — Sim, mãe, estou falando sobre você. Para de relar meus amigos, beleza? Keiran, você viu "A Supermáquina" ontem?

Keiran assistiu o episódio da noite anterior, e mesmo sendo uma reprise, ele achou divertido. Mas aquela não era a hora de falar sobre TV.

— Pode me encontrar no clube?

— Quando?

— Pode ser agora?

— A minha tia Mirian está vindo nos visitar hoje, então, sim, pelo amor de Deus, eu posso ir até aí — disse Ricky. — Você parece assustado. Tá tudo bem?

Ele olhou para o cartaz. Tracie Reed o encarou de volta.

Keiran respondeu que não.

Keiran foi ao banheiro apressadamente, escovou seus dentes e se vestiu. Já estava descendo as escadas quando ouviu Marty falando baixinho. Keiran foi até a porta do quarto do irmão com passos sorrateiros. Estava aberta. As cortinas estavam fechadas, mas ele conseguia ver Marty, deitado na cama, uma mão apoiando a cabeça no travesseiro e a outra segurando o telefone. Ele também ganhou um aparelho de aniversário. Tinha até sua própria linha separada.

— O pai me contou ontem à noite. — Marty disse. — Você já sabia?

Keiran deu uma batidinha leve na porta. Marty olhou para ele e disse ao telefone:

— Eu preciso ir, Cass. — Então, ao desligar, olhou para Keiran. — Bom dia, otário.

— Olá, imbecil — respondeu ele. — Com quem você estava falando tão cedo?

— E isso lá é da sua conta, irmãozinho?

Keiran seguiu: — Parece que já terminou de arrumar as malas.

— Praticamente.

Keiran sentiu uma genuína e confusa tristeza enquanto olhava as caixas empacotadas ao redor da cama de Marty. Seu irmão mais velho estava indo embora. Parte dele estava felicíssima. Sem o Marty ali, Keiran ficaria com o quarto maior. Havia espaço suficiente para uma cama de casal lá. Mas ele não gostava de pensar como seria viver naquela casa depois que Marty fosse para a universidade. Isso o fez se sentir estranho e velho. Sentir algo que um adulto poderia chamar de melancolia ou nostalgia. Keiran só chamava aquela sensação de "estar na merda".

— Não acredito que vai me deixar aqui sozinho com eles. — Keiran disse.

Marty tinha uma expressão triste no rosto. Ele provavelmente estava na merda também.

— Eu só estou abrindo caminho para a gente, baixinho. Vai me agradecer um dia. O que está fazendo com isso aí?

Ele apontou para o cartaz na mão de Keiran. Tracie Reed. Keiran o enrolou e colocou no bolso de trás.

— Nada.

— Tem material de leitura melhor pela casa, se quiser bater umazinha, Keiran.

— Ah, que nojo! Cala essa boca... Mas tipo o quê? Só por curiosidade.

— A pilha de catálogos em cima da geladeira. Tem anúncios de lingerie lá.

— Viu só? O que é que eu vou fazer sem você?

Keiran havia prometido para seu pai que ele não iria até o Lugar Selvagem, mas era lá que ficava o clube. Era um problema, mas não um dos grandes. Normalmente, Keiran poderia só sair pela porta dos fundos e entrar na floresta. Porém, aquele não era o único jeito de chegar lá. Só significava que ele teria de ser um pouco mais discreto.

Ele andou até o fim da rua, virou à esquerda na Novak, e seguiu caminho até a entrada do sistema de esgoto. Eram só oito da manhã, mas todo mundo acordava cedo no subúrbio. As pessoas estavam cortando a grama, lavando seus carros e regando plantas, e todos tinham gigantescos sorrisos no rosto.

Isso fez Keiran lembrar de algo que Sean Fryman lhe disse: a vida adulta é como polir o convés do Titanic. O que ele queria dizer, Keiran imaginava, era que, quando a grama crescer, e seus carros ficassem sujos, e suas flores murcharem, eles farão tudo de novo. Até que algum dia, BAM. Chegaria a hora de bater as botas.

É claro que os adultos não percebiam daquela maneira — senão estariam correndo em círculos procurando botes salva vidas —, mas Sean percebia. Sean morava na casa ao lado de Keiran, e era provavelmente a única pessoa bacana de Camp Hill. Ele não era bacana do tipo "óculos escuros", e sim, do tipo misterioso e um pouquinho perigoso, como Kiefer Sutherland em "Os Garotos Perdidos".

Sean ensinou muita coisa a Keiran. Não, ensinou não era a palavra certa. Sean abriu os olhos de Keiran. Por exemplo: a Bíblia era um monte de maluquice, se parar para pensar. Não era só o fato da Arca de Noé ser obviamente falha, porque como diabos alguém colocaria dois animais de cada — de todas as espécies — em um barco? E mais, como os peixes de água doce sobreviveriam? Mas era a história de Jesus que parecia difícil de acreditar. Jesus era Deus, o que significa que, de acordo com Sean, Deus enviou a si mesmo para a Terra, para se sacrificar em seu próprio nome, só para reiniciar um sistema que o próprio Deus criou para início de conversa. Aquilo fazia zero sentido. Mas, mesmo assim, todos os professores de Keiran e a maioria dos adultos em sua vida falavam de Jesus e da Bíblia como se a coisa toda fosse real. Se eles estavam errados sobre aquilo, poderiam errar sobre qualquer coisa... Ou até mesmo sobre tudo...

Na metade da Rua Novak, ele chegou até a entrada do esgoto. Era no final de uma passagem estreita que cortava caminho por entre as casas. Lá havia alguns montinhos de terra escorregadios, de ambos os lados do esgoto. Keiran pisou em um deles, se ergueu com dificuldade e subiu até a orla da floresta.

O Lugar Selvagem não tinha esse nome à toa. Era um amontoado de vida selvagem que cresceu no lugar menos selvagem que se poderia imaginar. Não era exatamente grande, mas era grande o suficiente. Se ficasse um pouco maior, poderia invadir a vizinhança e consumir as casas como "A Bolha Assassina".

De acordo com as lendas locais, a floresta era o lar de um palhaço assassino, o túmulo escondido das crianças Beaumont, e continha um fosso cheio de cobras venenosas. Keiran não acreditava em nada daquilo, mas ele não perdia a esperança de que algo poderia ser real.

O ar estava quente e grudento do lado de fora, mas a temperatura caiu alguns graus assim que Keiran entrou na floresta. Em sua maioria, eram eucaliptos de galhos retorcidos, muito próximos uns dos outros. Uma paisagem tipicamente australiana, pelo menos para um observador externo. Mas na mente de Keiran, ele estava na selva úmida do Vietnã.

Keiran gostava de quase todos filmes de guerra, contudo os que se passavam no Vietnã eram os melhores. Ele não tinha certeza do porquê. Talvez fossem o lugar exótico, a furtividade do inimigo, ou talvez porque Platoon, a série Tour of Duty e Rambo 2: A Missão, todos se passaram lá. Ele sabia até os jargões. Ele chamava os helicópteros de Birds, e aviões pequenos, de Bird Dogs. Ele sabia que a sigla AIT significava Treinamento Avançado de Infantaria. Uma vez, de brincadeira, ele chamou Ricky Neville de 4-F, uma classificação dada a pessoas inaptas para o serviço militar.

Enquanto seguia caminho por uma trilha estreita entre as árvores, ele se armou com o cartaz de Tracie Reed. Agora era um rifle M-16, e ele iria precisar de um. Estava dentro do território inimigo. O resto de seu pelotão estava morto. Ele teria de atirar em tudo que visse pela frente. Mas estava tudo bem, porque ele era um exército de um homem só. E a qualquer momento ele instalaria explosivos remotos nas árvores e então...

Opa.

Ele tinha chegado ao clube. Estava tão imerso em sua fantasia que nem percebeu que já estava dentro dele. Não era exatamente uma construção, estava mais para uma pequena clareira escondida em uma das trilhas, onde uma árvore grande tombou sobre uma ainda maior. Keiran colocou um velho lençol de piquenique sobre alguns galhos para criar um abrigo. Era o suficiente para protegê-los do frio de inverno, e mantinha a temperatura amena em dias quentes como aquele. No verão passado, eles encontraram um pneu de caminhão na entrada do esgoto, e rolaram ele até aquele lugar. Planejavam usar o pneu como assento, mas se tornou uma fogueira ainda melhor. Mesmo que tenham levado algum tempo para se acostumarem com o cheiro de borracha queimada.

Não havia nenhum sinal de Ricky por ali, então Keiran foi até uma árvore oca. Era seu esconderijo secreto, que eles cobriam com o anão de jardim que ele e Ricky roubaram da casa de Norma Spurr-Smith. Eles o pintaram de verde escuro e lhe ataram uma pequena bandana vermelha na testa, como o Rambo. A intenção é que fosse um bom motivo de conversa quando eles levassem garotas ao clube. Mas até aquele momento, não havia acontecido. Ele removeu o anão da frente da árvore, enfiou a mão no espaço oco e tirou dali uma Playboy danificada pela umidade, que Ricky roubara de seu primo mais velho.

Mais ou menos quinze minutos depois — Keiran não tinha certeza, pois havia esquecido o relógio na mesa de cabeceira —, Ricky chegou. Ele tropeçou ao chegar na clareira, como uma desajeitada criatura da floresta, coberta de suor.

— Como você conseguiu ficar tão suado? — Keiran perguntou.

— Eu não posso impedir, seu cretino — Ricky exclamou. — Tenho excesso de glândulas sudoríparas. Mas você sabe o que dizem sobre quem transpira demais, não é?

— O quê?

— Quanto mais suor, mais centímetros de pau.

— Sério, ninguém no mundo diz isso.

Ricky sentou sobre a grama e cruzou as pernas. Ele era, usando o termo técnico, descomunal. Sua camiseta mal continha seu torso. Ele era famoso no Colégio Cristão Camp Hill por ter peitos maiores que a Terry-Ann Colson, cujo médico, diziam os boatos, havia sugerido que ela fizesse uma cirurgia de redução.

— Então, qual a emergência? — Ricky indagou.

Keiran deu a ele o cartaz enrolado. Ricky o abriu e perguntou:

— Isso é real?

— Meu pai trouxe para casa ontem à noite.

— O que aconteceu com ela?

— Ninguém sabe.

— Cacete... — disse Ricky. — Você acha que alguém sequestrou ela? Ou a matou? Ou talvez ela esteja sendo mantida prisioneira em algum calabouço? Cara, você ouve falar dessas coisas, mas nós conhecemos ela! De verdade.

— Olhe a data. — Keiran apontou para o cartaz.

— Sexta-feira, oito de dezembro de 1989. O que isso significa?

— Foi na mesma noite.

— Do que? — E foi então que ele compreendeu. — Do nosso ritual?

Keiran confirmou com a cabeça.

— Tem certeza?

— Chequei o calendário três vezes. — Keiran disse.

Ricky largou o cartaz no chão e deu um passo para trás, como se para se afastar de Tracie Reed:

— Isso é bizarro, cara. Mas é uma coincidência. Quer dizer... Tem que ser uma coincidência, né?

— E se não for? — Keiran perguntou.

— Cara! Não diga isso! Eu não trouxe um par de cuecas limpas comigo.

— O que vamos fazer? Diz no cartaz que, se tivermos alguma informação, devemos chamar a polícia.

Ricky caminhou de um lado para o outro, e então pegou o cartaz e enfiou no bolso da bermuda:

— Vamos lá. — Ele disse.

— Para onde?

— Sean vai saber o que fazer.

*

— Não façam nada — pediu Sean.

Keiran e Ricky estavam em pé no meio do quarto enquanto Sean olhava para eles de sua cadeira, como um rei recebendo visitantes. Sean vestia roupas negras, como sempre. Seu cabelo, que de alguma forma parecia ainda mais escuro que suas roupas, caía na altura dos ombros.

— Foi o que eu disse para ele. — Ricky falou, apontando para Keiran.

— Não disse, não. — Keiran exclamou.

— Bem, eu pensei.

O quarto de Sean era escuro com "E" maiúsculo. Keiran só havia entrado ali algumas vezes, e em nenhuma delas as cortinas estavam abertas. As únicas fontes de luz eram um abajur no canto do quarto, coberto com um pedaço de tecido vermelho, e a lâmpada aquecedora do viveiro de sua cobra de estimação.

Qualquer espaço que não estivesse coberto de LPs de metal continha pequenos artefatos bizarros: um sapo mantido em um jarro de conserva, um rosto agonizante talhado em madeira, uma coleção antiga de borboletas presas com alfinetes e, estranhamente, um folheto de normas de segurança de um avião. Havia velas quase totalmente derretidas, e incensos queimados até a metade. Era praticamente a loja daquele velhinho no começo de Gremlins.

No meio daquilo tudo, sobre a cômoda, havia um velho tabuleiro de xadrez. Os peões eram anjos e demônios, os reis eram Deus e Satã.

— Ei, Sean? — indagou Keiran. — O que realmente aconteceu naquela noite?

— Você estava lá.

— Não, quero dizer depois. — O garoto engoliu em seco. — Ficamos preocupados com você.

— Não estávamos, não. — Ricky acrescentou.

— Tudo bem — disse Keiran. — Eu estava preocupado.

O rosto de Sean se contraiu em um sorriso sinistro:

— Ah, agora eu entendi. Vocês acham que eu tive algo a ver com o desaparecimento da Tracie.

— Não, não, eu só pensei... — Keiran olhou para as pequenas figuras demoníacas no tabuleiro de xadrez. — E se o que fizemos naquela noite... funcionou de verdade?

Sean ficou em pé calmamente. Ele tinha a mesma idade de Marty, mas era mais alto e, de alguma forma, parecia mais velho. Ele pousou a mão pesadamente sobre o ombro de Keiran.

— Se aquilo deu certo... — Sean sussurrou. — Então é mais um motivo para manter em segredo.

CAPÍTULO 05

Tom acordou cedo e preparou um café da manhã rápido: torradas, ovos, uma xícara de Nescafé — Connie preferia café instantâneo — e suco de laranja. Ele parecia estar compensando algo. Aquela época do ano nunca parecia exatamente justa. Enquanto Connie trabalhava das nove às cinco, Tom se esparramava em casa e só precisava encontrar formas de preencher seu tempo.

Ela desceu as escadas por volta das oito e meia, em um vestido cinza solto que a fazia parecer uma senhorinha endinheirada. Quando percebeu que eu já havia preparado o café, deu seu lindo meio sorriso característico:

— Meu herói.

— Não se acanhe. — Ele disse. — Eu fiz torradas demais, e o Keiran já tinha saído antes de eu acordar.

Tom a acompanhou na mesa. Ele já terminara de comer, mas sempre havia espaço para mais café. O sol da manhã entrava pela janela aberta, banhando tudo com um brilho dourado.

— Já percebeu como é difícil fazer aquele garoto levantar e ir para a escola, mas nas férias ele sai vazado antes do sol nascer?

— "Sai vazado"? — Connie repetiu com um sorriso. — Talvez eu ainda roube essa gíria.

— Ouvi de um garoto na escola. Estava morrendo de vontade de usar em uma conversa. — Ele bebeu um gole de seu café. — O que você acha que o Keiran passa o dia todo fazendo na rua?

— Ele tem treze anos, Tom, acho que eu prefiro não saber tudo o que ele faz. Ah, e antes que eu esqueça, falei para o Marty que ajudaremos ele na mudança no sábado. Ele não vai levar muita coisa, mas ainda acho que vamos precisar dos dois carros. E, depois, pensei que poderíamos ficar pelados e invadir a banheira de hidromassagem nova do Bill e da Vicky.

— Perdão?

— Sabe, quando estávamos namorando, você pelo menos fingia estar prestando atenção.

— Mudança do Marty no sábado, claro, eu estava escutando. Só estava preocupado com o Keiran. Você acha que ele vai me obedecer sobre ficar longe do Lugar Selvagem?

— Honestamente, acho que não. Mas ele é esperto. Não estou dizendo que não deva se preocupar com ele. Mas talvez... possa se preocupar um pouco menos.

— É mais fácil falar do que fazer.

— Eu sei, querido... — Ela ficou em silêncio por um instante. — Está tudo bem, Tom? Você está tremendo.

— São só os tiques.

— E estava fazendo A Coruja.

A Coruja era o apelido que Tom havia dado para um de seus tiques mais estranhos. Ele arregalava os olhos, mordia o lábio inferior e suas narinas se expandiam. O resultado era impossível de ignorar.

E Tom ainda achava que estava sendo sutil.

— Deve ser o café. — Ele disse.

Da janela da cozinha, Tom assistiu o Toyota Corolla de Connie — conhecido carinhosamente no lar dos Witter como Vermelhinho — saindo da garagem e seguindo pela Rua Keel. Ele tirou seu pijama, colocou jeans e uma camiseta branca limpa e pegou sua velha mochila na sala de costura. Ele a preencheu com cartazes de Tracie Reed, um grampeador, fita adesiva e um sanduíche de queijo e presunto.

E então partiu em direção à rua.

Era uma manhã brilhante e ensolarada. A Rua Keel era praticamente um cartão-postal. Crianças em suas bicicletas novinhas em folha disparavam pela calçada. Jovens casais passeavam de mãos dadas. Carros repletos de material de acampamentos saíam de Camp Hill. Decorações de Natal ainda cobriam a maior parte das casas, mas já aparentavam estar esquecidas e apagadas.

Começando pela Rua Keel, ele parou entre cada três postes telefônicos da vizinhança, assim como em cada parada de ônibus e quadro de avisos. Ele caminhou desde o viaduto até o Esplanade, da confeitaria de Camp Hill até a Igreja Luterana do Bom Pastor. A igreja que ele frequentou.

Tom tinha um relacionamento complicado com sua religião. Ele trabalhava em um colégio cristão, e foi criado sabendo sobre Jesus e Satã, mas também estava bem ciente da hipocrisia moral da Bíblia, sem falar da sua lógica, às vezes, absurda. Apesar de tudo aquilo, Deus sempre parecia estar presente nos grandes eventos.

Ele pendurou um cartaz no quadro de avisos da comunidade, logo ao lado da entrada. Estava repleto de anúncios de aulas de piano, mensagens de natal, alguns avisos de bichinhos de estimação desaparecidos, e uma mensagem escrita à mão, declarando:

"Quando você atira pedras em alguém,

está jogando o chão sob seus pés".

Missa de Domingo — 10h.

Tom olhou para a cruz e fez uma rápida oração.

Cada vez que ele pendurava um cartaz, tomava cuidado para manter o grampo longe do rosto de Tracie Reed. Ele passou boa parte da manhã olhando para os olhos escuros da jovem, sentindo-se perturbado.

Quando o sol ficou mais forte, ele começou a se arrepender de ter saído de casa vestindo jeans ao invés de bermudas. O suor caía por seu pescoço e por trás de suas pernas. Quando chegou ao shopping, já estava sedento e cansado, então decidiu comprar uma Coca.

O Shopping Village de Camp Hill era um grande aglomerado de lojinhas clássicas de cidade pequena: açougue, doceria, correio, a farmácia dos Borschmann, e algumas pequenas butiques vendendo uma miscelânea de objetos como mapas e cristais. Ele sempre se perguntava como lugares como aquelas butiques se mantinham abertas vendendo apenas cristais.

Havia uma parada de ônibus do lado de fora do supermercado, usada por três linhas diferentes. Uma área bastante movimentada. Ele colocou um cartaz na altura dos seus olhos, e então parou em um banco do outro lado da rua para beber sua Coca e comer o sanduíche.

Ele observou enquanto as pessoas se reuniam na parada, esperando pelo ônibus das onze horas para Frankston. Havia dois adolescentes jogando luta de polegar, um terceiro lendo um gibi, e um casal de idosos vestidos como manequins de antiquário. Nenhum deles olhou para o cartaz. Nenhum deles pareceu notar. Ele pensou se estavam só muito ocupados com suas rotinas, ou se não se importavam nem um pouco com Tracie.

Tom começou a caminhar de volta para casa, colando os últimos cartazes em postes e telefones públicos. Ele estava passando por uma casa gigantesca na Rua Tobey quando alguém chamou o seu nome. Bom, não exatamente seu nome...

— Ei, Cacoete!

Tom virou para trás. Um homem corpulento sem camisa estava parado na entrada da garagem, com uma mangueira em uma mão e um balde de sabão na outra. Ele estava lavando sua BMW com placas personalizadas: STVMCD.

Steve McDougal.

Um dos problemas de se permanecer em sua cidade natal é ocasionalmente encontrar seus valentões de infância. McDougal e dois outros garotos fizeram da vida de Tom um verdadeiro inferno durante o Ensino Médio. Tom era um alvo particularmente fácil devido aos seus espasmos, que ele só aprendeu a esconder anos depois. Ele não havia sido oficialmente diagnosticado até completar trinta anos. Se McDougal soubesse, talvez ele teria pensado em algo mais criativo do que "Cacoete". Talvez "Tommy Tourette" ou algo assim.

Um tipo muito familiar de ansiedade se apoderou de Tom. Ele tentou não se contorcer, o que no fim das contas, fazia seus tiques ficarem ainda mais fortes.

— Oi, Steve — disse Tom.

McDougal colocou o balde no chão, desligou a mangueira e foi até a calçada.

— Cacoete! Há quanto tempo... O que anda fazendo?

— Heh... É Tom. E sabe, nada demais. Casado. Alguns filhos. O de sempre. E você?

— Passei algum tempo morando em Perth, fiz uma grana preta. Tentei o lance de casamento, mas ela era uma vadia saída direto do inferno. Você deve lembrar dela. Amy Matheson.

Tom de fato lembrava dela. Amy era o equivalente feminino de Steve: linda, atlética e cruel. O fato de os dois se casarem — e, em seguida, se separarem — parecia a prova de que havia algum tipo de ordem cósmica no universo.

— Sinto muito que não tenha dado certo — disse Tom.

— Não sinta. Ela ficou gorda depois do filho número um, e desistiu completamente depois do número três. Não parecia nada com a garota do Ensino Médio. Falando da escola, ouvi um boato sobre você. Está dando aulas no colégio de Camp Hill?

Tom confirmou com a cabeça.

— Mas é um pouco diferente agora. Posso entrar na sala dos professores e quase nunca pego detenção.

McDougal não riu.

— A Senhorita Woods ainda trabalha lá? Lembra daquelas camisetas apertadas? Uau. Eu não aprendi merda nenhuma nas aulas de matemática, mas aqueles peitos eram educação de verdade. — Ele beijou a ponta dos dedos como um chef de cozinha.

— Ela é a Sra. Parker agora. — Tom corrigiu. — Ela frequenta o mesmo bar que eu, sempre jogamos o Pub Quiz juntos. E ela tem mais de cinquenta anos.

— Eu ainda daria uma apertadinha neles. Você poderia dizer isso na próxima vez que a ver. Aposto que faria o dia dela.

— Tenho certeza que sim.

— Você soube o que aconteceu com o Benny Cotter?

Benny Cotter era um dos amigos valentões de McDougal. Ele ainda lembrava do dia que Benny chegou por trás de Tom na lanchonete da escola e lhe cravou um garfo no quadril. Tom derrubou sua bandeja do almoço enquanto Benny ria histericamente.

Ah, as memórias de infância.

Havia três valentões no total. McDougal, Cotter e Adam Bartlett. Tom se referia ao grupo como "Os Carniceiros Covardes", só que não na frente deles.

— Ele está pagando pena de seis anos — disse McDougal.

— Ele foi preso?

— Prisão de South Hallston.

— O que ele fez?

— Entrou em uma briga em uma boate de strip em Melbourne. O outro cara prestou queixa, porque era um puta covarde e acabou apanhando.

— Uau. — Tom suspirou. — Não posso dizer que estou surpreso.

Dizer aquilo foi idiotice. McDougal fez uma careta.

— Como assim? O que quer dizer?

Tom havia cruzado uma linha sem nem perceber. Eles eram adultos agora, não eram?

— Nada.

— Nada? — perguntou McDougal.

— Deixa pra lá.

— Não posso. — Ele disse. — Minha memória é muito boa.

— O Benny tinha um temperamento ruim. Foi só isso que eu quis dizer. Uma vez eu o vi arremessar uma cadeira em um professor porque ele perguntou sobre o dever de casa.

— Então acha que ele mereceu ir para a cadeia?

— Eu não sei as circunstâncias. — Tom deu um passo para trás. — Talvez, não sei. Talvez não.

McDougal o encarou. Os músculos de seu pescoço estavam enrijecidos de raiva. Seus braços estavam afastados do corpo, como se ele carregasse malas invisíveis.

Os olhos de Tom se arregalaram. Suas narinas se abriram e ele mordeu os lábios.

"A Coruja não", ele pensou.

— Jesus — disse Steve. — Você engoliu uma mosca ou continua sendo a mesma aberração de sempre?

A época do colégio de Tom havia deixado cicatrizes profundas, e McDougal acabara de enfiar o dedo na ferida. Debaixo de sua fachada havia uma antiga vergonha e insegurança, apenas hibernando. Havia ódio lá também. Um ódio fervente e perigoso. Mas o medo era mais poderoso. Sempre foi. Se aquele não fosse o caso, talvez Tom tivesse reagido contra os Carniceiros Covardes. Talvez ele não fugisse todas as vezes.

Mas ele fugiu. Fugiu antes, e fugiu agora.

— Foi mal, Steve. — Ele disse, em um tom patético. — Benny era um cara legal.

— Te vejo por aí, Cacoete.

— Claro. — Tom respondeu. — Até mais.

Ele caminhou na direção oposta, se sentindo um verme.

*

Ao chegar em casa, Tom serviu-se de um copo d'água e bebeu tudo de uma vez só. Ele se sentia trêmulo e estranho depois de seu encontro com Steve, como se tivesse escapado de um acidente de trânsito.

Mas ele pendurou os cartazes. Alguém poderia ver o rosto de Tracie e lembrar de algo útil. Poderia causar um avanço no caso. Ela poderia voltar para casa sã e salva. Ou não. As chances de sobrevivência de jovens sequestrados diminuíam muito depois de vinte e quatro horas. Tom havia lido aquilo em algum lugar. E Tracie estava desaparecida há semanas.

E agora? O que fazer?

Tom sabia, claro. A lista de Connie.

Ele apanhou sua nova caixa de ferramentas. Connie havia lhe presenteado com ela no Natal. Ou ela confiava demais em suas habilidades de faz-tudo, ou aquele era um presente sugestivo. Como no clichê: vista-se para o emprego que deseja, não para o emprego que tem. Compre presentes para o homem que você quer, não para o que tem.

Ele arrastou a caixa até o banheiro do andar de cima. A torneira de água quente estava vazando. Tom pegou a chave inglesa ajustável e removeu a alavanca prateada. Ele nunca havia consertado um problema como aquele antes, mas tinha esperança de que a solução seria ridiculamente simples. Como encontrar um botão gigante escrito "PARAR VAZAMENTO".

Enquanto trabalhava, olhou para a janela que ficava sobre a banheira. A floresta local do outro lado da cerca estava quieta e sólida. Em alguns dias, as árvores tinham o aspecto de terem sido cercadas pela comunidade, indefesas. Em outros, pareciam estar arrebentando as cercas e limites, forçando as casas a saírem de seu caminho.

Muitas crianças da idade de Tracie usavam o Lugar Selvagem como um atalho. Havia um beco asfaltado na Rua Novak, pelo qual passava o ônibus da linha 781. Cortar caminho pelo meio da floresta ao invés de circundá-la economizava alguns preciosos minutos. Se Tracie tivesse fugido, havia boas chances de ela ter passado por ali. Se alguém a sequestrou, também poderia ter usado as árvores em sua vantagem. Será que aquele lugar havia sido revistado com cuidado?

Concentre-se.

Ele voltou sua atenção para a torneira, mas não conseguia parar de pensar em Tracie.

Tom era naturalmente uma pessoa inquieta. Connie tinha o incrível poder de apenas "existir". As crianças também, pelo que ele sabia. Mas a mente de Tom sempre estava fervilhando. Talvez Keiran tivesse razão. Talvez ele precisasse consultar um profissional. Ou talvez ele só fosse um realista. Porque a vida e a felicidade — e todas essas outras coisas boas — não eram eternas. Absolutamente tudo era temporário. E Tom estava sempre vigilante, procurando pelo fogo no palheiro.

Mas, enfim, esse não é basicamente o trabalho dos pais?

Ele olhou para seu relógio. Ainda era cedo. Não faria mal dar uma olhada rápido no Lugar Selvagem. Ele estaria de volta para consertar a pia antes mesmo da Connie chegar em casa. Talvez ele encontrasse uma pista. Ou pior, um corpo.

CAPÍTULO 06

Tom abriu o portão da cerca de trás de sua casa e olhou para o aterro raso em sua frente. Na base do aterro, havia um pequeno escoamento de concreto. Durante os meses mais frios do ano, o canal estava sempre alagado. Hoje, tinha apenas umas pocinhas de água marrom. Tom deu uma olhada rápida à procura de cobras na grama alta, e então saltou para o outro lado.

Havia meia dúzia de avistamentos de cobras marrons no Lugar Selvagem a cada ano. No verão anterior, Carlo Freeman jurou que viu uma. Talvez tenha sido o que aconteceu com Tracie. Poderia estar passeando pelo meio das árvores quando cruzou o caminho de uma Corredeira de barriga vermelha, ou talvez a cobra que Carlo Freeman viu. Se ela foi mordida, poderia ter desmaiado e morrido antes que tivesse a chance de encontrar ajuda. Tom imaginou o corpo da garota desaparecendo entre os arbustos, com o sol nascendo e se pondo, várias e várias vezes.

No topo do aterro, Tom encontrou uma das muitas trilhas naturais que se estendiam por debaixo de árvores tombadas. Ele escolheu uma trilha e seguiu por ela. Estava fresco na sombra, sob os topos das árvores. O barulho intenso de insetos, pássaros e sapos ecoava por todo o Lugar Selvagem.

Tom manteve os olhos abertos para cobras e qualquer outro perigo que pudesse encontrar. Mas além de uma revista pornô rasgada, um pneu de caminhão queimado e uma espécie de casinha feita com cobertores, Tom não viu nada de anormal.

O Lugar Selvagem era uma floresta da comunidade, oficialmente conhecida como Lote C. Rodeada por residências de família, dava aos moradores acesso a uma grande área arborizada e, em maior parte, privada. Um grande jardim silvestre, para as crianças explorarem em suas brincadeiras. Ela era uma de várias pequenas florestas em Camp Hill. Mas agora era a única que restara. As outras foram derrubadas para dar espaço para mais casas. Tom sabia que o mesmo aconteceria com o Lugar Selvagem, em algum momento.

Tudo era temporário.

Enquanto caminhava, ele pensou em Tracie, o que lhe deu um súbito sentimento de culpa. Tom se envergonhava de conhecê-la tão pouco. Conseguia imaginá-la: uma menina de aparência comum, vestida com as cores bregas do uniforme do Colégio Cristão de Camp Hill, coberta pelo sol da tarde que entrava pela janela da sala de aula. Quantas vezes ele teria se lembrado dela se não tivesse desaparecido? Quanto tempo levaria até aquela memória desaparecer por completo?

A trilha levou por através da floresta, até a parte de trás das casas da Rua Bright. O escoamento de concreto era maior naquele lugar. Do topo, Tom podia enxergar quase todas as casas. Podia ver quartos, banheiros e cozinhas. Via dois irmãos gêmeos assistindo um desenho animado, uma mulher loira usando o aspirador de pó ao redor da árvore de Natal. Um homem de meia idade tirando uma soneca, usando apenas uma máscara de dormir e uma cueca samba-canção.

Daquele lugar, era fácil demais observar as vidas das pessoas. Durante a noite, sob a escuridão, com as luzes internas das casas acesas, deveria ser ainda mais simples. Quando Connie e Tom compraram sua casa na Rua Keel, a ideia de morar perto da natureza parecia algo bom. Fazia o quintal parecer tranquilo e privado. Agora, tudo o que Tom conseguia pensar era no que se escondia nos arbustos.

Em sua frente havia uma segunda trilha, que o levaria direto pelo centro do Lugar Selvagem até sua casa. Até aquele momento, Tom não tinha visto nenhuma pista e nenhum corpo, o que provavelmente era um ótimo sinal...

Merda!

O pé de Tom atingiu algo sólido. Ele perdeu o equilíbrio e deu alguns passos para frente, finalmente pousando de joelhos na grama fofa. Ele olhou para trás. Era uma lata de café velha, cheia até a metade de bitucas de cigarro e água suja. Ele derrubou a lata ao chutá-la, fazendo o seu conteúdo escorrer pelo concreto até o canal abaixo, como pequenos barquinhos marrons. Havia dúzias deles, sugados até o filtro.

Tom olhou para eles de cima. Todos eram da mesma marca de cigarro, Starling Red. Ele sabia porque cada filtro tinha um pequeno S na lateral. O dono da lata de café havia passado muito tempo naquele lugar. Ele olhou para cima. Estava parado do lado de fora de um grande cubo de tijolos de dois andares. De onde ele viera, Tom tinha uma visão clara do interior do quarto principal.

Era um quarto bastante espaçoso, limpo e arrumado. Sobre a cama havia uma grande — e pela aparência, caseira — impressão em serigrafia de Jack Kerouac. A maior parte do espaço era ocupado por uma estante lotada de livros, que ia do piso ao teto. Aquele deveria ser o quarto de Tracie. Ela era o que Steve McDougal se referia como um "rato de biblioteca". O que Steve não sabia era que o termo não era, de forma alguma, ofensivo para amantes de livros. Tom sabia por experiência própria.

Um galho seco se partiu em algum lugar próximo de Tom. Ele olhou para trás. Uma mulher pequena estava parada na trilha, olhando para ele. Ela estava usando um suéter de cardigã muito grande, o que era uma escolha estranha para aquele dia quente.

— Sr. Witter — disse a mulher.

— Perdão, mas nós nos conhecemos?

— Uma vez. Em uma reunião de pais e professores.

Tom a olhou com atenção. O cabelo negro e olhos fundos eram familiares. Ela parecia uma versão de Tracie, mais velha e deprimida.

— Você é mãe da Tracie.

— Sim. — Ela confirmou. — Agora, poderia me dizer por que está perambulando nos arbustos atrás da minha casa?

— Eu não chamaria de perambular.

— Mas você sabe o quanto parece isso, não?

De fato, ele sabia. Tom respirou fundo. Ele poderia dizer que estava apenas fazendo uma caminhada, mas preferiu ser honesto:

— Eu fiquei sabendo sobre a Tracie. Queria tentar ajudar.

— Por quê?

Era uma boa pergunta.

— Eu tenho filhos também — respondeu ele.

Nancy o encarou por alguns segundos, e então sua expressão se suavizou:

— Gostaria de entrar, Sr. Witter?

— Por favor, me chame de Tom.

*

A casa de Nancy Reed era pintada em tons diferentes de verde. Todas as cortinas estavam fechadas e a maioria das luzes estavam desligadas. Tom precisou de um momento para que seus olhos se ajustassem à escuridão. E então, ele viu um lar de família caótico. Pegadas de lama no corredor, uma pilha de cartas ainda não abertas, uma pia repleta de louça suja.

— Cuidado onde pisa — disse Nancy.

Ela apontou para uma pequena pilha de vidro quebrado no chão. Os cacos haviam sido reunidos e deixados no chão, como uma pequena cena do crime. Na parede acima da pilha, havia um espaço vazio, um gancho de pendurar molduras sem nenhum quadro ou foto. Tom pensou em perguntar o que havia acontecido, mas parecia uma pergunta pessoal demais.

Nancy apontou para uma poltrona na sala, e então foi até a cozinha americana para aquecer uma chaleira de água. Ela se movia na cadência de um zumbi. Seus olhos estavam inchados e vermelhos. Seus lábios, secos. Tom também notou — enquanto tentava ao máximo não reparar — que ela não estava usando um sutiã.

— Você costumava ter barba, não? — Nancy reparou.

— Minha esposa me fez tirar. Ela disse que me fazia parecer pretensioso.

Nancy sorriu. Mas um sorriso triste, fantasmagórico.

— Tracie disse que você era engraçado. Ela gostava de você. Era um dos professores preferidos dela. Você e aquela moça que eu não sei o nome, a professora de artes.

— Senhorita Millership.

— Exato.

— Fico feliz de saber disso.

— Você a notava — comentou Nancy. — Acho que era por isso. Pode parecer bobagem, mas muitas pessoas na vida dela não a notavam. Não realmente.

Tom olhou para as próprias mãos sem saber o que dizer. Foi então que notou um pequeno memorial para Tracie na mesinha de centro: uma coroa de flores secas ao redor de uma foto emoldurada. Era uma foto de Tracie aos onze ou doze anos. Ela estava em alguma praia, com a água do mar na altura dos joelhos, sorrindo para a câmera. Ela apontava alegremente para uma estrela-do-mar em cima de uma pedra. Havia algo muito triste e inocente naquela foto. Tom sentiu a angústia lhe tomando por inteiro.

Ao lado da foto, estava a boneca de pano mais feia da humanidade, e um Walkman selado em plástico filme. Na lateral do Walkman, lia-se "TCM-100B".

— Achei isso no Lugar Selvagem depois que ela desapareceu. — Nancy disse. — Eu o guardei no plástico porque pensei que a polícia poderia checar as digitais, mas eles não se importaram. Em vez disso, enviaram uns dois ou três caras para revistar os arbustos perto de onde eu o encontrei. Procuraram por apenas dezesseis minutos. Eu cronometrei.

Tom pegou o Walkman e notou por baixo do plástico que a fita era "Shadow and Light", de Joni Mitchell.

— É da minha coleção. — Nancy falou atrás dele. — Eu amava esse álbum. Agora eu não sei se vou conseguir ouvir de novo. Não sem lembrar da noite que ela foi levada.

Levada?

— Gostaria de um pouco de chá? — Ela perguntou.

Tom aceitou com um aceno de cabeça. Enquanto Nancy se afastou para preparar, ele pensou sobre a última vez que conversou com Tracie.

*

— Ei, Sr. Witter. Tem um segundo?

Era novembro. O último dia de Tracie Reed no Ensino Médio. Os veteranos costumam sair um pouco mais cedo que os outros alunos, para estudar para provas admissionais. Tom havia permanecido no trabalho depois do sexto período para fazer seu relatório semanal. Estava sentado em uma sala de aula vazia, pensando em como começar, quando ela bateu gentilmente na porta.

— Ainda não foi para casa? Já passou das quatro horas — disse ele. — Posso ajudar?

— Eu vi seu Sigma estacionado lá fora e pensei em vir dizer tchau.

O Colégio de Camp Hill usava uma combinação terrível de cores em seu uniforme, cinza e castanho avermelhado. Mas Tracie fazia a roupa não parecer tão feia.

— Está pensando em universidades para o ano que vem? — Ele perguntou.

Suavemente, quase contra sua vontade, ela respondeu:

— Sim. Jornalismo.

— Não parece muito alegre com isso, Tracie.

— Eu estou... Quer dizer, eu sempre soube que era isso que eu gostaria de fazer. Mas sei lá. É um pouco assustador. Sair da escola, é algo muito intenso.

— Como assim? — Tom perguntou, largando sua caneta.

— Passei os últimos seis anos querendo sair desse lugar. Mas agora que chegou o dia, eu não sei se quero.

Tom não conhecia a sensação. No seu último dia do Ensino Médio, ele correu para casa sem olhar para trás. Ele pensava naquela época com frequência, mas nunca com nostalgia.

— Todo mundo precisa em algum momento. — Ele disse. — Tudo é temporário.

— Tudo é temporário. — Tracie repetiu. — Isso é a coisa mais deprimente que você já falou, Sr. Witter.

Ele sorriu:

— Já pode me chamar de Tom agora.

— Okay, Tom. — Ela disse, sorrindo também. — Ah, isso soa estranho.

De forma inquieta, Tracie falou:

— Eu gostei mesmo de suas aulas. Ratos e Homens foi um dos melhores livros que eu li na vida. Eu nem consigo pensar no personagem do Lennie sem chorar. Ah, e eu finalmente pude ler Matadouro-Cinco. Eu gostei. Pelo menos acho que gostei. Aquela parte do zoológico de humanos com as atrizes pornô, eu fiquei tipo quê?

Tom riu alto.

Na semana anterior, no fim de suas aulas oficiais, Tracie perguntou a Tom quais livros ele recomendaria. A última vez que aquela pergunta foi feita a um professor foi por ele mesmo, quando ainda estava na escola.

— Você gostou de Nove Histórias? — Tom perguntou a ela. — Apanhador no campo de centeio é a obra mais famosa de Salinger, mas na minha opinião, Nove Histórias é tão profundo quanto.

Ela concordou.

— Aquela primeira história — comentou ela —, Um dia ideal para os peixes-banana, é meio triste. O cara tem o dia perfeito, e depois vai para um hotel e comete suicídio?

— É bem zoado, né?

— Mas eu não tenho certeza se entendi. Por que Seymor se mata no final?

— Eu não quero estragar a experiência para você. Leia de novo daqui uns dez anos, mais ou menos — disse Tom. — Aposto que vai fazer mais sentido.

*

Quando Nancy voltou com o chá, Tom deixou abruptamente suas memórias, como se saísse de uma casa confortável para o meio da ventania.

— O que aconteceu com ela? — Tom perguntou.

Nancy olhou a foto na parede e falou em uma voz calma e baixa. Não havia nenhuma emoção em seu tom. Ele pensou que Nancy deve ter contado aquela história incontáveis vezes, tanto em voz alta quanto mentalmente:

— Ela tinha ido ao cinema, e iria passar a noite na casa de uma amiga, Cassie Clarke. Deve conhecer ela da escola também.

— Cassie não estudou comigo, mas eu sei quem ela é — Tom confirmou.

— Tracie chegou em casa por volta das onze. Parecia normal. Ou talvez, não sei, talvez ela não estivesse normal. Quando algo assim acontece, tudo parece um presságio ruim. Cada detalhe que deveria ser trivial fica... gigante.

— Como o quê?

— Ela descoloriu o cabelo. Usou tanta água oxigenada que foi até a raiz. — Nancy deve ter notado a expressão de Tom, como se dissesse "e daí", porque ela completou: — Você não tem filhas, tem?

— Dois meninos. — Ele respondeu.

— Quando uma garota, bom, mulheres em geral, fazem algo tão grande e repentino com seus cabelos, tem algo acontecendo no interior. Tipo um término de relacionamento.

— E você acha que foi isso que aconteceu com ela?

Ela deu de ombros.

— Não sei o que aconteceu com ela, Sr. Witter. Tudo o que sei é que, quando acordei no dia seguinte, ela tinha desaparecido. — Nancy disse enquanto roía as unhas intensamente. — Eu liguei para Cassie, para o pai dela, seus avós, todos que eu consegui lembrar. Ninguém tinha visto ela. Então liguei para a polícia. E desde então, as coisas só pioraram.

Nancy pegou a boneca de pano e a colocou contra o rosto:

— Os policiais acham que ela fugiu. O pai da Tracie e eu estamos no meio de um divórcio. Acham que é motivo o suficiente para ela querer ir embora, mas é exatamente por isso que eu sei que não é verdade. Tracie sabia que eu precisava dela. Sabia que eu não... sobreviveria sem ela. Alguém a levou, Sr. Witter. Disso eu tenho certeza.

Tom sentiu um arrepio.

— Quem faria algo assim?

Ela colocou a mão no bolso do suéter. Quando tirou, na palma de sua mão havia um pequeno colar com pingente.

— Encontrei isso debaixo do travesseiro da Tracie. — Nancy disse. — Isso não era dela. Tracie tinha alergia a níquel. Joias assim lhe davam dermatite, coceira, inchaço. Acho que pode significar alguma coisa. Ela pode ter deixado para mim como uma mensagem, ou é um tipo de cartão de visita. Sabe, como de assassinos e sequestradores? Eles deixam algo para trás. Para dar emoção ou algo assim.

Tom imaginou uma mulher se afogando, tentando agarrar qualquer coisa que pudesse impedi-la de afundar. Isso partiu seu coração.

— Você contou à polícia sobre isso?

— Claro. O detetive encarregado fingiu ouvir, mas dava para notar que ele só queria desligar o telefone.

Ela entregou o pingente a Tom, que o olhou de todos os ângulos. Era uma corrente simples, prateada, com uma estrela de cinco pontas pendurada. Uma estrela dentro de um círculo.

— Você conhece esse símbolo? — Nancy perguntou.

— Não, mas parece familiar.

— É um pentagrama. — Nancy colocou o colar de volta no bolso. — É usado por satanistas, do mesmo jeito que os cristãos usam cruzes.

A expressão de Tom pareceu confusa.

— Satanistas? Como quem venera o diabo?

— Eu sei que soa... Você deve achar que eu sou daquelas pessoas que usam chapéus de papel alumínio. Mas nas semanas antes de ela desaparecer, alguém estava seguindo a minha filha.

— Por que diz isso?

— Ela me contou. Bom, ela tentou me contar. Naquela noite, no cinema, ela sentiu como se alguém a estivesse observando. Eu disse que deveria ser a imaginação dela. Cassie pensou a mesma coisa. Ela estava com a Tracie e falou que não notou nada, mas eu deveria ter ouvido a minha filha. Há muitos homens ruins no mundo, e pela minha experiência, a maior parte deles quer a mesma coisa.

Ela levantou e caminhou até a janela. Abriu as cortinas e piscou os olhos contra a luz do fim da manhã.

— Quando uma garota se parece com a minha Tracie, ela vira um alvo. Para pervertidos, satanistas, predadores sexuais... — Ela ficou em silêncio por um instante. Apertou as mãos com força. — Professores do Ensino Médio.

— Como disse?

Ainda segurando a boneca de pano, ela disse:

— Você parece uma pessoa boa, Sr. Witter. Mas falando como alguém que tem filhos... Tenho certeza de que vai entender porque eu liguei para eles.

Um carro estacionou do lado de fora. Nancy estava distraindo ele o tempo todo.

— "Eles" quem? — Tom perguntou.

CAPÍTULO 07

Detetive **Sharon Guffey** subiu uma leva de escadas de aparência frágil, e então subiu mais uma. O endereço que ela recebeu ficava no terceiro andar de um prédio em Frankston. A subida exigiu bastante dela. Ela culpou o calor, mas talvez fossem os quilos ganhos no Natal.

Ela chegou ao terceiro andar e atravessou um espaço estreito, com uma máquina de lavar no caminho. Do outro lado, no fim da passagem, ficava o apartamento de Graham Engstrom. Moscas voavam na porta da frente. Ela pousou a mão em uma janela suja e olhou para dentro. Era um apartamento de um quarto, repleto de pratos sujos, garrafas vazias e um bong de vidro extravagante.

Havia dois homens ali dentro. Ambos por volta dos vinte anos, ambos sem camisa. Um estava assistindo ao outro jogar videogame. Sharon chegou mais perto para reparar no console. Um Sega Master System. Aquilo seria mais fácil do que ela pensava.

Ela deu um passo para trás. Ficou mais ereta, o que a deixava imponentemente alta, e bateu na porta. Um dos homens atendeu. Ele era magro, com a clavícula muito aparente e o peito bronzeado. Fedia à maconha. Ergueu o rosto para olhar para Sharon e perguntou:

— Que foi?

— Você é Graham Engstrom?

— Não.

— Ele está aqui?

— Sim.

Sharon respirou fundo:

— Pode chamá-lo para mim, por favor?

O homem deu um sorrisinho insolente, e então falou em voz alta para alguém atrás dele:

— É para você.

Ele voltou para o interior do apartamento enquanto o segundo homem pausava o seu jogo e ia em direção à porta. Engstrom era grande. Ele tinha a presença larga e ameaçadora de uma daquelas picapes com grades. Seus olhos estavam vermelhos. Estava drogado.

— Graham Engstrom?

— Quem é você?

— Detetive Guffey. Polícia de Frankston. — Ela mostrou seu distintivo. — Houve um arrombamento na manhã de Natal em um dos apartamentos de baixo. Um console de videogame foi roubado. Um Sega Master Syster. Saberia alguma coisa sobre isso?

— Não fui eu. — Ele disse.

— Você foi visto saindo pela janela carregando o videogame debaixo do braço, Sr. Engstrom.

— É minha palavra contra a deles — afirmou sem pestanejar.

— Você foi visto por vários de seus vizinhos. — Sharon disse. — Um total de sete pessoas. Então é sua palavra contra a deles. Eu deveria dizer também que, literalmente, posso ver o videogame roubado logo ali. Está facilitando muito meu trabalho, Sr. Engstrom.

— Aquilo ali é meu.

— Tem o recibo?

— Foi um presente.

— Então não se importaria de me acompanhar até a delegacia para uma declaração formal?

— Ela não esperou uma resposta. — Vista suas roupas. Eu te dou uma carona.

Engstrom não se moveu.

— Você veio sozinha?

Era contra o protocolo aparecer para esse tipo de coisa sozinha. Sharon deveria esperar alguns auxiliares-júnior da polícia do lado de fora, mas estava calor demais para se ficar parado esperando.

— Eu vim sozinha.

Engstrom e Sharon tinham aproximadamente a mesma altura, mas ele era muito mais pesado que ela. Ele deu um passo para perto dela.

— Acha que consegue me arrastar daqui sozinha?

— Eu tinha esperança que viesse caminhando. — Sharon não se moveu. — Mas a resposta é "sim". Se eu precisar, é claro.

Os lábios e maxilar dele se retesaram de raiva.

— Isso tudo por causa de uma merda de videogame? Acha que vale a pena?

— Sendo honesta? — Sharon disse. — Provavelmente não.

Engstrom deu um sorriso grande e estúpido. Olhou para ela direto nos olhos e coçou as bolas. Sharon o agarrou pela orelha e o derrubou no chão.

*

O Departamento de Polícia de Frankston era coberto por diferentes tons de marrom. A fachada, a sala de espera, as cadeiras e paredes, até as misteriosas manchas de umidade no teto. Sharon tinha certeza de que cada mancha tinha um nome: nozes, café, tortilla, merda. De alguma forma — e parecia impossível — mas até o cheiro do lugar era marrom.

Havia ar condicionado, tecnicamente, mas os que não estavam quebrados não faziam a menor diferença. Até a caminhada curta da porta da frente até sua mesa era o suficiente para fazê-la suar. A boa notícia era que havia uma garrafa de Johnnie Walker esperando por ela, uma pequena fita vermelha amarrada no pescoço. Havia um cartão em que lia-se "Feliz Natal — Papai". A palavra Papai havia sido riscada e substituída por "Guffey".

— Para ser totalmente honesto, isso aí é um suborno.

Era o Detetive James Rambaldini. Ele estava sentado a algumas mesas de distância, vestindo sua tradicional camisa de manga curta cor de mostarda, que parecia nunca servir direito. Rambaldini atendia por Rambi, Rambo, Jimbo e Rambles, mas Sharon gostava de manter as coisas simples.

— O que você quer, Jim?

Jim se ergueu e caminhou até ela. Com as mãos nos bolsos e a barriga projetada para frente, ele ergueu os ombros e disse:

— Preciso de um favor.

— Outro?

— É um pequeno dessa vez.

— Okay.

— Mas pode ser que se torne grande.

— Jim... Tira logo esse Band-Aid.

— Certo — disse ele. — Estou indo para o norte com a família. Por cinco dias.

— Não precisa se gabar.

— Você poderia cuidar de um dos meus casos enquanto eu estiver fora?

— Qual deles?

— Da garota desaparecida de Camp Hill. Tracie Reed.

Sharon sentou em sua cadeira e perguntou:

— A garota que fugiu?

Jim confirmou com a cabeça e começou a se balançar da frente para trás:

— Honestamente, acho que um olhar fresco poderia ajudar.

— Alguma coisa mudou? — Ela perguntou.

— Não. Só estou cansado de olhar os pais delas nos olhos e dizer isso. Eu preciso de uma segunda opinião. Quem sabe ajude. Você se importa?

— Na verdade, sim, me importo. — Sharon olhou para a garrafa de uísque. — Mas você sabe que eu não resisto ao Sr. Walker aqui. Onde está o arquivo?

Ele apontou para a mesa dela. O arquivo estava debaixo da garrafa. Jim voltou para sua mesa quando Sharon começou a ler.

Tracie Frances Reed, dezessete anos, desapareceu de sua casa na Rua Bright, Camp Hill, na sexta-feira, dia 8 de dezembro de 1989. Sharon frequentou a escola de Camp Hill. Suas memórias do lugar eram, na melhor das hipóteses, variadas. Apesar do movimento dos meses de veraneio, era um subúrbio bucólico e tranquilo. Pequeno e seguro demais para ter sua própria delegacia, o que ocasionou eles pedirem ajuda para a polícia de Frankston. Era uma distância curta de carro, mas era como se fosse um país diferente.

Baseado nos testemunhos de seus pais, Tracie era uma jovem inteligente, quieta e bem-comportada. Ela não jogava nenhum esporte coletivo, mas gostava de natação e corrida. Ela tirava boas notas, não tinha nenhuma ficha criminal e era solteira.

Ela devia cagar algodão doce também, pensou Sharon.

Jovens adolescentes eram caixas trancadas, e os pais nunca tinham a chave. Sharon pulou algumas páginas do relatório. Tracie não tinha irmãos, mas tinha uma melhor amiga: Cassie Clark. Segundo Cassie, Tracie era carinhosa e gentil e a melhor amiga que uma garota poderia ter, etecetera, etecetera, mas ela também costumava ter noções exageradas. Gostava de chamar atenção. Ela tinha dito a Cassie no passado que gostaria de fugir.

Interessante. Talvez. Sharon seguiu a leitura.

Na noite em questão, não havia qualquer indício que houve uma invasão ou arrombamento, e zero sinais de luta. As portas estavam trancadas. O quarto de Tracie tinha sido deixado em perfeito estado. Porém, alguns itens desapareceram — roupas, uma mochila, um pouco de dinheiro —, todos eles consistentes com uma fuga.

Ainda assim, três semanas era muito tempo. Jim havia checado os hospitais e abrigos, e enviado a foto de Tracie por fax para todas delegacias do estado. Seus pais procuraram ajuda até mesmo de grupos de vigilância de moradores. Até o momento, nada foi descoberto. Sumir sem deixar rastros era algo difícil de se fazer. Pelo menos sem ajuda.

Sharon voltou sua atenção aos pais. A mãe era dona de casa, gostava de um bom drinque. Olhando os relatórios de Jim, ela ligou quase todo dia desde o desaparecimento de Tracie. Na semana anterior, ela pediu um time da perícia para analisar as digitais de um Walkman velho que ela alega ter encontrado na floresta atrás de sua casa. Alguns dias antes disso, ela tinha certeza de que havia encontrado uma pegada de bota misteriosa no jardim de um vizinho. Na outra, era uma lista de placas de carros suspeitos que ela viu pela área. E antes disso, era sobre um colar estranho encontrado no quarto da filha, que de acordo com ela, tinha ligações com satanismo. Jim desenhou chifrinhos e um rabo ao redor da palavra "satanismo".

O pai era investigador de uma companhia de seguros, o que provavelmente era tão emocionante quanto parecia. Estavam no meio de um divórcio. Aquilo significava muita raiva, tensão e emoções à flor da pele. Não era um ótimo ambiente para uma jovem. Sharon entendia o motivo de uma garota querer escapar daquilo.

Havia várias fotos Polaroid no arquivo. Sharon as colocou na mesa. Uma mostrava o portão dos fundos da casa, que dava acesso a uma reserva natural. Os locais chamavam de Lugar Selvagem. O portão estava trancado e não exibia sinais de alteração. Havia outra foto da porta dos fundos, e duas da janela de Tracie, por dentro e fora. A janela estava aberta alguns poucos centímetros, mas aquilo não significava muita coisa. Estava fazendo muito calor naquele verão.

Outra foto mostrava o quarto de Tracie. Sharon encarou a foto por algum tempo. Havia uma estante massiva repleta de livros, e uma impressão em serigrafia de um cara que ela não reconhecia. Seu guarda-roupa estava aberto. Sharon notou os cabides vazios. Apenas dois. Embaixo do espaço cheio de vestidos e casacos, havia um rack com fitas cassete e uma mochila de academia rosa choque.

Aquilo parecia curioso.

De acordo com a mãe — qual o nome dela mesmo? Ah, aqui está, Nancy —, Tracie não havia levado muita coisa. Alguns pares de roupa íntima, duas ou três camisetas, algum dinheiro trocado e as roupas do corpo. Ela enfiou tudo na mochila da escola quando poderia ter usado a bolsa da academia, mais espaçosa. Aquilo poderia significar uma de duas coisas. Ou ela saiu com tanta pressa que não teve tempo de pensar no que iria levar, ou ela não planejava ficar tanto tempo fora.

Ou talvez Sharon estivesse imaginando coisas. Jim pediu por um olhar fresco, mas talvez ele não precisasse daquilo realmente. Talvez Tracie tenha fugido. Fim da história. Ponto final. Caso en...

— Ei, Shaz?

Era o policial Daniel Bradley-Shore, da mesa da recepção, um rapaz de vinte e poucos anos, com um corte de cabelo tão perfeitamente quadrado que poderiam confundi-lo com um bonequinho de Lego.

— Já pedi para não me chamar assim, Danny — disse Sharon. — Você sabe que eu ando armada, não é?

— Você viu o Rambles por aí? — Ele perguntou.

A mesa de Jim estava desocupada.

— Ele estava aqui um segundo atrás. — Ela respondeu. — Precisa de alguma coisa?

— É sobre a garota desaparecida.

— O que houve?

— A mãe dela ligou para cá — respondeu. — Algo sobre um homem suspeito.

*

Vinte minutos depois, Sharon estacionou do lado de fora de uma casa enorme no subúrbio, em uma rua cheia delas.

Uma viatura da polícia já estava em frente à casa dos Reeds. Sharon enviou dois oficiais antes dela — e aquilo atraiu a atenção do público. Os vizinhos olhavam de suas janelas e soleiras, e então desapareciam quando Sharon olhava para eles, como pequenas baratas fugindo do foco de luz.

A porta da frente estava aberta. Uma mulher pequena estava parada ali dentro, com os braços cruzados. Ela encarou Sharon com os olhos semicerrados:

— Onde está o Detetive Rambaldini?

— Ele estava impossibilitado de vir. Eu trabalho com ele, Detetive Sharon Guffey. Você é Nancy?

— Eu o peguei andando atrás da casa. — Ela disse.

— Calma, está falando de quem, Sra. Reed?

— O estranho. Ele estava no Lugar Selvagem. Observando. Olhando para o quarto da Tracie.

— Esse estranho... — Sharon lutou contra a vontade de fazer aspas com os dedos. — Você olhou bem para ele?

— É claro. Ele está na minha sala.

— Ele está aqui?

— Eu não queria que ele fugisse, então depois que liguei para vocês, eu o convidei para tomar chá. Mantive ele ocupado. — O rosto de Nancy estava vermelho.

— Você convidou o estranho para um chá — disse Sharon. — Isso não é algo muito recomendável, Sra. Reed.

Sharon olhou por cima do ombro de Nancy Reed e viu o homem de meia idade em sua sala de estar. Ele estava agitado, andando de um lado para o outro. Mas não era feio. Ela pensou se aquele era o fundo do poço. Se sua vida amorosa estava mesmo tão ruim que ela havia começado a notar os suspeitos do trabalho.

Os dois policiais estavam tentando acalmá-lo. Seus olhos se abriam e fechavam em uma espécie de tique nervoso. E foi aí que Sharon notou.

— Tom?

CAPÍTULO 08

Tom demorou algum tempo para compreender o que estava acontecendo. Era informação demais para um único momento: dois policiais diziam para ele manter a calma, uma forte náusea surgia em seu estômago, e imagens da prisão, interrogatórios e falsas acusações giravam dentro de sua cabeça.

O primeiro policial, um homem mais jovem com olhos grandes e a barba por fazer, ergueu uma das mãos e pôs a outra sobre o coldre da arma.

— Permaneça onde está, senhor.

Tom nem percebeu que andava de um lado para o outro. Ele fixou seus pés no tapete e respirou fundo. Lutou contra a vontade compulsiva de estralar o pescoço. Ele procurava as palavras certas para se explicar quando uma mulher espantosamente alta entrou na sala. Ele olhou para a arma em sua cintura. Então, finalmente, olhou para seu rosto.

— Sharon?

A expressão da mulher se fechou rapidamente:

— É Detetive Guffey por ora.

Essa doeu.

— Vocês dois se conhecem? — Perguntou Nancy.

— Estudamos juntos no colégio. — Sharon respondeu.

Havia, é claro, uma história maior por trás daquele comentário. Sharon foi a pessoa mais próxima de uma namorada que Tom teve quando os dois estudavam no Colégio Cristão de Camp Hill.

Ele ouviu falar sobre ela ao longo dos anos. Sabia que era policial. Não era surpresa nenhuma para Tom que a filha de um criminoso entrasse para a polícia. Sharon sempre quis ser o oposto de seus pais. Todas as crianças faziam o mesmo, ele pensou. Mas Sharon sempre teve a habilidade de se distanciar deles.

Tom se perguntava como seria encontrar Sharon depois de todos aqueles anos, mas ele não imaginava que as circunstâncias seriam tão estranhas.

Sharon Guffey. Nossa. Ela estava linda. Seus olhos pareciam mais sábios que antes, mas ainda eram tão azuis quanto planetas. A idade fez seus traços amadurecerem, mas ao invés de fugir dos cabelos brancos e das rugas sutis, ela parecia aceita-los de bom grado. Aquilo lhe dava uma beleza confiante.

— Isso foi um engano. Um mal-entendido. — Ele gaguejou. — Eu posso explicar o que houve.

— Vai ter a oportunidade de explicar, Sr. Witter. Mas, primeiro, você e eu vamos para outro lugar.

Sr. Witter? Outro lugar?

Ela o levou para o lado de fora da casa. Quando chegaram ao seu carro, um veículo 4x4 preto, ela o guiou para o banco de trás, e então, sentou no banco do motorista.

— Sharon, isso é realmente necessário? — Tom percebeu seu próprio erro. — Detetive? Vou responder qualquer pergunta que tiver, mas precisamos mesmo ir até a delegacia?

Um sorriso surgiu no rosto de Sharon. Ela disse em voz baixa:

— Pode parar com o lance de "detetive" agora. Aquilo era só para a Sra. Reed. E não estou te levando para a delegacia, seu tonto. Vou te levar para casa.

Os batimentos do coração de Tom desaceleraram um pouco.

— Sério?

Depois de sair da Rua Bright, Sharon estacionou o carro. Tom secou as palmas das mãos nas jeans, e então trocou de lugar para o assento do carona. Ele disse onde morava, e os dois partiram pela vizinhança, com as janelas abaixadas.

— Então, me conta as novidades — disse Sharon. — Esposa? Filhos?

— Sim, e sim. — Tom respondeu. — Dois meninos.

— Uau, é difícil imaginar você com filhos. Ainda penso no garotinho magricela do colégio.

— E você?

— O que tem eu?

— Marido? Filhos?

— Filhos não. Tentei a coisa toda do casamento, mas não deu certo. — Sharon desviou os olhos da estrada e se virou para ele. — É bom te ver, Tom. É meio estranho, mas de um jeito bom. Sabe, o único motivo de eu ir em nossa reunião de vinte anos do colegial é que pensei que estaria lá.

Tom sentiu suas bochechas corando:

— E eu só não fui porque pensei que você não estaria lá. Bom, isso, e eu estava preocupado que o Steve McDougal poderia me afogar no vaso sanitário pelos velhos tempos.

— Eu poderia prendê-lo por isso.

— Eu adoraria ver.

— Mas, Tom, por que você estava rodeando a casa de uma garota desaparecida?

Tom balançou a cabeça:

— Ela era minha aluna. Da minha turma de Literatura inglesa.

— Você é professor?

— Uhum.

— Onde leciona?

— Você vai rir.

— Não... O Colégio Cristão?

— Culpado.

Ela riu alto.

— Eu falei que ia rir. — Tom sorriu também, mas sua expressão mudou rapidamente. — Quando a Tracie desapareceu, eu não sei, acho que só queria poder ajudar. O Lugar Selvagem pareceu um bom lugar para procurar. Não era minha intenção assustar a mãe dela. Como vai a investigação?

— Não tem muito o que investigar — Sharon respondeu. — Ela fugiu de casa. Seus pais estão se divorciando. Isso pode ser difícil para uma jovem. Tracie vai voltar para casa quando estiver desesperada o suficiente. — Ela hesitou. — Se ainda estiver viva.

— Acha que ela pode ter morrido?

— Pensamentos suicidas são uma causa bem comum de fugas entre adolescentes. Você a conhecia. Acha que ela parecia ter essa inclinação?

— Não sei — disse Tom. — O quão bem se pode conhecer um adolescente? — Ele pôs o braço para fora da janela do carro. O ar ainda estava seco. A vizinhança estava em completo silêncio. — Então não acha que ela foi sequestrada por satanistas?

Sharon gargalhou outra vez.

— Então Nancy mostrou o colar para você também?

— Mostrou.

— Tem que perdoá-la por lutar contra sombras. Ela está vivendo o pior pesadelo de toda mãe. Acredite se quiser, mas às vezes é mais fácil pensar que seu filho foi sequestrado, quando a alternativa é ele ter fugido por conta própria. Mas havia cabides vazios no armário dela, e uma mochila foi levada com um pouco de dinheiro. Todos os sinais de uma garota que não aguentava mais aquela casa. Eu não diria que as pistas apontam para o diabo.

Tom não conseguiu conter o próprio sorriso. Sharon sempre teve um ótimo senso de humor.

— Acho que algumas crianças só curtem essas maluquices — disse Tom. — No ano passado, alguém deixou uma cabeça de porco decepada na porta da sala dos professores.

— Jesus... — Sharon respirou fundo.

— Eu sei, não é? Tinha até uma cruz invertida talhada na testa.

— Vocês chamaram a polícia?

— Sim, mas não tinha nada para ser feito — prosseguiu. — Uns moleques pouco "acadêmicos" devem ter comprado a cabeça em um açougue, sabe, para pregar uma peça. Pode virar à esquerda aqui.

O carro fez a curva na Rua Keel. Irene Borschmann estava levando seus cachorros para passear outra vez. Ela virou e observou o carro de Sharon, acenando antes mesmo de ver quem estava dentro dele. Mais à frente, Bill Davis estava em seu jardim, vestindo apenas um par de bermudas berrantes, regando as plantas com um cigarro nos lábios.

Tom a guiou até a frente de sua casa. Sharon estacionou o carro, mas manteve o motor ligado.

— Olha só para esse lugar — disse Sharon. — Seu próprio pedacinho do subúrbio.

— É embaraçoso, não é?

— Não, claro que não. É surpreendente. — Ela sorriu e continuou. — Se quiser conversar sobre os velhos tempos alguma hora dessas, pode me ligar.

Tom sentiu um calorzinho em seu estômago, algo que homens casados sentem quando se perguntam "e se?". Mulheres casadas provavelmente sentem o mesmo, ele pensou.

— Que tal um jantar? Por volta das sete? — Ele perguntou. — Pode conhecer minha família, para saber que não estou inventando eles. Vai estar ocupada?

— Eu trago o vinho — respondeu.

*

Ele ouviu vozes no interior da casa. Keiran tinha chegado, junto de seu melhor amigo, Ricky. Tom reconheceu suas vozes. Havia algo no jeito que eles sussurravam que fez os sentidos paternais de Tom ficarem em alerta. Soou como se eles estivessem tramando alguma coisa.

Tom subiu as escadas até a porta de Keiran. Ele pousou a mão sobre a maçaneta e parou. Farejou o ar. Estava denso com o cheiro terrível de puberdade masculina. Mas havia outra coisa também.

Fumaça?

Tom abriu a porta de supetão e correu para dentro do quarto. Keiran e Ricky estavam agachados perto da janela aberta. Entre eles havia um balde de metal com uma pequena brasa queimando.

— O que diabos estão fazendo?

— Ah, olá, Sr. Witter. — Ricky disse. — Achamos que não estava em casa.

Ricky era um garoto grande, de uma linhagem de adultos grandes. Estava fazendo o que podia para parecer normal, mas suas bochechas estavam queimando. Seus olhos estavam arregalados como dois pratos.

— Já ouviu falar em bater na porta? — perguntou Keiran.

— Nem começa, garoto. — Tom o repreendeu. — O que estão queimando?

Keiran tentou esconder o balde com os braços, mas não fez diferença. Tom deu três passos largos e atravessou o quarto, ergueu o balde e o levou até o banheiro. Abriu a torneira da banheira e cobriu o balde com água gelada. O fogo se extinguiu, deixando um rastro denso de fumaça.

Abanando a fumaça com as mãos, Tom olhou para o conteúdo do balde. Havia pedaços de madeira de balsa queimada. Letras e números impressos em sua superfície. Ele viu partes das palavras "sim" e "não". E então, em letras garrafais douradas, Tom viu a palavra Ouija.

— O que vocês estavam fazendo? — Tom perguntou.

Keiran estava parado no corredor, os ombros erguidos, os olhos fixos no chão:

— Não pensamos que você fosse chegar.

— O que me incomoda é que você não respondeu à pergunta.

Keiran olhou para Ricky. Ricky balançou a cabeça.

— Vá para casa, Ricky — disse Tom.

Ricky se afastou em direção à escada.

— Ah, e Ricky...

— Sim?

— Não pegue nenhum atalho, tudo bem? Não vá pelo Lugar Selvagem.

Ele concordou com a cabeça e foi embora. Tom sentou na borda da banheira.

— Por favor, pai, não faça essa cara — pediu Keiran.

— Que cara?

— A cara que sempre faz antes de ficar bravo.

Tom respirou fundo.

— Tudo bem — Keiran exclamou. — Estávamos usando o tabuleiro, de brincadeira. E então algo aconteceu. Ou talvez não aconteceu. Eu não sei. Talvez não tenha sido nada. Provavelmente não foi nada. Mas queríamos ter certeza. Queríamos nos livrar dele.

— Conte tudo do começo — disse Tom.

Um instante de silêncio relutante. E então ele seguiu:

— Há algumas semanas, eu saí escondido.

Tom recuou, mas manteve a calma:

— Para onde você foi?

— Para o Lugar Selvagem.

— Por quê?

— Ricky ganhou o tabuleiro de Ouija de aniversário. Ele queria testar. Estava escrito nas regras que você deve encontrar um lugar calmo e escuro, e bem, assustador. O Lugar Selvagem é tudo isso. Encontramos uma clareira, e a lua estava cheia. Nós queríamos falar com algum fantasma famoso, tipo Jim Morrison, Jimi Hendrix, Harold Holt.

— Harold Holt?

— É o primeiro-ministro que se afogou, não?

— É. Estou surpreso que conheçam ele. Mas então, o que aconteceu?

— Bom, como eu disse, o plano era esse. Tentamos contato, mas ninguém respondeu. Nada estava acontecendo. O indicador nem estava se mexendo. Então tentamos algo diferente. — Keiran cerrou os lábios. Alguns segundos se passaram antes de ele conseguir falar: — Tentamos invocar o demônio.

Honestamente, Tom não acreditava que era possível contatar o outro lado com um pedaço de madeira, e certamente não acreditava na possibilidade de se invocar o diabo. Mas o medo no rosto do seu filho era real. Resistindo à vontade de fazer piadas, Tom perguntou:

— Eu deveria me preocupar?

— A ideia não foi minha. — Keiran disse.

— Ricky te convenceu?

— Não. Não foi ideia dele também.

— Então de quem foi? — Tom se inclinou para frente.

Silêncio.

— Keiran?

— Sean. Foi ideia do Sean.

— Sean Fryman? O vizinho do lado?

Tom pensou no garoto de roupas negras e gostos bizarros.

— Vocês e Sean são amigos? — Tom perguntou.

— Sean não tem amigos. Mas ele sempre foi legal comigo, por causa do Marty. Perguntamos para ele sobre o tabuleiro porque ele sabe tudo dessas coisas.

— Que coisas?

— Bruxaria, invocações, Aleister Crowley, o oculto. Todo mundo sabe. Em Camp Hill ele é meio que o... Qual é a palavra mesmo? Quando alguém é famoso, mas de um jeito ruim?

— Infame?

— In-fame? Isso não parece uma palavra real.

— Pode confiar em mim. Sou professor de inglês. O que aconteceu depois?

— Era só para ser divertido. Acendemos velas, desenhamos uns símbolos na terra, e então sentamos em volta do tabuleiro. O diabo não apareceu. Não fomos arrastados para o inferno, obviamente. O indicador nem mesmo se moveu. — Ele olhou nos olhos de Tom. — Mas algo aconteceu.

Tom esperou em silêncio.

— No meio do ritual, Sean sangrou pelo nariz. Muito mesmo. E eu sei que as pessoas têm sangramentos assim toda hora, mas foi o momento que aconteceu que nos assustou. Então o Sean ficou estranho. Começou a falar sozinho, sussurrando. E então só foi embora. Nem disse adeus nem nada. Só desapareceu pelo meio do Lugar Selvagem. Era quase como se estivesse...

— O que?

— Possuído.

Tom olhou para seu filho e se perguntou, e não pela primeira vez, se era saudável criar uma família envolvida em qualquer religião. Os valores cristãos eram ótimos, mas eles vinham com muita bagagem. Acreditar em Deus significava acreditar no diabo.

Tom disse em um tom calmo:

— Keiran, o Sean deveria estar tentando assustar vocês.

— Foi isso que Ricky e eu pensamos. Teríamos esquecido a coisa toda, mas então você trouxe isso para casa ontem à noite.

— Os cartazes da Tracie.

— Eu chequei a data. — Keiran disse, as lágrimas surgindo nos cantos dos olhos. — Nós fizemos o ritual no dia oito de dezembro, pai. A noite que Tracie desapareceu.

CAPÍTULO 09

— Eu vou morrer, não é? — O homem choramingou. Ele estava deitado, sangrando dentro de uma ambulância, um braço caído pela borda da maca, a outra erguida na direção da socorrista. — Por favor não me deixe morrer.

— Eu já me cortei mais feio que isso depilando as pernas — disse Debbie Fryman.

O homem não sorriu, e honestamente, quem poderia culpá-lo. Dezesseis minutos antes, ele estava em seu telhado, tirando as luzes de Natal. A maioria das pessoas deixava as luzes até janeiro, mas não esse cara. Ele escorregou, atravessou o telhado do galpão de seu jardim e pousou em um forcado. Duas das quatro pontas perfuraram a pele.

Poderia ter sido pior, pensou Debbie.

Ela pôs a máscara de oxigênio sobre o rosto do Sr. Winslow, e monitorou seus batimentos cardíacos. Estavam muito acelerados. Seus olhos arregalados de dor. O sangue se acumulava na maca. Ele seguiu falando, sua voz abafada pela máscara. Era uma variação do que ele repetia desde que chegaram no local para socorrê-lo. O que todos diziam, na verdade. É muito ruim? Eu vou morrer? Me ajuda.

— Sr. Winslow, por favor, não se ofenda — pediu ela. — Mas vou precisar que fique quieto.

84

Seus olhos já arregalados se abriram ainda mais. Ele disse algo. Debbie puxou um zíper invisível sobre os próprios lábios. Ele compreendeu a mensagem. Debbie tapou um dos ouvidos e aproximou o outro das feridas. Era o que ela temia. Um terrível chiado.

Chiado, silêncio, chiado, silêncio.

Ar entrando pela cavidade torácica.

Droga.

Ela saltou para o banco da frente da ambulância. Merri (cujo nome real era George Merrigold) estava curvado sobre o volante, os olhos fixos na estrada à frente, procurando espaços livres no tráfego. Luzes azuis e vermelhas dançavam em seu rosto. Era um homem gigantesco, com um rosto redondo e nariz largo. Debbie nunca — nunca — admitiria isso para ninguém, mas ele a lembrava de um troll de contos de fadas.

— Estaciona — pediu Debbie.

Ele se virou: — O que é?

— Pneumotórax hipertensivo.

— Merda. — Ele se inclinou e se ergueu em seu assento para ver melhor a estrada. Tem uma via lateral chegando. Me dá trinta segundos.

Debbie voltou para o lado do homem na maca.

— Por favor, me diga o que está acontecendo. — Ele disse.

Pelo menos, foi o que ele pareceu dizer. Era difícil distinguir por trás da máscara. De qualquer jeito, Debbie o ignorou. Ela mexeu em uma gaveta até que encontrou a injeção de quarenta milímetros. Estava envolta em plástico. Ela rasgou a embalagem com os dentes.

O homem da maca agarrou seu braço:

— Por favor!

Ela removeu sua mão, mas antes de soltar, ela a segurou com força:

— Sr. Winslow, seus pulmões estão colapsando. Se eu não aliviar a pressão, você pode ter uma parada cardíaca.

Ele puxou a máscara de oxigênio e disse:

— Quer dizer que... — Pausa. Engasgue. — Um ataque do coração?

A ambulância parou de supetão. Merri desligou o motor. O som do tráfego em movimento era altíssimo. Motores rugindo, buzinas, músicas do rádio.

— Por que... — Pausa. Chiado. — Paramos?

— O jeito mais rápido de aliviar a pressão é com isso... — Debbie mostrou a agulha. — Preciso inserir na parede torácica, e é melhor não estarmos em movimento para isso.

Ele tentou sentar na maca. Debbie o segurou no lugar com firmeza.

— Preciso que relaxe, Sr. Winslow.

Ele olhou para a agulha:

— Só pode estar brincando.

*

— Nunca mostre a agulha! — disse Merri no fim de seu turno, enquanto os dois saíam da Sala de Emergência de Frankston para o ar quente da tarde.

— Ele está estável. Assustado é melhor que morto.

— Tem que melhorar suas boas maneiras de maca.

— Uhum.

— Cerveja?

— Hoje não.

— Tem um encontro?

— Quem me dera. — Ela disse. — Não, a primeira vez em quatro dias que eu saio do trabalho e vejo o sol. Posso até chegar em casa para o jantar. Tudo o que eu quero é aproveitar uma refeição junto com meu filho.

Debbie abriu a porta de seu Ford Orion verde-limão. O ar quente de dentro do carro saiu numa baforada. Ela se preparou para o calor e entrou. O volante estava quase quente demais para o toque. Ela teria de brincar de batata quente até chegar em casa. Ela abaixou a janela e acenou para Merri.

— Aliás, o que eu disse sobre suas boas maneiras de maca, era um elogio — acrescentou ele.

— Sério?

— Você é ruim nessas coisas porque não sabe mentir. Não é a coisa mais horrível do mundo.

Ela lhe devolveu um sorrisinho e falou:

— Te vejo amanhã no turno da madrugada.

Debbie dirigiu pela Esplanade e olhou para a praia enquanto passava. Camp Hill fazia parte da Península Mornington, rodeada por água pelos três lados. Havia o Porto Phillip Bay à oeste, o Porto Western Port à leste, e Bass Strait ao sul. As praias — pelo menos em Camp Hill — estavam lotadas. As pessoas tomavam banho de sol e se refrescavam na beira da água. Barcos e jet skis deixavam rastros de espuma branca. O sol estava radiante, em um céu azul limpo.

As pessoas estavam felizes. Ela estava feliz. Talvez? Debbie não tinha certeza, mas com um pouquinho do ar morno e salgado do oceano preenchendo o carro, tudo parecia melhor. Não perfeito, exatamente. Mas definitivamente melhor.

E para ela já era o suficiente. Inclusive, o dia inteiro se passou sem ela pensar em Mike uma única vez.

Droga. Ela tinha acabado de pensar nele. Mas aquela vez não valeu.

Quando Debbie pensou em sua vida, ela imaginou um carro velho e todo arrebentado. As feridas dela não eram tão óbvias quanto as que ela tratava diariamente, mas eram todas iguais. A palavra "danificada" veio à sua mente. Danificada por um namorado violento (ali estava ela de novo, pensando no Mike), e então, uma gravidez inesperada e um filho determinado a se afastar dela. Era uma vida inteira tentando alcançar algo que parecia nunca se realizar.

Mas ultimamente houve uma mudança. Talvez ela fosse só ingênua, ou talvez fossem as cantigas de natal que Merri tocava na ambulância desde novembro, mas ela sentia uma pontada quase dolorosa de esperança.

Aquilo não durou muito.

*

Enquanto Debbie estacionava em sua garagem, Tom Witter veio de sua casa para encontrá-la. Ele estava sentado debaixo da sombra em sua varanda, observando a rua, e aparentemente, esperando por ela.

— Tudo bem, Tom? — Ela perguntou.

— Claro, tudo bem sim. Na verdade, eu esperava poder falar com o Sean, mas pareceu estranho vir até aqui sem você estar em casa.

Debbie sentiu seu coração acelerar. Não sabia exatamente o porquê. Era só algo natural dela. Vivia sua vida como um elástico puxado prestes a arrebentar.

— Ele fez algo errado?

Tom olhou ao seu redor, para a rua, e então disse:

— Talvez devêssemos conversar na sua casa.

— Claro, tem razão, pode entrar.

Debbie o guiou para dentro de sua casa. Estava uma verdadeira bagunça. Os pratos da noite anterior estavam na mesa de centro, junto de um cinzeiro sujo.

— Quer algo para beber? — Debbie perguntou. — Café? Ah, merda, desculpe, acabei de lembrar que estou sem leite. Talvez prefira preto? Ou eu poderia ir buscar uma caixa.

— Não, não, muito obrigado. — Ele disse.

— Sean deve estar no quarto dele. Vou lá chamá-lo.

Debbie atravessou o corredor enquanto respirava profundamente. Depois de um segundo para conter as emoções, ela bateu na porta de Sean. Não houve resposta. Aquilo não era nenhuma surpresa. Ela abriu a porta. As cortinas não eram abertas em meses. A única fonte de luz era a lâmpada aquecedora do Herm. Herm era uma Morelia spilota, uma cobra píton que morava em um viveiro no quarto de Sean. Naquele momento, ele estava enrolado perto de uma pedra de plástico, a ponta do rabo dentro de seu pequeno lago artificial.

Enquanto os olhos de Debbie se ajustavam ao escuro, a figura de um garoto se formou sobre a cama. Não, Sean não era mais um garoto. Ele era um homem. Legal e biologicamente falando. Ele parecia cada vez mais com seu pai, alto, musculoso. Formidável.

E não era só o corpo do pai que Sean herdara. Por volta de seis meses antes, ou talvez um ano, Sean se tornou combativo e temperamental. De repente, estava batendo portas com força, lançando olhares furiosos, faltando jantares e dando respostas curtas e grossas. Ela recebia ligações de seus professores diariamente, e os dois tinham brigas que se estendiam por meses e não chegavam a resultado algum.

Brigas que não terminavam até algum deles desistir, geralmente Debbie.

Ela acendeu a luz do quarto. Seu filho piscou. Estava usando jeans e uma camiseta preta com um nome de banda ilegível na frente. Usava um par de fones de ouvido gigantescos. O cordão enrolado ia até seu toca-discos, do outro lado do quarto. A música era alta o suficiente para ouvir da porta: guitarras, bateria e vocais ensurdecedores.

Mais cedo naquele mesmo ano, Sean comprou seu próprio toca-discos. Debbie ficou impressionada que ele conseguiu juntar dinheiro o suficiente. Ele trocou todas suas fitas cassete na "Record X-Change", em Frankston. Fitas do Starship e Prince. Voltou para casa com meia dúzia de discos de metal: Iron Maiden, Judas Priest, Black Sabbath. Desde então, sua coleção cresceu. Venom, Slayer, Onslaught, Mötley Crüe. Qualquer banda que tocasse alto e com raiva.

Músicas de ódio, Debbie pensou. Foi aquilo que mudou em seu filho. Ele nunca costumava parecer nervoso, e nem tinha motivos para isso. Debbie deu duro para conseguir uma vaga em uma boa escola — em uma boa vizinhança. Sem ajuda de ninguém, e ainda deu a ele tudo o que poderia querer. Que motivo ele tinha para sentir tanta raiva?

Sean arrancou os fones de ouvido da cabeça.

— O que você quer?

— Levanta. — Ela disse.

— Por quê?

— Tom Witter quer falar com você.

Ela esperou que ele reagisse de alguma forma. Mas não houve nenhuma expressão surpresa. Como se ele estivesse esperando por aquilo. Antecipando. Aquele pensamento deixou Debbie aterrorizada. Ele se ergueu devagar, como se tivesse todo o tempo do mundo.

— Sobre o que ele quer conversar, Sean? — Debbie perguntou.

— Eu sei lá... — Ele disse.

CAPÍTULO 10

Tom esperava na sala de estar.

Era um espaço abarrotado, com um leve cheiro de fumaça no ar, mas também havia uma energia gentil e convidativa no lugar. As paredes estavam lotadas de fotos, cuja maioria era de Sean. Uma das fotos era de quando os Witter levaram Sean para uma viagem à Belport. Ele era só um garoto na foto, uns nove ou dez anos. Seu rosto era bronzeado e alegre. Debbie provavelmente pendurou todas aquelas fotos para provar que, algum dia, seu filho já foi feliz.

Tom olhou para uma pilha de álbuns de metal no chão, em frente ao toca-discos. Ele deixou seus olhos passearem pelas capas. Pegou o disco de Mötley Crüe, Shout at the Devil. Letras vermelhas em um fundo preto.

— Veio pegar uns discos emprestados, Sr. Witter?

Tom olhou para trás. Um vampiro estava em pé na sala. Uma espécie de menino-homem que parecia uma versão moribunda da original. Seu cabelo estava comprido, e pendia sobre seu rosto em tufos oleosos.

Aquilo fez Tom pensar em trepadeiras crescendo sob a entrada de uma caverna antiga, repleta de monstros.

Debbie caminhou nervosamente atrás dele.

— Eu acho que prefiro um folk dos anos sessenta... — disse Tom.

Sean riu. Não era uma piada, exatamente. Ele apontou para o disco na mão de Tom.

— Esse disco ia se chamar Shout with the Devil, sabia? Eles ficaram com medo depois que um dos membros viu talheres levitando e cravando no teto. Ficaram preocupados de estar mexendo com algo sinistro. — Ele fez uma pausa. — Não é irado?

— Esse é um jeito de descrever — falou Tom. — Por que gosta de música assim?

— Sem ofensa. — Ele disse. — Mas você não entenderia.

— Sean... — Debbie o alertou.

— O quê? Eu falei "sem ofensa"!

O garoto tirou um cigarro do bolso e o acendeu. Tom olhou para Debbie, esperando que ela desse um sermão por Sean fumar dentro de casa. Era o que ele faria se fosse um dos seus filhos. Mas Debbie, não. Só olhou para o piso, com uma nota de vergonha em seu rosto. Deveria ser muito difícil para ela, criar um filho daquela idade sozinha.

— Poderia se surpreender — disse Tom. — Eu tinha a sua idade quando a Família Manson saiu matando todas aquelas pessoas. Eu lembro de assistir as notícias. A sensação de ver aquilo, era assustador, é claro. Mas era emocionante também. Tudo que é sinistro é uma pausa do tédio.

Sean deu um sorriso torto. Ele era daquele tipo de adolescente que fazia tudo parecer uma piada interna e exclusiva.

— Por favor, Tom, sente-se — pediu Debbie. Ela roía as unhas. — Sobre o que se trata a visita?

Tom inclinou-se para a frente e colocou as mãos nos joelhos:

— Keiran me contou sobre o ritual.

— Ritual? — Sean bufou. — Foi assim que ele chamou aquela coisa?

— Do que ele está falando, Sean? — Debbie indagou.

— Não é nada — respondeu ele. — Keiran me perguntou como usar um tabuleiro Ouija. E eu mostrei. É inofensivo.

— Deve ter parecido assim para você, mas o Keiran é um garoto sugestionável. Em uma idade sugestionável. — Tom ficou em silêncio por um momento. — Ele te admira, Sean. Sempre admirou. Quando você e Marty eram amigos, ele te considerava um irmão mais velho. Mas eu não posso deixar você encher a cabeça dele com essas coisas. Você é...

— Uma má influência? — Ele completou.

— Eu ia dizer "mais velho" — Tom seguiu: — Estou curioso. Qual é o lance do tabuleiro? Gosta de ficar com medo?

— Gosto de sentir qualquer coisa.

Aquilo fez Tom congelar. Havia algo de desesperado e trágico sobre aquela frase, e o pior de tudo era que ele compreendia a sensação.

— Seja lá qual for o motivo, é meu trabalho proteger o Keiran. — Tom disse. — Desculpe por isso, Sean, mas nesse caso, significa mantê-lo afastado de você.

O sorriso de Debbie desapareceu completamente.

— Não acha que isso é um pouco dramático, Tom? Tenho certeza de que não é tão sério. São só crianças fazendo coisas de crianças.

— Tá tudo bem, mãe — disse Sean. — Ele está certo em ter medo de mim.

— Sean...

— Eu não tenho medo de você, Sean — afirmou Tom.

O rapaz levantou de supetão. Por um momento, Tom pensou que ele poderia saltar na direção dele. Mesmo que Sean tivesse só dezoito anos, Tom se sentia tão intimidado quanto por Steve McDougal.

— Tem, sim — falou Sean. — Todos vocês têm.

Ele se virou antes de sair da sala.

— Eu sinto muito sobre ele — lamentou Debbie. — Sean gosta de provocar, é o jeito dele... Eu falo com ele sobre o Keiran.

Tom permaneceu em silêncio.

— Tom?

Ele havia notado algo no braço de Sean.

— É uma tatuagem interessante. — Tom disse.

Sean olhou para ele, e depois, para o próprio braço. A tinta estava fresca. Era uma tatuagem pequena, como uma moeda de cinquenta centavos, mas seu desenho era chamativo. Uma estrela de cinco pontas dentro de um círculo negro.

— Um pentagrama?

— É. — Sean respondeu. — E daí?

CAPÍTULO 11

Pentagrama:

Um pentagrama é a forma poligonal da estrela de cinco pontas, do grego pente (cinco) e grammon (linha). Símbolos presentes na Grécia antiga e na Babilônia, hoje, pentagramas são usados como insígnia por Wiccanos e outras religiões similares. Também foi usado pela maçonaria, por seitas satânicas e possui múltiplas associações mágicas.

Ele fechou a enciclopédia e sentou em sua cama. Perto dali, Connie estava saindo de seu terceiro traje e entrando no quarto.

— Você deveria se vestir. São quase sete — disse ela.

Seu blazer marrom estava colocado sobre a cadeira no canto do quarto. Ele levantou e o vestiu. Então, para seu horror, percebeu que não conseguia abotoá-lo.

— Quando foi que isso aconteceu? — Tom perguntou.

— Eu gosto — respondeu Connie. — Cada ano tem um pouquinho mais de você para amar.

— Isso não tá ajudando.

Ele colocou o blazer de volta no armário embutido e escolheu a camisa branca de linho.

— Quer falar sobre o Keiran? — Ele perguntou.

Connie bufou.

— Precisamos mesmo?

— Devemos castigar ele por sair escondido.

— Por quanto tempo, Tom?

— Eu diria uns dez, vinte anos. — Ele sentou na cama. — Até ele estar casado e ter seus próprios filhos.

Connie riu:

— Não podemos proteger ele para sempre.

Aquele era um pensamento deprimente. Mas ela tinha razão. Keiran havia deixado de ser um garoto da noite para o dia.

Em um momento, ele estava dançando pela casa com as cuecas por cima da calça, fingindo ser o Super-Homem, construindo fortes com as almofadas do sofá, e implorando para ganhar um cachorrinho. Tom era alérgico, então a resposta sempre foi "não". E no momento seguinte, ele entrava escondido em uma floresta à meia-noite para invocar o demônio.

Ele olhou pela janela, para o Lugar Selvagem. Ia anoitecer logo, mas os pássaros ainda estavam gritando. Soava como se os melros estivessem travando uma guerra contra os corvos.

— Com o Marty indo embora, e agora toda essa situação com o Keiran. — Tom murmurou.

— Tem algum jeito de impedir eles de crescer?

— Anti-hormônios de crescimento? — Ela sugeriu. — Ou uma máquina do tempo.

Ela sentou ao seu lado na cama e passou o braço sobre ele.

— Acho que a gente deveria pegar leve com o Keiran. Sempre pedimos que ele fosse sincero.

— Você ficou mole com o tempo.

— "Foi o que ela disse".

— Engraçado.

— Eu também achei.

— Eu acho que lidaria bem melhor com isso se ele tivesse fugido com alguma garota ou ido escondido a uma festa. — Ele disse. — Mas tudo isso com o tabuleiro de Ouija, e a invocação... É bizarro demais.

— Ele é só uma criança. — Connie o lembrou. — Elas são esquisitas assim. Está escrito na primeira página do manual de paternidade.

— Eu não quero que ele se torne igual ao Sean.

Ela segurou a mão de Tom.

— Sean não tem você na vida dele, Tom. Ele não tem um pai. E a Debbie, eu a amo, mas ela passou dificuldades a vida toda. Ela mal está por perto. Nós estamos presentes na vida do Keiran. Isso é metade da batalha.

— Está me dizendo para relaxar? — Ele perguntou.

— Exato.

A campainha soou.

— Como estou? — Tom perguntou.

— Um pouco elegante demais para uma amiguinha do colégio. Eu deveria ficar preocupada?

— Não se preocupe. O gosto de Sharon para homens é melhor que o seu.

*

Sharon foi um sucesso instantâneo como convidada. Sendo detetive, ela era praticamente uma celebridade com os garotos, e Connie sempre dizia que não havia cromossomos X o suficiente naquela casa. O fato de Sharon rir mais alto das piadas de Connie não atrapalhava em nada, e também elogiava seu macarrão à bolonhesa a cada garfada. Quando a sobremesa chegou, um bolo de sorvete cortado em fatias enormes, os adultos da mesa já estavam levemente embriagados.

— Estávamos no acampamento da escola em Marysville. — Sharon relembrou. — Ernie Taylor trouxe uma garrafa de vodca que ele roubou dos pais dele. — Ela deu uma piscadela para os meninos. — Antes daquela noite, seu pai nunca tinha chegado perto de álcool.

— E continuei sem beber por muito anos depois disso. — Tom adicionou.

Enquanto ria, Sharon olhava para Connie, Marty e Keiran, mantendo-os engajados na história:

— Ele ficou tão bêbado que escalou a cerca até o reservatório de água da cidade, abriu o zíper e...

— Eca, pai! — disse Keiran. — Você bateu umazinha na água da cidade?

Marty quase se engasgou com seu bolo de sorvete:

— Ele só mijou, Keiran, minha nossa...Tudo para você é masturbação.

— Eu estou chocado. — Keiran disse. — Eu achei que o pai fosse o maior nerd na época da escola.

— Ah, ele era, sim. — Sharon comentou. — Mas ele tinha seus momentos.

Enquanto Connie servia mais vinho nas taças dos adultos, ela disse:

— Okay, é hora de contar os podres. Que tal sobre as ex-namoradas do Tom?

— Que ex-namoradas? — Ela perguntou enquanto ria alto.

— E a Kate Kirino? — Tom disse.

— Ela perdeu uma aposta para sair com você, Tom.

— Eu acho que ainda vale.

Connie bebeu um gole de vinho, se recostou na cadeira com um sorriso e perguntou:

— Então vocês dois nunca...?

— Éramos grandes amigos. — Sharon disse. — Outras pessoas chegavam e iam embora, mas na maior parte do tempo, éramos só nós dois. Acho que ninguém arriscaria estragar nossa amizade.

Sharon ficou em silêncio. E então seguiu:

— Precisávamos um do outro. As crianças daquela escola eram cruéis conosco.

Tom notou que Sharon não respondeu à pergunta de Connie, tecnicamente.

— Por que elas eram tão cruéis com vocês? — Keiran perguntou.

— Bom, seu pai tinha os movimentos involuntários, e minha mãe estava na prisão. Era tudo o que eles precisavam para infernizar as nossas vidas.

O sorriso no rosto de Sharon desapareceu completamente.

— Você tem falado com ela? — Tom perguntou.

— Ela morreu. Câncer de pulmão.

— Eu sinto muito.

— É, eu não sinto. — Ela olhou ao redor da mesa. — Uau, eu realmente estraguei o clima, não?

Tom pigarreou e disse:

— Sharon, você se importa de responder algo que minha esposa pediu especificamente para eu não comentar?

Connie balançou a cabeça e se serviu de mais vinho.

— Parece intrigante. — Sharon disse.

— E eu já peço desculpas. — Connie adicionou.

— É sobre Tracie Reed.

— Por que não estou surpresa?

— Pode pedir para ele calar a boca se quiser. — Connie sorriu.

— Não, não, tudo bem. — Sharon se apoiou nos cotovelos. — A razão de se tornar policial é ter boas histórias para jantares assim. O que quer saber sobre a Tracie Reed?

Os garotos ficaram em silêncio, ansiosos.

— Talvez eu tenha uma pista. — Tom disse.

— Manda brasa, Kojak.

— Bom, a mãe da Tracie encontrou aquele colar no quarto dela, com o pentagrama. Eu vi o mesmo símbolo hoje mais cedo, tatuado no braço de um dos nossos vizinhos.

— Qual vizinho? — Keiran perguntou.

Tom olhou para ele:

— Depois que conversamos hoje...

— Pai...

— Eu fui falar com o Sean.

— Você contou para ele?

— Eu precisei, filho.

Keiran levantou da cadeira e fez a clássica "saída da sala" que todo adolescente irado faz. O rosto de Connie ficou vermelho vivo. Sharon terminou sua taça de vinho.

— O que diabos foi isso? — Marty perguntou.

Tom contou a versão resumida da história: o Lugar Selvagem, tabuleiro Ouija, possessão demoníaca.

— Quem é esse garoto, Sean? — Sharon questionou, assim que Tom terminou de falar.

— O maluco da casa vizinha — respondeu Marty.

— Marty... — Connie o repreendeu. — Ele era seu melhor amigo.

— Algo mudou? — Sharon indagou.

— Ele mudou. Em um dia, ele vinha para jogar basquete e ler quadrinhos. No dia seguinte, ele parecia uma pessoa diferente. Como naquele filme dos alienígenas que invadiam corpos.

— Alienígenas? Não quer dizer "Demônios"? — Sharon questionou, virando-se para Tom com um sorriso sarcástico.

— Eu não disse que ele foi possuído... — Tom exclamou. — Só acho uma coincidência bem grande, não é?

— Não muito. Também deve ter um par de jeans rasgadas no armário dele.

— O que quer dizer?

— Que esse símbolo está por toda parte, Tom. Você ouviu falar da Maldição do Menino em Prantos?

Ele balançou a cabeça negativamente.

— Alguns meses atrás, eu estava na fila do dentista quando folheei um daqueles tabloides baratos. Do tipo que tem manchetes como "Gato abduzido por alienígenas" e "rosto de Jesus é visto em mofo de pão".

— "Elvis é avistado vivo, comendo um Big Mac no Burger King". — Connie adicionou.

— Exatamente — disse Sharon, com um sorriso. — Tinha uma história sobre incêndios domiciliares na Grã-Bretanha. Cada uma das casas tinha uma pintura específica, um quadro de um menino chorando. E em todos os casos, a pintura foi a única coisa que permaneceu intacta. Agora, se você pensa como o Tom, provavelmente acharia que o quadro é amaldiçoado. Isso até perceber que a coisa é produzida em massa, deve estar em um terço dos lares britânicos, e a tinta possui um produto químico que retarda chamas.

— Perdoe meu marido — pediu Connie. — Quando ele ouve o barulho de cascos, ele logo pensa em...

— Zebras? — perguntou Sharon.

— Eu ia dizer assassinos em série.

Todos na mesa riram. Tom permaneceu imóvel:

— Então não vai fazer nada sobre isso?

— Qual a sua sugestão, Tom? — Sharon perguntou. — Ligar para os Caça-Fantasmas?

Todos riram novamente, exceto Tom.

— É assim que funcionam investigações policiais? — Ele perguntou. — Vocês decidem o que aconteceu e ignoram as provas que contradizem isso?

Connie e Marty se entreolharam em silêncio. Tom sabia que havia passado dos limites, mas ele não se importava mais. Estava cansado de ser ignorado. Cansado de ser motivo de riso.

— Sharon está de folga agora, Tom — afirmou Connie. — Que tal mudarmos de assunto?

*

Mais tarde, após Marty subir para seu quarto e Connie tirar os pratos da mesa, Tom e Sharon fizeram novos drinks e os levaram para o pátio dos fundos. Dali tudo o que podiam ver era o Lugar Selvagem. A floresta local parecia um denso buraco negro, vivo com os sons de insetos e morcegos.

— Gostei da sua família — disse Sharon. — Eles são estranhos.

— Você também notou?

— Tirou a sorte grande, Tom. Não tenho certeza como o "Witter Cacoete" conseguiu tudo isso, mas você criou uma vida perfeita aqui.

— É. — Ele repetiu. — Perfeita.

Ela olhou para ele. Iluminada suavemente pelas luzes da casa, Sharon parecia misteriosa. Belíssima. Em voz baixa, Tom falou:

— Sharon... Eu sei que faz muito tempo...

— Não precisamos fazer isso, Tom.

— Eu sei. Mas sinto que devo uma explicação.

Ela fez um gesto estranho com as mãos, como se girasse os dedos indicadores para trás.

— O que está fazendo? — Tom perguntou.

— Rebobinando todas as merdas do passado.

Tom riu por um instante. E, então, disse:

— Eu era jovem, idiota e impulsivo. Eu nunca deveria ter deixado acontecer.

— Eu não me arrependo daquela noite, Tom. De verdade. Fico feliz que minha primeira vez tenha sido com você. Quer dizer, não me entenda mal, o sexo foi terrível.

— É...

— Mas foi muito especial. Pareceu certo, sabe? O que aconteceu depois, aquilo, sim, machucou.

— É difícil não agir diferente, sabe, depois de ver alguém sem roupas.

— Agir? Você nem ao menos olhava para mim, Tom. — Havia um pouco de mágoa em sua voz. — Talvez tenha sido todo esse vinho, mas eu realmente acho que, naquela época... Eu estava apaixonada por você.

Aquilo deveria soar como uma revelação. Mas ele sabia.

Sharon se virou para o Lugar Selvagem. Seu rosto se cobriu de sombras.

— Por que nunca me contou?

— Eu estava com medo.

— Pensei que não tinha medo de nada, Sharon.

— Eu tinha medo de tudo, Tom... — Ela bebeu um gole de seu drink e sorriu. — Nós dois estávamos com medo. Só lidamos de jeitos diferentes. Eu corro na direção dos monstros. E você corre na direção contrária.

— Parece que você tá me chamando de covarde.

— Eu estaria fazendo sons de galinha se quisesse te chamar de covarde — disse ela. — Mas você fugiu uma vez. Fugiu de mim, Tom Witter.

— Eu fugi da cidade. De Camp Hill.

Ele pensou em Marty.

— E aqui você está outra vez — disse Sharon.

— Eu não planejei voltar para cá. Só aconteceu.

Talvez não fosse uma explicação satisfatória, mas era a verdade. Sua cidade natal era como uma corda de bungee jumping. Não importava o quanto ele se aventurasse, voltaria para o mesmo lugar.

Sharon olhou para a casa e falou:

— Você acha que, em uma outra vida, isso poderia ser a gente?

— Você ficaria louca tendo de morar no subúrbio.

— É. — Ela disse. — Talvez.

Um gambá escondido nas árvores do Lugar Selvagem emitiu um som irado.

— Eu entendo por que você se irritou durante o jantar — comentou Sharon.

— Eu não estava irritado.

— Está preocupado com a garota desaparecida porque não quer perder tudo isso. — Ela gesticulou com as mãos, apontando para a casa e para o Lugar Selvagem, o mundo inteiro de Tom. — Esse lugar é seguro. O caso da Tracie Reed põe tudo isso em risco. Mas essa busca não tem nada de especial ou fora do comum. Então tenta esquecer disso por enquanto? Por mim?

Tom concordou.

— Eu tenho coisas mais importantes para fazer no feriado, de qualquer forma — disse ele.

CAPÍTULO 12

Enquanto esperava na frente da casa de Sean Fryman, reunindo a coragem para tocar a campainha, Keiran pensou em Robbie Knievel. Em abril daquele ano, Robbie Knievel saltou de moto sobre as fontes do Caesar's Palace em Las Vegas. Seu pai, Evel Knievel (o nome mais incrível de todos os tempos), havia tentado o mesmo salto nos anos sessenta, mas acabou caindo da moto. Era importante que Robbie completasse o salto.

Keiran assistiu todo o evento pela TV com seu pai. Antes de Robbie conseguir pousar, ele dirigiu lentamente até o fim da rampa e olhou para as fontes. Ele parecia determinado, mas assustado.

— O que ele está fazendo, pai? — Keiran perguntou.

— Provavelmente repensando sua carreira. — Tom lhe respondeu.

Mas aquilo não estava certo. Robbie Knievel estava se convencendo a saltar porque, parado no fim daquela rampa, ouvindo os gritos da multidão e olhando para as câmeras, ele sabia que não teria volta. Ele teria que aguentar e seguir em frente. Ser um homem. E saltar. Aquilo era exatamente — exatamente — o que Keiran sentia naquele momento.

Ele cerrou os dedos em um punho, ergueu a mão, e então abaixou. Ele fez o mesmo movimento múltiplas vezes.

— Oi, Keiran.

Ele quase saltou dos degraus da porta, tamanho o susto.

— Caralho! — Deixou escapar. Era a mãe de Sean. Ela estava sentada sobre o engradado na parte escura da varanda, bebendo algo de aparência doce. — Merda, desculpe o palavrão, Debbie. Eu não notei que estava aí.

Debbie — e ela não se importava de Keiran chamá-la assim, porque não fazia ideia se era uma senhora ou senhorita — riu alto. Era uma linda risada. Fez Keiran pensar no bater de asas de um pássaro, ou borbulhas em um copo de Coca-Cola.

— Não tem problema — disse ela. — Eu já sou crescida, posso aguentar.

— O que está fazendo aqui fora? — perguntou.

— A casa parece uma sauna. E aqui fora não está muito melhor. E esse calor, hein?

Debbie pegou seu copo misterioso e o encostou na testa. Enquanto ela erguia o braço, Keiran observou o formato de seus seios, e então desviou os olhos rapidamente para seus próprios pés.

— É mesmo. — Keiran disse. — Está muito quente.

Na palavra "quente", a voz de Keiran decidiu fazer a quebra esganiçada que acontecia de vez em quando. Ele sentiu suas bochechas esquentando. Debbie era, afinal de contas, estonteante. Isso poderia soar estranho para se descrever a mãe de alguém, mas era um fato inegável. Olhando para ela agora, quase totalmente oculta pela sombra, Keiran sentiu um daqueles arrepios agridoces que adolescentes às vezes têm.

— O Sean está em casa? — Ele perguntou.

Debbie respirou fundo.

— Seu pai sabe que está aqui, amigão?

— Não. — Keiran admitiu. — Eu sinto muito sobre ele. Ele sempre reage de um jeito exagerado. Com tudo.

Debbie se ergueu do engradado e caminhou até ele. Ela vestia um par de shorts jeans e seus pés estavam descalços:

— Ele só está preocupado com você. É isso que pais fazem. Os pais bons, pelo menos. Provavelmente não vai parecer para você, mas tem sorte de ter alguém como ele na sua vida.

— Se você diz...

Ela riu outra vez, e outra vez Keiran pensou no bater de asas.

— O Sean deve pensar que eu sou um quadrado agora, não é? — Keiran perguntou.

O sorriso de Debbie esmaeceu.

— Você realmente admira ele, não é?

Keiran deu de ombros:

— Eu sei lá... Ele sempre foi legal comigo. — Ele disse, apesar daquilo não ser totalmente verdade. — Eu só não quero que ele se meta em alguma encrenca.

— E toda aquela música sinistra que ele ouve, e as trevas e tal, isso não te incomoda?

Keiran repetiu o movimento com os ombros. Aos treze anos, aquela era sua forma de comunicação mais usada. O último significou "talvez esteja olhando para isso da forma errada".

— É só diferente — comentou. — Como azeitonas.

— Azeitonas?

— Sim. Já experimentou uma azeitona?

— Várias vezes.

— Pois é. A primeira vez que você come uma, tem gosto de bunda, mas aí você come outra, e mais uma, e então, você começa a gostar. É só que é, sabe... Salgada. Diferente.

— Um gosto adquirido. — Debbie completou. — É uma descrição muito gentil, Keiran. Mas nem todo mundo pensa assim. Posso ser honesta com você?

Posso ser honesta com você? Aquilo pareceu algo estranho de se dizer. Ela estava mentindo até então?

— Claro — disse ele.

— Às vezes, eu me preocupo com o Sean. Ele assusta as pessoas. Afasta elas. Talvez faça de propósito. — Ela olhou para seu copo e o chacoalhou suavemente. Os cubos de gelo se bateram uns nos outros. — Ele assustou seu irmão.

— Marty afastou o Sean antes.

Debbie recuou com aquela informação.

— Como assim?

— Eu não sei. — Keiran balançou a cabeça. Na verdade, ele sabia. Mas não sabia exatamente como explicar. Pensou por alguns segundos sobre como começar. — Acho que quero dizer que... Meu irmão mudou muito também. De repente ele se importava demais com a própria aparência, e sobre o que as pessoas achavam dele. Ele cresceu.

— É isso que significa crescer? — perguntou Debbie.

— Não é? — Keiran replicou, pensativo. Agora, ele também não sabia.

Ela ergueu as sobrancelhas, abriu a boca e a fechou.

Olha só, ele pensou, eu não sou o único que não sabe.

Ele ergueu os ombros. Dessa vez, isso significou algo como "considere o seguinte".

— Marty começou a sair com um pessoal diferente no último ano do colegial. Ele cortou o cabelo, porque de repente o barbeiro de Camp Hill não era bom o suficiente para ele, e começou a fazer compras na Myer. — Keiran alongou o som de Meyer para fazer parecer mais chique. Myyyyer. — Talvez Sean não se encaixasse mais no mundo dele. Talvez seja por isso que ele, sabe, mudou também.

— Sean disse isso?

— Não. É só um pensamento meu. Eu penso sobre coisas assim. E sei lá, eu acho que entendo como ele se sente. Com o Marty se mudando e tal... É uma droga ser deixado para trás.

Ela bebeu de seu copo e olhou para Keiran.

— Eu posso entrar? — Ele perguntou.

— Eu acho que não, Keiran.

— Por que não?

— Seu pai foi bem claro que não quer ver vocês dois juntos.

— Mas isso é idiotice...

— Talvez.

— Mas você concorda com ele...

Ela concordava. Keiran conseguia ver em seu rosto. De onde os adultos tiravam o direito de decidir sobre quais crianças deveriam ser amigas?

— Talvez seja difícil de entender — disse Debbie. — Mas o que o Marty fez, o jeito que ele cresceu... é normal. É saudável. Mas Sean está congelado. E, sem ofensa, talvez passar tanto tempo com um garoto não ajude muito.

De repente, Debbie não parecia tão linda quanto no momento que ele a viu. Pensando bem, ela parecia cada vez mais com todos os outros.

— Eu não sou um garoto. — Keiran disse. — Eu tenho treze anos.

Debbie esperou ele continuar.

— Pode dizer para ele que eu sinto muito?

— Claro que digo.

*

— Residência dos Neville? — A mãe de Ricky cantarolou ao telefone.

Keiran enrolou o fio de seu telefone com os dedos, enquanto andava em círculos pelo quarto. Ele precisava se mover. Se ele parasse, teria vontade de socar alguma coisa:

— Olá, Sra. Neville. O Ricky está?

— É bem tarde, Keiran. Está tudo bem?

— Sim. Sim, me desculpe. Está tudo ótimo.

— Ah, que bom. — Ela disse. — Eu fico assustada com o telefone tocando à essa hora.

— Claro... Posso falar com o Ricky?

— Está aproveitando as férias?

Ele apertou tanto o telefone que pôde ouvir algo quebrando.

— Sim, Sra. Neville.

— Seus pais têm algum plano para o Ano-Novo?

— Não faço ideia.

— Mas e você? — Ela perguntou. — Você e Ricky têm algo especial planejado? Sempre é bem-vindo para vir conosco para a praia, ver os fogos de artifício. Mas sei que vocês têm coisas melhores para fazer do que festejar com velhinhas como eu. Apesar de...

— Poderia passar o telefone para ele? Por favor?

Houve um terrível silêncio do outro lado da linha.

— Sra. Neville, eu sinto muito, eu estou com um pouco de pressa...

Mas ela não estava mais na linha. Keiran sentiu seu estômago revirar.

E o prêmio de maior babaca vai para...

Ricky pegou o telefone e disse:

— Ei, você assistiu "Caras & Caretas"? Eu estou oficialmente apaixonado pela Justine Bateman. Você acha que ela poderia se interessar por um adolescente gordo da Austrália? Talvez não para casar e tal, mas sabe, só para transar mesmo...

— Ele sabe, Ricky.

Uma pausa. O som de Ricky mastigando algo, e então:

— Quem sabe o quê?

— Sean sabe que falamos sobre ele.

Ricky se engasgou.

— Que merda! Tem certeza?

— Meu pai foi até a casa dele e falou tudo. — Keiran estapeou a própria testa. — Eu estou morrendo de vergonha. Será que ele vai falar comigo de novo?

— Vergonha? Quem se importa com vergonha? Deveria estar com medo!

Keiran parou de andar subitamente.

— Por quê?

— Quando eu cheguei em casa hoje, eu liguei para minha prima. Ela era da mesma série do seu irmão e do Sean. Eu contei tudo que está rolando para ela. Lembra daquela cabeça de porco que alguém deixou no corredor ano passado, perto da sala dos professores?

— O que tem ela?

— Adivinha.

— Foi o Sean?

— Esse é o boato. — Ricky fez uma pausa para beber um gole de alguma coisa. — Eu vou dizer o que acho: acho que ele matou ela. Ele ficou bombado de poder satânico e foi procurar alguém para sacrificar.

— Eu não sei — disse Keiran. — Conheço o Sean desde que eu era pequeno.

— Você conhece o velho Sean. — Ricky o corrigiu. — O cara que vive do lado da sua casa é a versão bizarra dele. Você viu as coisas que ele gosta, cara. Viu o quarto dele... E o jeito que ele ficou aquela noite.

Possuído, pensou Keiran.

— Se eu fosse você, trancaria as portas — disse Ricky. — Porque se o Sean realmente teve algo a ver com o que aconteceu com a Tracie, você é uma testemunha. Talvez seja o próximo.

— Cala a boca...

Ricky seguiu mastigando:

— Olha, eu não quero te assustar. Só estou dizendo que, se não tiver cuidado, pode acabar com a garganta cortada, e quando perguntarem para o Sean o motivo de ele ter feito isso, sabe o que ele vai dizer? O diabo me obrigou!

Alguém bateu na porta. O pai de Keiran entrou, tentando parecer despreocupado, com as mãos nos bolsos.

— Sabe que bater na porta só funciona se você esperar por uma resposta — afirmou Keiran.

Tom olhou para o telefone em sua mão e disse:

— Dê boa noite ao Ricky.

Keiran virou os olhos, e então disse a Ricky que ele ligaria no dia seguinte. Tom pegou a edição do gibi Comando Selvagem da mesa de Keiran e a folheou.

— Pai, o que você quer? — perguntou Keiran.

— A Sharon foi embora.

— E?

— E você acha certo subir correndo para o quarto, sem se despedir?

— Espera aí... Você está bravo comigo? Eu é que estou bravo com você!

Tom sentou na cama:

— Eu falei com Sean porque estava preocupado com você, filho. É meu trabalho.

— Mas não é seu trabalho estragar a minha vida.

— Isso parece um pouco dramático.

— Primeiro você diz que eu não posso ir no Lugar Selvagem, que é, tipo, um dos meus lugares favoritos na Terra. E então você me faz parecer um imbecil na frente do Sean.

— Por que se importa tanto sobre o que ele pensa?

Não era uma pergunta ruim, mas não, adultos sempre faziam aquilo. Eles distorciam as conversas até que elas se encaixassem nas suas vontades.

E, de fato, Tom começou:

— Sabe, Keiran, Leonardo Da Vinci disse que há três tipos de pessoas: as que veem, aquelas que veem quando algo lhes é mostrado, e as que não veem...

— Meu Deus, você não resiste, não é?

— Resisto a quê?

— Ensinar.

— Percebeu pela frase do Da Vinci?

Keiran confirmou com a cabeça.

— Deixa eu tentar de outra forma. Existe um velho provérbio grego que diz que a sociedade evolui quando velhos plantam árvores em cujas sombras eles nunca vão sentar...

— Está fazendo de novo.

— E que tal "nunca cruze os feixes de luz"?

Keiran o encarou.

— É de "Os Caça-Fantasmas".

— Pai, não tem graça.

— Tem razão. Eu sinto muito. O que eu quero dizer é que, às vezes, fazer a coisa certa requer sacrifícios.

Keiran foi até a janela, abriu a cortina e olhou para o lado de fora. O Lugar Selvagem estava tão escuro quanto sempre foi. As coisas deveriam parecer menores quando se cresce, mas naquela noite, a floresta parecia eterna.

— E se o Sean vier atrás de mim? — Ele perguntou.

Por um momento, Tom se manteve em silêncio. Ele encarou Keiran como se tivesse feito uma pergunta em língua Swahili. E então, lentamente, ele compreendeu.

— Eu sou seu pai. Nunca vou deixar ninguém machucar você.

— Como você poderia impedi-lo? — Keiran perguntou. Havia gelo em sua voz. Sabia que aquilo magoaria seu pai, mas ele seguiu em frente e disse mesmo assim. Talvez quisesse magoá-lo, ou talvez a verdade fosse mais confortável depois de dita. — Você é fraco, pai. E velho. Então, pergunto outra vez: o que você poderia fazer?

CAPÍTULO 13

Tom deu um passo para trás e fechou a porta do quarto atrás dele. Ficou parado no corredor, olhando para a escuridão, as palavras de Keiran fazendo círculos em sua mente.

A pior coisa de o seu filho achar que você era um suburbano de oitenta e cinco quilos, fraco, velho, um bastardo raquítico sem motivo para existir — pode me fazer parar a qualquer momento — era saber que ele provavelmente tinha razão.

Mas o que fazer para reverter isso?

Naquele momento, ele poderia pegar uma bebida.

Foi até a cozinha e abriu outra cerveja. E então se arrastou até o pátio dos fundos e bebeu metade dela, encarando a floresta por trás da cerca.

O que você poderia fazer? Ênfase no você.

Tom caminhou até o portão dos fundos. Abriu e atravessou para a floresta. Havia luzes suficientes na casa para que ele pudesse enxergar. Escalou o aterro, foi até o topo e olhou para trás.

Sua casa estava iluminada por dentro. Cada janela era como uma tela diferente, um vislumbre de seu mundo. O mundo que, até aquela manhã, assumia que fosse secreta. Ele viu Connie na janela de cima, lendo sob a luz do abajur ao lado da cama. Na janela ao lado, Marty lia uma edição da

GQ (com o Michael J. Fox na capa). As cortinas do quarto de Keiran estavam fechadas.

Tom andou pelo cume da floresta, tomando cuidado para não cair. Nenhuma luz estava acesa na casa dos Fryman, mas o brilho de sua TV dançava pela sala. Ele pôde ver Debbie no sofá, vestindo shorts de cetim e uma camiseta rosa grande demais. Foi uma sensação estranha de voyeurismo, poder vê-la daquele jeito.

Ele tentou ver pela janela de Sean, mas não havia nem sinal dele. Tom sentou em uma árvore caída e ficou no mesmo lugar, encarando a casa de Debbie por muito mais tempo que deveria.

Estava quase caindo no sono quando uma das luzes piscou. Tom ouviu o barulho de uma janela abrindo, e então, a fagulha de um isqueiro. Era Sean. Tudo o que Tom podia ver era a sua silhueta e o brilho vermelho de um cigarro. Tom permaneceu parado no lugar. Enquanto ele estivesse no Lugar Selvagem e não fizesse barulho, Sean não conseguiria vê-lo.

Sean terminou seu cigarro e jogou o filtro pela janela. Ele voou pelo ar e pousou no quintal, em um montinho de fagulhas, e então se apagou. A janela fechou. As luzes se apagaram. Tom desceu o aterro. Chegou até o canal de concreto e saltou de forma nada graciosa, pousando bem diante do portão dos fundos dos Fryman.

Tom se manteve abaixado, andando com a cabeça baixa, como imaginou que um soldado faria. Encostou-se contra a parede e olhou por todo o gramado. E então ele viu. O filtro de cigarro de Sean.

Ele se ajoelhou na grama e pegou o filtro entre o dedão e o dedo indicador. Virou-o para a lua para que pudesse ver.

Bingo.

Ali estava. Um pequeno S rosa.S de Starling Red.

CAPÍTULO 14

SÁBADO

30 DE DEZEMBRO, 1989

A Biblioteca de Camp Hill ficava na esquina da Rua Elm com a Esplanade, logo em frente ao Old Mariner, um restaurante de frutos do mar do tipo coma-o-quanto-puder. Seu buffet de sobremesas era praticamente uma lenda na cidade.

A biblioteca ficava aberta entre as nove e meio-dia durante os sábados e feriados escolares. Tom chegou lá às nove e quinze. Ao abrir a grande e velha porta dupla de madeira, um sopro de livros velhos o atingiu, causando uma onda de nostalgia em sua mente. Ele havia passado boa parte de sua adolescência naquele prédio de pedra. Era um lugar seguro. Ele se espreguiçava nas cadeiras perto da janela durante sua fase de Mitologia Grega, se perdendo em histórias sobre deuses e monstros. Às vezes, ele se sentava de pernas cruzadas no chão entre algumas pilhas de livros, lendo Um estranho numa terra estranha, Ardil-22 e, quando ele era um pouco mais velho, A Sangue Frio.

O lugar não havia mudado nada. Um teto abobadado, estantes gigantescas, cantos mal iluminados. O dia estava quente do lado de fora, mas ali dentro, o ar era fresco. Quase beirando o frio. Tom havia esquecido o quão fria aquela sala podia ser. Não importava qual era o clima do lado de fora. A biblioteca seguia suas próprias regras.

Ele foi até o balcão de atendimento e viu que nem tudo seguia da mesma forma.

— Com licença — perguntou ele. — A senhora Houlton ainda trabalha aqui?

O bibliotecário era um rapaz de cabelos loiros encaracolados vestindo um blazer bege. Ele fez um som de cliques com a boca enquanto pensava sobre a pergunta.

— Senhora Houlton. O nome é familiar. Acho que ela se aposentou antes de eu começar.

— Isso faz sentido — disse Tom. — Ainda assim, foi meio chocante ver outra pessoa atrás desse balcão. A Sra. Houlton era uma grande coisa por aqui naquela época.

— Será que eu posso ajudá-lo a encontrar algo? — O bibliotecário perguntou.

— Não, tudo bem. Eu me lembro bem do caminho.

Tom caminhou direto até a parede dos fundos. Era onde eles mantinham os livros de filosofia e religião. Ele passou o dedo pelas colunas. Não sabia por onde começar exatamente, então ele jogou uma rede abrangente. Indo pelo básico, ele pegou Arte e Imagética da Bruxaria, O Simbolismo Secreto da Alquimia, Paganismo e Mais, e O Grande Livro de Símbolos: Maçonaria e Ocultismo.

Ele os levou até umas das mesas circulares e os espalhou, começando com O Grande Livro de Símbolos, porque uma nota na capa dizia "Nova edição com mais de 500 ilustrações". Ele imaginou o que a Sra. Houlton pensaria dele se ela ainda trabalhasse ali. Se ela passasse por ele e o visse maravilhado com antigos hieróglifos, símbolos Wicca, códigos mágicos e alfabetos místicos. Na verdade, ele tinha certeza que ela diria: "Você não mudou nadinha, Sr. Witter".

Triste. Mas era verdade.

Tom parou de folhear em uma ilustração de um pentagrama. De acordo com a pequena legenda, as cinco pontas da estrela eram representações das cinco chagas de Cristo, recebidas durante a crucificação. Mais tarde, foi usado como símbolo de proteção por bruxas. Nos dias atuais, o pentagrama era mais comumente usado por Satanistas.

Ele virou a página para encontrar a ilustração de uma criatura sinistra, chamada Baphomet. Com a cabeça de um bode e o corpo de uma mulher, esse demônio — não havia nenhuma outra forma de descrever — tinha grandes asas, chifres e um pentagrama invertido na testa. Em seus braços, as palavras Solve e Coagula. Que aparentemente eram traduzidas como "separar" e "reunir".

Tom olhou para a imagem. Um arrepio correu por todo seu corpo.

Ele voltou para as prateleiras e seguiu com sua busca por qualquer coisa ligada à Igreja de Satanás, satanismo ou veneração ao diabo. Ele ficou surpreso — chocado, talvez fosse mais próximo — por descobrir dúzias e mais dúzias de livros sobre o assunto.

Ele escolheu Monstros ocultos: rituais satânicos e Verdades secretas sobre o demônio; O culto de Satanás e algo chamado Memórias de Mary: a história real de abuso envolvendo rituais satânicos e Uma criança perseguida pelo mal. Ao voltar para sua mesa, ele começou por esse.

A capa era muito chamativa. Uma adolescente ajoelhada no meio de um círculo de velas. Sobre ela, um demônio de chifres enormes, a boca aberta, pronto para consumi-la. Escrito em letras vermelho-sangue, "Você nunca vai esquecer do que Mary se lembra!".

Sua intenção era apenas folhear algumas páginas e talvez ler a contracapa, mas o primeiro parágrafo lhe atraiu.

Mary tinha apenas quinze anos quando foi tirada de casa, com a promessa de amor e poder.

Ele passou as horas seguintes devorando o livro. Era uma leitura angustiante, mas educativa. Contava a história real de Mary Smith (o nome não era de verdade). Nascida em 1951 e criada em Portland, Maine, Mary se mudou para Oceanside, Califórnia. Ela sofreu um aborto por volta dos vinte anos, o que causou um surto tão forte de depressão que ela foi mantida brevemente em um hospital psiquiátrico privado. Lá ela conheceu o psiquiatra e autora do livro, Jean Elizabeth Lentz.

Como parte da terapia de Mary, passou por uma hipnose de regressão e recuperou memórias reprimidas de abuso ritualístico pelas mãos de um culto satânico. A Doutora Lentz gravou mais de quatrocentas horas de sessões. Os momentos mais relevantes foram transcritos e incluídos no livro. A história relatada era sinistra: aos dezesseis anos, Mary foi atraída por um grupo de crianças mais velhas que conheceu em um fliperama. Eles a mantiveram prisioneira e a forçaram a assistir — e depois participar — em uma série de rituais de adoração satânica.

Não era uma leitura fácil. Mary descreveu as torturas, quando foi mantida em uma jaula, forçada a beber sangue de animais, e em um trecho particularmente forte, quando foi costurada dentro de uma carcaça de vaca. Mary afirmou que seus sequestradores agiam em nome de Satanás.

Tom se perguntou o quão realista era aquilo tudo. Os relatos de Mary chegavam no limite do que era concebível, e ele já ouvira falar sobre regressão hipnótica antes. Era como todas aquelas pessoas recuperavam memórias de abduções alienígenas. Aliás, ele trabalhava com adolescentes todos os dias. Eles eram de uma espécie diferente, na maioria dos aspectos.

— Uma leitura leve?

Tom olhou para trás. O bibliotecário estava a alguns metros de distância.

— Mais ou menos — respondeu Tom.

— Está pesquisando algo? Escrevendo um livro de terror ou algo assim?

— Algo assim.

O bibliotecário olhou ao redor e diminuiu a voz até o ponto de um sussurro:

— Isso é ótimo. Poucas pessoas sabem o quanto o satanismo pode ser perigoso.

Tom olhou para ele:

— Você sabe?

— Eu vi um programa sobre isso algumas semanas atrás. Tinha até uma entrevista com o Ozzy Osbourne e tudo. Devemos ter uma cópia na nossa seção de vídeos, caso você não tenha visto.

— Vocês têm uma seção de vídeos?

Agora aquilo era uma novidade.

O bibliotecário lhe mostrou uma sala longa e estreita. À esquerda havia uma série de mesas, cada uma equipada com uma pequena televisão, fones de ouvido e videocassete. À direita havia prateleiras, cheias do chão até o teto com vídeos. Havia filmes de Hollywood, clássicos em preto e branco, programas sobre natureza e segmentos de notícias.

— Você não pode retirar as fitas — disse o bibliotecário. — É uma regra boba. Estão preocupados que as pessoas façam cópias. Mas pode assistir tudo que encontrar aqui.

Tom ficou em pé em frente à seleção de vídeos.

— Eu nem sei por onde começar — falou ele.

— Documentários sobre crimes, ficam na prateleira de trás. É onde guardamos todos os episódios sobre Serial Killers, cultos e esquizoides malucos. Eles mantêm numa altura que as crianças não alcancem. Coisas que fariam elas terem pesadelos. Pensando bem, coisas que me fariam ter pesadelos — O rapaz procurou entre os títulos por alguns segundos e então escolheu um. Era uma capa preta de plástico. — Aqui está o episódio sobre veneração ao demônio.

Ele entregou a fita a Tom. Uma etiqueta impressa no lado da capa dizia: O demônio interior: expondo os segredos do satanismo.

— Há algo mais que eu possa ajudar? — O bibliotecário perguntou.

— Não, obrigado. Acho que era tudo — disse Tom.

Ele sentou em frente a uma das pequenas TVs e pôs o fone de ouvido pesado. Ele inseriu a fita no videocassete e, sem hesitar, pressionou o botão de play.

Os créditos iniciais rolaram pela tela, acompanhados de uma música sinistra e imagens de símbolos satânicos e tabuleiros Ouija. Adolescentes parados em uma fila para um show de rock, e um clipe de O Exorcista, em que a cabeça de Reagan faz um giro completo. Após o fim dos créditos, uma grande floresta apareceu na tela. Parecia ser em algum lugar na América. A câmera se aproximou para focar em um desenho feito em um tronco de carvalho com tinta spray vermelha. Um pentagrama.

Tom se inclinou para perto da TV.

Um homem surgiu na tela. Seus cabelos muito negros e o bigode eram instantaneamente reconhecíveis. Era Geraldo Rivera. Olhando diretamente para a câmera, ele disse: A existência de Satanás é uma questão de crença, mas a existência do satanismo é inegável.

As trevas se escondem por trás da música preferida do seu filho, nas prateleiras de sua locadora de vídeo, nos lares, escolas e parques de qualquer cidade pequena do país. No episódio de hoje de Special Look, mergulharemos no perigoso e perturbador mundo da adoração ao diabo. É uma epidemia que se espalha rápido. Ninguém está seguro, especialmente os seus filhos.

*

Tom chegou em casa por volta da hora do almoço. Sua mente estava vibrando. Ele só havia ido até a biblioteca para saber se deveria ficar preocupado — com Keiran, Tracie e Sean — e retornou com um alto e definitivo "sim". Enquanto carregava uma braçada cheia de livros emprestados pela calçada de sua casa, ele se perguntou o que faria sobre tudo aquilo, exatamente. A resposta veio de um lugar inesperado.

— Boa tarde, Tom.

Era Lydia Chow. Ela vestia shorts de tênis e um visor verde na testa. Para qualquer outra pessoa, aquilo significaria que ela estava em um jogo de tênis. Mas Lydia apenas gostava do visual esportivo. Ele duvidava que aquele tom de branco já tivesse sido usado em uma quadra de verdade.

— Oi, Lydia — disse ele.

— Pode falar, Tom.

— Sobre o quê?

— Eu ouvi por aí que a detetive do caso da Tracie Reed te visitou ontem à noite.

— "Por aí", é?

— Eu estava espiando pela janela da cozinha quando ela chegou. — Lydia admitiu. — Eu não tenho vergonha disso. Uma pessoa deve sempre saber o que está acontecendo em sua rua. — Ela olhou para os livros que Tom carregava. — Aliás, tem algo que eu deveria me preocupar?

— Eu provavelmente não deveria falar sobre isso, Lydia — disse Tom.

— Ah, qual é! Se você me mostrar o seu, eu mostro o meu.

Tom largou os livros no degrau de sua porta, e então protegeu os olhos contra o sol quente para olhar para Lydia:

— Você sabe algo sobre o que aconteceu?

Lydia sorriu.

— Na minha casa ou na sua?

*

Cinco minutos depois, Tom sentou com uma xícara de chá na sala de Lydia. Janelas enormes, que iam do chão até o teto, mostravam uma visão do jardim. Era perfeito. A grama estava cortada, e os canteiros, adubados. Não havia nenhuma erva daninha à vista. E até os pássaros brincando na fonte de água pareciam felizes como num conto de fadas.

No entanto, havia moscas. Muitas delas. Nos meses mais frios, Tom esquecia delas, só para ser surpreendido toda vez que o verão chegava e as moscas se proliferavam e multiplicavam. Ele imaginou que fosse um tipo de mecanismo de defesa seu, como bloquear um trauma da memória.

— Estou sozinha em casa por alguns dias — disse Lydia, adicionando um cubo de açúcar (sim, ela tinha cubos de açúcar de verdade) ao seu chá. — As meninas foram passar as férias escolares com o pai, e o Rob saiu numa viagem de pesca. Tenho certeza de que isso é um código para alguma coisa, mas ainda não decifrei exatamente o quê.

— Bom, se alguém consegue resolver esse mistério, com certeza é você.

Ela riu, e então se recostou em sua cadeira. Seu sorriso não havia sumido durante a conversa inteira:

— Falando de mistérios, eu já concluí que Sean é suspeito pelo desaparecimento da Tracie Reed. Essa parte foi óbvia. Mas é o porquê que ainda me intriga. Quer saber o que eu acho?

Lydia fez sua melhor imitação de molas de cama rangendo.

— Muita classe — disse Tom.

— O clichê sobre o charme do Bad Boy é real, Tom. O motivo do meu primeiro casamento era porque ele andava de moto. É claro, eu o proibi de subir nela assim que casamos. São perigosas demais, sabe?

— Pode contar a sua descoberta primeiro.

Ela cerrou os olhos.

— Tudo bem. Uma mulher de minha aula de aeróbica, Betty Garland, estudou com a prima de Debbie Fryman.

— Okay.

— Ela não tinha muito o que dizer da Debbie, exceto que teve vários namorados. Sério, eu poderia adivinhar isso sobre ela com uma olhada rápida. Mas ela tinha muito para falar sobre o ex da Debbie.

— O pai do Sean?

— Era um alcoólatra. E aparentemente, quando bebia, ele ficava violento.

— Era abusivo?

Lydia concordou com a cabeça e, estranhamente, sorriu.

— Ele a colocou duas vezes no hospital. Em uma dessas vezes, o filho da puta quebrou o braço dela. Debbie mentiu para os médicos sobre como aconteceu. E mentiu para a família dela também. Mas todos sabiam. Mas outro clichê real é o de que só se pode ajudar alguém que queira ser ajudado.

— O que aconteceu?

— A Betty conta que era uma noite fria e de ventania. Debbie apareceu na casa de sua tia, em pânico. Estava coberta de sangue, e chorava incontrolavelmente. Falava coisas sem sentido. Sobre Sean.

— Onde ele estava? — Tom perguntou.

— Debbie deixou ele em casa com o pai. — Lydia balançou a cabeça e fez um clique com a língua, um som de desaprovação. — O único jeito que ela conseguiu fugir foi deixando o menino para trás. Eventualmente ela voltou lá com sua família e recuperou Sean. Acho que então ela já tinha a força para abandonar aquele marido, e ele teve a decência de deixar ela em paz. Mas, Tom, tudo que o Sean viu? Uma coisa dessa, é como nascem os serial killers.

Sean havia passado incontáveis horas na casa de Tom, e em nenhuma vez ele mencionou seu pai. Pelo menos, Tom não conseguia lembrar.

— Violência é de família — disse Lydia. — E abuso é cíclico. Se o pai do Sean gostava de machucar mulheres, talvez ele goste também.

— É um pensamento bem perturbador.

— Tom... O que não está me contando?

Ele tomou fôlego:

— Vai soar como maluquice.

— Estou esperando.

Tom bebeu um gole de seu chá e casualmente perguntou:

— O que sabe sobre satanismo?

*

— Uma reunião de emergência da Vigilância do Bairro? — Connie tirou seu crachá da Empréstimos e Poupanças Camp Hill e largou na vasilha sobre a cômoda. — Sério, essa mulher está cada dia mais louca. Uma reunião a cada duas semanas não é o suficiente para ela? Ela está adorando todo esse caos.

— Para ser franco, a ideia não foi só da Lydia — confessou Tom.

Connie parou o que estava fazendo e o encarou.

— Você?

— Sabe como esse pessoal da rua é. Eles notam as coisas. Tudo. Por que não usar em nossa vantagem? Podemos ajudar a resolver esse caso.

— Amor, por favor, não leve isso a mal, mas Lydia deveria cuidar da própria vida. E você também.

— Uau, como eu poderia levar isso a mal?

— Está tirando conclusões sobre o Sean.

— Tem algo errado com ele, Connie.

— Isso é um jeito de ver as coisas. O outro jeito é que ele é uma vítima das circunstâncias. Você teve uma infância estranhamente normal, Tom, não entende o quanto é difícil ver seus pais se separando. Para uma criança, nada é pior que um lar desfeito.

— Você terminou bem — comentou ele.

— É mesmo?

— Sim, Connie. — Tom sorriu. — Maravilhosamente bem.

Ela apontou para a cama, onde Tom havia espalhado sua pesquisa.

— Você não acredita realmente nisso tudo, não é, Tom? Sacrifícios, túneis secretos, rituais satânicos?

Tom abriu a boca para responder, mas qual seria a utilidade? Em vez disso, ele deitou novamente na cama e ficou observando o ventilador de teto.

— Por que você está tão fixado nisso?

— Não estou fixado. Eu só me importo.

— Não, não, eu só me importo. Você está obcecado.

— Se tem algo sinistro acontecendo na nossa rua, temos a responsabilidade de fazer algo. Antes que nossos filhos se machuquem.

— Nós? Tom, você é professor de inglês do Ensino Médio.

— Estou ficando cansado das pessoas dizendo o que eu não consigo fazer.

— Se há algo "sinistro" — Ela fez aspas no ar com os dedos —, então a polícia vai fazer algo sobre isso.

— Ainda não fizeram. — Ele disse. — E se um dos nossos filhos for o próximo?

Connie sentou ao seu lado, tocou gentilmente seu braço e lhe ofereceu um sorriso de trégua.

— O melhor que podemos fazer por eles é ficar aqui. Juntos. Só prometa que vai tomar cuidado.

— Cuidado? Como assim?

— Quando se derruba o primeiro dominó de uma fileira — disse ela. — Nem sempre se sabe como eles vão cair.

CAPÍTULO 15

— Bem-vindos à reunião da Vigilância do Bairro da Rua Keel. — Lydia Chow se dirigiu à sala. — Obrigada por virem com tão pouco tempo de sobreaviso. Se estão aqui, é porque se importam com a nossa comunidade e em manter ela segura.

Mais uma vez, Lydia transformou sua casa para receber a todos. A mobília foi empurrada para perto das paredes, e cadeiras de plástico foram tiradas da garagem e enfileiradas na sala. Tom sentou na frente. Enquanto Lydia falava, ele olhou em volta para ver quem estava presente.

A maior parte das casas da Rua Keel estava representada, com algumas exceções. Donnie e Clara Hines deram o que Lydia considerou como uma "desculpa de merda". A irmã de Donnie veio visita-lo durante o feriado e blá blá blá. A família Knapp já havia saído de casa para sua estadia de veraneio em Belport. Gary Henskee, aparentemente, se escondeu em casa até que Lydia desistiu de bater na porta e foi embora. Considerando o fato de que ela organizou tudo em pouquíssimo tempo, o público era até respeitável.

— Enquanto aguardamos nosso convidado especial, vamos começar — disse Lydia. — A data é treze de dezembro de 1989. Ellie concordou graciosamente em fazer as anotações outra vez, já que nenhum de vocês preguiçosos quis se voluntariar.

Algumas risadas foram ouvidas. Ellie, sentada à esquerda de Tom, anotou a piada de Lydia palavra por palavra em um bloquinho de espiral. Tom se inclinou na direção dela e perguntou:

— Quem é o convidado especial?

— Ela quer que seja uma surpresa. — Ellie sussurrou.

Perfeito. Lydia estava agindo sozinha.

— Chamamos vocês aqui hoje porque houve um avanço no caso da garota local que desapareceu, Tracie Reed. — Lydia caminhava em círculos na frente da sala. Ela fez uma pausa melodramática e olhou para todos. — Pode chocar alguns de vocês, mas o suspeito do caso mora aqui na nossa rua.

Tom foi rápido em interromper:

— Não estamos aqui para acusar ninguém, Lydia. — E então ele olhou para o resto do público. — Estamos tentando esclarecer as coisas. Na noite em que Tracie desapareceu, um tipo de ritual foi realizado no Lugar Selvagem.

Uma série de cochichos. E então silêncio e ansiedade. Betsy Keneally, uma mulher grande de cabelos negros, moradora da casinha de número dezessete, se levantou:

— Aposto que foi aquele garoto que se veste como se fosse da Família Addams. Sean Fryman.

Tom pigarreou e levantou também:

— Sim — disse ele. — Há motivos para acreditarmos que Sean Fryman estava envolvido.

Outra onda de cochichos se espalhou pela sala. Houve diversos "tsks" e um "sempre soube que aquele garoto tinha problemas".

— Um ritual satânico. — Lydia esclareceu. — Um colar foi encontrado no quarto de Tracie Reed, com um pentagrama. O mesmo símbolo tatuado no braço de Sean. Tom conseguiu todas as informações quentes porque ele costumava namorar a detetive encarregada do caso.

— Nunca fomos namorados... — disse Tom. — Ela é uma amiga do colegial. Só isso.

— Aposto que as algemas foram úteis, hein? — Bill Davis falou, da fileira do fundo, e então olhou ao redor para ver se todos o ouviram. Ele vestia shorts e uma camisa de linho com três botões abertos, e balançava nas pernas traseiras de sua cadeira de plástico.

Ingrid Peck, a divorciada terrivelmente solitária do número quinze, perguntou:

— Então estamos dizendo que esse garoto a sacrificou para o diabo?

— Ninguém está afirmando isso — disse Tom.

— Nem negando. — Lydia adicionou.

— Se tudo isso é verdade, por que ele ainda não foi preso? — perguntou Betsy.

— Não há provas o suficiente — explicou Tom. — É por isso que precisamos da ajuda de vocês. O motivo dessa reunião é juntar o máximo de informação que pudermos, e então levar para a polícia.

— Que tipo de informação? — perguntou Irene Borschmann, da casa dezesseis.

— Comportamento suspeito, hábitos estranhos, visitantes misteriosos. Alguém nesta sala deve saber algo que ajude a tirar esse monstro das nossas ruas. Alguém viu ou ouviu algo sobre Sean que seja fora do comum?

— Tirando o fato de que ele se veste como vampiro? — Bill perguntou.

— Eu não sei se concordo com isso — disse novamente Irene, do dezesseis. — Não é certo falar sobre alguém que não esteja presente e que não possa se defender. Não estou dizendo que gosto do rapaz. Eu nem conheço Sean e Debbie.

— Nenhum de nós conhece — suspirou Lydia. — Esse é justamente o nosso ponto.

— Debbie é uma boa pessoa — disse Tom. — Ser mãe solteira não deve ser fácil, e nem sempre podemos decidir sobre o caminho que nossos filhos percorrem.

Lydia olhou por cima das cabeças de todos presentes, e então seu rosto se iluminou como uma árvore de Natal. Tom olhou para o fundo da sala. Um estranho estava parado diante da porta. Um estranho particularmente grande. Ele vestia uma camisa de manga longa e gravata. Lydia saiu de seu posto na frente da sala e praticamente atacou o homem, pegando sua mão e balançando violentamente.

— Eu sou Lydia Chow, presidente e anfitriã da Vigilância do Bairro da Rua Keel. Conversamos pelo telefone. — Ela então se dirigiu ao grupo: — Gostaria de apresentar a todos, Owen Reed. O pai de Tracie.

Houve uma série de suspiros e olhares chocados. Uma espécie de celebridade estava entre eles. Então, em um gesto que parecia absurdamente íntimo devido às circunstâncias, Lydia envolveu o braço de Owen e o guiou até uma cadeira vazia na fileira da frente. Durante todo esse tempo, ele permaneceu calado. Apenas olhou por toda a sala, o rosto muito vermelho.

— Eu convidei Owen aqui — Lydia falou ao grupo novamente — porque queria que ele pudesse ver o quanto a comunidade se importa. Para lembra-lo que não está sozinho. O verdadeiro valor da comunidade é que estamos todos juntos, nos momentos bons e ruins.

Ela olhou para Owen com expectativa. Ele olhou ao redor e ficou ainda mais vermelho.

— Gostaria de dizer algumas palavras, Sr. Reed? — Lydia sugeriu.

— Não, obrigado — disse ele.

Por um momento, Lydia só o encarou. Então ela saiu do seu transe e disse:

— Onde estávamos, Tom?

Ingrid Peck respondeu:

— Nosso vizinho satanista.

Owen franziu a testa. Tom ofereceu a ele uma explicação terrível e gaguejada:

— Estamos todos preocupados com a sua filha. Tem um garoto na nossa rua, um adolescente...

— Lydia me contou sobre ele — falou Owen.

— Eu sei que soa absurdo — começou Tom. — Mas há dúzias de casos de crianças sendo atraídas para grupos assim, para sofrer ou causar algum tipo de violência. Passei toda a manhã lendo sobre isso na biblioteca. Essas coisas estão realmente acontecendo.

— Sim. Lá na América — completou Irene. — Mas tudo é maior e mais sinistro lá.

— Sinto muito, Irene. — Lydia disse. — Mas se acha que a Austrália é imune a esse tipo de coisa, então não esteve prestando atenção. Como o massacre de Milperra? Ou o ataque terrorista da Rua Russel?

— Isso é diferente.

— Como?

— Ah, vamos, Lydia, adoração ao diabo? Símbolos malignos? Essas coisas não acontecem na Austrália. E com toda certeza não acontecem em Camp Hill.

Tom parecia frustrado. Ele balançou a cabeça:

— E Kylie Maybury?

— Quem? — perguntou Irene.

Ele ficou em pé para vê-la.

— Ela foi sequestrada e morta em 1984, em Melbourne. Há uma hora de carro da nossa cidade. Ela tinha seis anos. — Tom olhou para os outros presentes. — David e Catherine Bernie, em Perth. Eles causaram um massacre em 1986, sequestrando, matando, estuprando... Há alguns meses, em Brisbane, uma mulher matou um homem a facadas e bebeu seu sangue. Há um serial killer ativo nesse instante, em Sydney, atacando senhoras de idade.

Ele sentiu os olhos de Owen o encarando.

— Não estou dizendo que algo assim aconteceu com Tracie. — Tom se retificou. — Meu ponto é que coisas ruins acontecem em todo lugar.

Por um momento, todos o fitaram em silêncio. E então, James Fellers, um residente idoso da Rua Keel, disse:

— Era uma questão de tempo, se quer saber o que eu acho.

James tinha mais de oitenta anos, vivia em Camp Hill desde antes de Tom nascer. Sua voz era grave, um tom de quem já viu de tudo.

— Desde que as mulheres deixaram de ser donas de casa, as crianças ficam sem supervisão o dia todo. Sem ninguém para manter o olho nelas. Não só isso, mas o número de divórcios só cresce. Sem ofensa, Ingrid.

— Foi a coisa certa para o meu casamento, James — disse Ingrid Peck.

James agitou as mãos na frente do rosto:

— Só estou dizendo que, na minha época, não tínhamos disputas de custódia nos tribunais, AIDS, nem crianças desaparecidas em cartazes.

— Ele não está errado — comentou Karina Alvarez, que vivia na casa branca da esquina de Lydia. — Meu Michael passou todas as férias com as cortinas fechadas, jogando Dungeons & Dragons com os amigos. Ele está tão pálido que dá para ver o coração batendo por trás da pele.

Bill Davis deu de ombros:

— As crianças são diferentes agora. Quando eu tinha a idade da minha filha, Kirsty, assisti O Exorcista no cinema e não consegui dormir por uma semana. Agora todos querem um desses tabuleiros Ouija de Natal.

Tom sentiu sua mandíbula tensionar com a menção ao tabuleiro Ouija.

— Estamos aqui para tomar uma providência — disse Lydia. — Precisamos retomar o controle dos nossos filhos, nossas ruas e casas, e parar de reclamar sem fazer nada. Sempre acontece com o filho de alguém antes de ser um dos nossos.

Karina olhou ao redor e disse:

— Bom, eu não vi o Sean Fryman dançando nu ao redor de uma fogueira, nem sacrificando animais, mas a mãe dele vai e volta durante toda a madrugada. Ele fica muito tempo sozinho, poderia fazer qualquer coisa nesse intervalo.

Alyssa Lindley, do número sete, decidiu falar:

— Ele compra ratos mortos.

— Pera aí, o quê? — Bill exclamou.

— Eu comecei a trabalhar na Pets & Pieces nesse verão, para conseguir um dinheiro extra. Vendemos ratos, inteiros e congelados. Sean apareceu antes do Natal para fazer um estoque.

— É oficial. Eu vou dar o fora daqui — disse Bill.

— Sean tem uma cobra de estimação — Tom explicou.

— Sinceramente, isso é ainda mais bizarro — falou Alyssa. — Quem tem uma cobra em casa? Satanás era uma cobra no Jardim do Éden, não era? Talvez tenha alguma ligação.

— Não sei se nada disso ajuda. Alguém sabe algo que possa ser, de fato, útil?

Silêncio. E então uma única mão se ergueu.

Owen Reed ficou em pé, balançou a cabeça e olhou Tom no fundo dos olhos:

— Acho que eu tenho a resposta — disse ele.

— Não, não, tudo bem. — Owen mordeu os lábios. — Havia outra pessoa.

E foi só o que falou sobre o assunto. Tom não pediu que explicasse, mas o mais provável era que Owen havia traído a esposa.

Sob a luz amarelada do posto, Owen parecia pálido e distante, como um fantasma que se negava a abandonar o corpo.

— Qual é a casa de Sean? — Ele perguntou.

Tom hesitou.

Owen olhou para ele com uma expressão exausta:

— Eu não vou arrastar o garoto até a rua e lhe dar uma surra, Tom.

— É aquela ali.

Ele apontou para a casa dos Fryman. Parecia estática. A luz da varanda estava desligada, mas havia um fiozinho de brilho amarelo escapando por entre as cortinas. Na distância, era possível ver uma tempestade de verão se aproximando.

— Você conhece ele bem? — Owen perguntou.

Tom refletiu por um segundo.

— Ele era bem próximo do meu filho Marty. Mas então ele mudou. — Aquela não parecia toda a verdade, então ele adicionou: — Alguma coisa mudou ele.

— E os pais dele?

— Ele mora com a mãe. O pai não está na jogada há muito tempo. Só tem alguns boatos sobre ele.

— Boatos?

— De que era abusivo.

Há duas casas de distância, Lydia Chow abriu sua porta. Ellie Sipple saiu segurando uma prancheta contra o peito. Ela encarou a calçada enquanto caminhava para casa, mas logo antes de entrar, ela olhou para a rua. Ao ver o conversível de Owen, ela se inclinou para a frente e forçou os olhos, tentando enxerga-los melhor. Ela encarou Tom por um instante, e então entrou em casa.

— Tracie estava sendo seguida — disse Owen.

— O que? — Tom se moveu em seu assento.

— Ela falou para Nancy na noite em que desapareceu. Ela sentia como se alguém a observasse. Como se a seguisse.

Tom olhou para o lado, engrenagens girando em sua cabeça. Talvez tenha sido alto o suficiente para Owen ouvir, porque ele perguntou:

— O que houve?

— Não sei se Nancy lhe falou sobre isso, mas eu...

— Estava em minha casa bisbilhotando.

— Eu não estava exatamente "bisbilhotando". Só estava...

Owen fez um gesto com as mãos, como se não se importasse:

— Não tem que explicar nada. Minha esposa é assim mesmo. E Tracie é do mesmo jeito. Sei que só estava tentando ajudar.

— Agradeço por isso — disse Tom. — De qualquer forma, quando eu estava no Lugar Selvagem, atrás de sua casa, encontrei uma pilha de filtros de cigarro. E então, na noite passada, descobri que Sean fuma a mesma marca. Não estou dizendo que isso seria prova de algo, mas...

Owen se virou para ele.

— Acha que esse Sean pode tê-la machucado?

— Não me compete dizer isso.

Owen permaneceu em silêncio.

— Mas, sim — completou Tom. — Acho que ele poderia ter feito isso.

Owen terminou sua lata de cerveja, a amassou e então a jogou para o banco de trás:

— Percebo que estamos sentados aqui especulando, quando a resposta para todas essas perguntas estão logo ali. Por que não vamos lá e perguntamos para ele?

Ele apontou para a casa dos Fryman. Seu maxilar se movia como se ele mastigasse um pensamento. E então, subitamente — pelo menos pareceu súbito para Tom —, ele abriu aporta do carro e desceu.

— E então... — Ele olhou para Tom. — Você vem ou não?

CAPÍTULO 16

Enquanto se aproximava da casa, Tom sentiu uma onda de nervosismo, tão forte que poderia derrubá-lo. Algo quente e selvagem corria por suas veias. A tempestade se aproximava. O céu se agitava.

Ele correu os olhos pela rua. Não havia ninguém por perto, mas havia muitas janelas. E na Rua Keel, alguém sempre estava observando. Pois que observem, Tom pensou.

Quando chegaram à casa de Debbie, Owen não hesitou. Ele atravessou a varanda, parou em frente à porta e bateu. Com força. Tom estava logo atrás dele. Uma música alta estava tocando, heavy metal. Owen bateu outra vez. Eles ouviram alguns passos dentro da casa, seguidos por um clique metálico — Debbie parecia ter conseguido instalar a tranca — e então a porta se abriu sutilmente.

Os olhos de Sean apareceram pela fresta.

— Sr. Witter? — A voz dele parecia cansada. Seus olhos foram de um lado para o outro, para o homem gigante que o acompanhava.

— Oi, Sean — disse Tom. — Esse é Owen Reed.

— Reed?

— Pai da Tracie. — Owen completou.

Sean olhou para baixo, para os próprios pés.

— Sua mãe está? — Tom perguntou.

— Está no trabalho.

— Que bom. — Owen disse. — Não estamos aqui para falar com ela.

Sem dizer outra palavra, quase como se Sean estivesse esperando por aquilo, ele deu um passo para trás. Owen entrou na casa. Tom lançou um olhar demorado para a Rua Keel, e então os seguiu.

A sala cheirava a cigarro — havia um cinzeiro de vidro transbordando na mesa de centro — e a música estava alta o suficiente para fazer o chão vibrar. Bateria absurda, guitarras altíssimas, vocais ensurdecedores. Parecia barulho para Tom. Sean desligou a música, e um silêncio repentino caiu sobre a sala.

Alguns dos discos de Sean estavam espalhados pelo chão. Agora que Tom olhou — realmente olhou —, o pentagrama estava, bem, em toda parte. Impresso em dourado na capa de Welcome to Hell do Venom. Dentro do símbolo, o que parecia ser uma cabeça de bode. Lá estava ele novamente, na capa do álbum Show No Mercy do Slayer, desta vez circundado por quatro espadas e o nome da banda. A capa da banda Onslaught, Power from Hell, mostrava um demônio de fumaça no meio de uma estrela de cinco pontas. E no disco do Mötley Crüe que ele segurou na mão no dia anterior. Olhando na luz certa, no ângulo certo, lá estava o pentagrama, contra um fundo todo preto. Como não percebeu aquilo?

O estômago de Tom se comprimiu.

— Sente-se, Sean — disse ele.

— Você está na minha casa — salientou Sean. — Não deveria ser eu quem diz isso? Ou não diz?

Owen o encarou. Sean se encolheu e caiu no sofá. Owen sentou em sua frente. Tom permaneceu de pé, circulando pela sala, para ser mais preciso. Ele parou para olhar pela janela. O Lugar Selvagem parecia mais escuro. Não havia lua no céu e as luzes das casas pareciam parar antes de chegar na cerca dos fundos, como se existisse uma barreira invisível entre o subúrbio e a selva. Entre o mundo de Tom e o que quer que estivesse do outro lado. Vindo na direção deles.

Owen olhou para Sean e perguntou:

— Você sabe por que estamos aqui?

— Não.

— Houve uma reunião de vigilância do bairro esta noite — disse Owen. — Do outro lado da rua. Seu nome foi mencionado mais de uma vez.

— Meu nome?

— Minha filha está desaparecida, Sean. Há um boato de que você teve algo a ver com isso.

Sean se agachou no sofá.

— Não estamos aqui para intimidá-lo ou assustá-lo. Só queremos saber a verdade. Muita gente está falando sobre isso. Mas eu queria poder falar com você. Entende?

Sean olhou para Tom, e por um momento ele era aquele garoto gentil que praticamente cresceu em sua casa. O menino que acampou no quintal de Tom e passou toda a noite rindo com Marty. A criança sardenta que nunca perdia os Domingos de Atari, as Segundas-feiras de Almôndegas ou as Sextas-feiras do Sorvete na casa dos Witter. Tom quase podia ouvir a voz de Debbie, chamando Sean por cima da cerca, para que voltasse para o jantar.

Seu estômago começou a incomodar de verdade.

— Eu não tive nada a ver com o que aconteceu — disse ele.

— Por que as pessoas acham que foi você? — Owen perguntou.

— Não é óbvio? Eu me visto diferente, escuto músicas diferentes e não finjo que estou feliz o tempo todo. Mas eu nem conheço a sua filha.

— Você estudou na mesma escola que ela.

— Eu sei quem ela é, mas não a conheço.

— Vocês não eram amigos? — perguntou Owen.

— Não.

— Nem tiveram um relacionamento?

— Loiras não fazem o meu tipo. — Ele forçou um sorriso. — Desculpe, mas pessoas como Tracie não gostam de caras como eu.

— Pessoas como Tracie?

Sean hesitou.

— Ela é um globo de neve.

— Isso é uma gíria? — perguntou Tom.

Ele aprendeu muitas gírias na sala de aula, mas nunca tinha ouvido aquela antes.

— Camp Hill é como um globo de neve — explicou Sean. — É como uma pequena e perfeita redoma de vidro. A maioria das pessoas está feliz em viver dentro do globo. Faz com que eles se sintam seguros. Eu chamo essas pessoas de "globos de neve".

— E o que você é? — Owen perguntou.

Sean forçou ainda mais o sorriso. Isso fez Tom imaginar um cachorro com os pelos eriçados. Ele tinha lido em algum lugar que eles fazem isso para parecerem maiores. Um mecanismo de defesa.

— Eu sou o cara que chacoalha o globo — disse Sean.

Owen e Tom se entreolharam.

— A tatuagem é sobre isso?

Sean olhou para o pentagrama preto fresco em seu braço. Ele balançou a cabeça negativamente.

— Não.

— Isso não é nenhum tipo de veneração ao diabo? — Owen perguntou.

Sean riu baixinho.

— Isso é engraçado para você?

— Claro que é. — Ele olhou para Tom. — Eu não venero nada.

— Poderia ter me enganado — disse Owen. Ele apontou para os discos de heavy metal no chão. — Vamos te deixar em paz. Eu só tenho mais uma pergunta. Mas quero que você olhe para mim enquanto eu pergunto.

Relutantemente, Sean fez o que lhe foi pedido.

— Você sabe onde está minha filha? — questionou.

— Não.

Todos ficaram em silêncio por um instante. Um barulho de cigarras veio dos fundos, do Lugar Selvagem.

— Deixe eu te dizer o que eu faço da vida, Sean — disse Owen. — Sou investigador de uma companhia de seguros. Você sabe o que isso significa?

Sean balançou a cabeça.

— Significa que investigo pedidos de seguros suspeitos. Incêndios, mortes acidentais, coisas assim. Meu trabalho é determinar se as reivindicações são fraudulentas ou não. Na maior parte do tempo, cuido de papelada, mas de vez em quando sou obrigado a sair e entrevistar alguém.

Tom deu um pequeno passo para perto dele.

— Sou bom no meu trabalho por duas razões. — Owen seguiu. — Um, eu sou um cara grande. Você provavelmente percebeu isso. As pessoas são menos propensas a mentir para alguém do meu tamanho. Dois, sou especialista em linguagem corporal. Todo mundo dá alguma pista. A maioria das pessoas tem mais de uma. Relutância em fazer contato visual, lábios franzidos, suor repentino ou tiques.

Tom coçou o queixo, e depois se perguntou o que Owen acharia disso.

— Todo mundo pensa que é um bom mentiroso, mas, nove em cada dez vezes, sua linguagem corporal te denuncia. Seu subconsciente tem um jeito de se esgueirar e arruinar seu dia. — Owen se inclinou para frente e entrelaçou os dedos. — Quando cheguei aqui, não esperava que você contasse a verdade, Sean. Eu só precisava ver seu rosto quando perguntei.

Os músculos do pescoço de Sean ficaram tensos.

— Como assim?

— Você está mentindo para nós desde o segundo em que chegamos.

Ele olhou para Tom.

— Minha mãe já vai chegar — disse Sean.

— Outra mentira — rebateu Owen.

Ele colocou as mãos sobre os joelhos, cerrando os punhos com tanta força que os nós dos dedos ficaram brancos.

Tom pôde ver em sua mente os dominós caindo.

— Acho que é hora de irmos embora — disse ele.

— Então vá. — Owen lançou um olhar rápido, então voltou sua atenção para Sean. — Onde está minha filha?

— Não sei.

— Você a viu na noite em que ela desapareceu?

— Não.

— O que aconteceu naquela noite?

— Já lhe disse, não sei. — Sean olhou para Tom. — Sr. Witter, faça alguma coisa!

— Você a machucou, Sean?

— Não.

— O que você fez com ela, Sean?

— Nada.

— Owen — disse Tom. — Vamos embora. Agora.

Owen se levantou do sofá, como um leviatã emergindo do mar. Ele era um gigante. Uma parede de tijolos, uma torre em frente a um garoto — por que Sean parecia mais um garoto naquele momento?

143

— O desejo... — começou Owen. — Querer o que não se pode ter. O que não pode tocar. E a solução é pegar à força. Foi isso que aconteceu, Sean? Você levou minha filha?

— Owen — exclamou Tom. — Por favor. Vamos!

Tom colocou a mão no ombro de Owen. Por um segundo ele pensou que Owen poderia explodir. Mas lentamente — bem devagar — ele saiu de seu transe cheio de raiva e concordou. Sem dizer outra palavra, ele foi para a porta. Tom deu alguns passos, e então congelou. Ele se virou para Sean.

— Como você sabia que Tracie estava loira? — Ele perguntou. Sean não disse nada.

— Você disse que não gosta de loiras, mas Tracie só pintou o cabelo na noite em que desapareceu.

Owen o encarou. Sean saltou do sofá. A mesa de centro ergueu-se sobre duas pernas, em seguida, caiu virada no chão. O cinzeiro de vidro voou pelo ar e aterrissou com um baque pesado contra o tapete. Uma nuvem de cinzas e filtros de cigarro encheu a sala. Ele deu dois passos rápidos em direção à porta dos fundos. Tom estava em seu caminho. Sean se chocou com força contra ele. Tom cambaleou para trás, agitando os braços. Seu equilíbrio o abandonou completamente. Enquanto caía, ele estendeu a mão às cegas, agarrou a camiseta preta de Sean e o puxou para baixo com ele.

Ele sentiu um golpe forte contra seu fígado, um braço bater contra seu pescoço. O ar foi sugado de repente dos seus pulmões. Sean estava em cima dele, se debatendo, grunhindo, chorando. Owen estava correndo na direção deles, um borrão de cores e formas.

Mais tarde, Tom só se lembraria de partes do que aconteceu. Seu cérebro estava muito ocupado lidando com o agora para armazenar muito para mais tarde. Mas ele se lembraria da dor e do medo. Ele se lembraria de sua mão direita se fechando firmemente ao redor do cinzeiro caído, e do som que fez ao atingir a cabeça de Sean.

CAPÍTULO 17

A força do golpe fez a cabeça de Sean pender para o lado. Ficou assim pelos poucos segundos em que ele permaneceu consciente. Havia algo quase cômico nisso — um rosto travado em um ângulo de quarenta e cinco graus. O fazia parecer curioso. Foi só quando os olhos de Sean se fecharam e seu corpo caiu no chão que Tom entendeu. A imagem completa veio à sua mente, piscando como um letreiro de néon.

Era real. E estava acontecendo.

— Eu não queria...

— Levante-se — pediu Owen.

— Owen, eu...

— Pegue. Pegue isso.

Tom olhou para o cinzeiro, lascado e salpicado de sangue, ainda segurando uma mão que não parecia a dele. Ele deixou cair. O pouco de cinza que restava dentro voou em um leve sopro cinza.

— Precisamos chamar uma ambulância — disse Tom. — Espere. Não podemos fazer isso. A mãe dele é socorrista.

— Tom — sibilou Owen. — Não podemos chamar uma ambulância, ponto final.

— Mas se não chamarmos, ele vai...

— Não, não vai.

Owen sentiu o pulso de Sean.

— Ele está vivo.

— Eu não queria fazer isso. Você precisa acreditar em mim, eu não...

— Vamos, me ajude aqui.

Owen rolou Sean de costas e segurou suas pernas.

— O que você está fazendo?

— Temos que tirá-lo daqui — respondeu ele. — E espero que a mãe dele esteja trabalhando no turno da noite.

Tom abriu a boca para falar, mas nenhuma palavra saiu. Sua garganta estava seca e apertada. Ele estava tendo algum tipo de reação física à situação. As cores da sala desbotaram. Ele sentiu uma vontade estranha e repentina de ir ao banheiro. Uma sensação de dormência e formigamento se apoderou dele. O suor começou a cair em bicas, embora ele não estivesse com calor. Na verdade, esta casa, que momentos atrás estava abafada, agora parecia fria. Gelada.

Tom fechou os olhos. Sua vida parecia perdida. Ele rezou para o Deus que ele nem tinha certeza se acreditava mais, para que a realidade mudasse. Para que o que foi feito fosse desfeito. Mas quando abriu os olhos novamente, ele viu o corte no rosto de Sean, vazando sangue escorregadio e oleoso em jatos rítmicos. No ritmo de seu batimento cardíaco.

— O que foi isso? — perguntou Owen.

Sua voz cortou o transe de Tom.

Então, Tom também ouviu. Um carro do lado de fora. Ele imaginou Debbie entrando e encontrando dois homens de pé sobre seu filho inconsciente.

O que aconteceria então? Ela chamaria a polícia? Tom seria preso?

Ele abriu a cortina mais próxima e viu o carro de Gary Henskee, o Scorpion, passando. Tom respirou fundo. — Não é ela.

— Fique longe das janelas — sussurrou Owen.

Mas Tom não se mexeu. Ele não conseguia. Olhou para a Rua Keel e pensou em todas as pessoas que poderiam tê-los visto entrando. Ele passou a reunião do bairro inteira falando sobre Sean, então Ellie Sipple o tinha visto no carro de Owen e...

Duas mãos grandes o agarraram pelos ombros e o puxaram de volta para o quarto. Owen fechou a cortina.

— Recomponha-se — disse Owen. Ele estava falando em voz baixa, mas cada palavra tinha força. Sua voz estava tensa com o pânico. — Aqui estão os fatos: entramos na casa desse menino quando a mãe dele não estava em casa e você o atacou.

— Mas eu não queria...

— Não importa. Você tem duas opções, Tom. Você pode esperar a polícia aparecer ou pode me ajudar a tirar proveito de uma situação ruim. Você ouviu o garoto. Ele sabia que ela tinha tingido o cabelo. Ele deve ter visto Tracie naquela noite. Podemos obrigá-lo a nos dizer onde ela está. Se fizermos isso, nada terá sido à toa.

— Obrigar? — perguntou Tom.

— Pegue as pernas dele.

Então eles o estavam carregando. Sean Fryman não estava morto, mas pesava tanto quanto um cadáver. Tom cambaleou para trás pelo corredor, segurando os pés de Sean sob seus braços. Owen estava do outro lado, segurando os braços do adolescente. Tom imaginou que o tronco fosse a parte mais pesada, mas Owen não parecia fazer esforço algum. Na verdade, ele estava calmo. Aquilo deixou Tom nervoso.

O plano deles — se é que alguém poderia chamar aquilo de plano — foi dividido em duas partes. Parte um: leve Sean para um lugar seguro. Parte dois: decidir o que diabos fazer a seguir.

— Vamos levá-lo para o Lugar Selvagem — disse Owen. — Há uma rota que corta entre o meio das casas e dá para a Rua Novak.

Entre grunhidos, Tom conseguiu dizer:

— E depois?

— Que tipo de carro você dirige?

— Não.

— Você prefere tentar colocá-lo no conversível?

Os tênis de Tom bateram na porta dos fundos. Sem largar Sean, ele tateou à procura da maçaneta, girou e empurrou a porta com as costas. O ar lá fora estava fresco. Uma rajada de vento passava pelo Lugar Selvagem e pelo jardim. O céu ficou cinza. A tempestade estava próxima.

Por sorte, a casa de Dwayne e Libby Knapp estava escura e vazia. Os Knapps estavam de férias em Belport. Mas, do outro lado, as janelas da casa de Tom pareciam uma ameaça. As cortinas do quarto de Marty estavam fechadas, mas a luz estava ligada. Se ele resolvesse dar uma única olhada pela janela, tudo estaria acabado.

— Precisamos de um lugar para levá-lo — sussurrou Owen. — Para algum lugar calmo e remoto.

— Tenho uma ideia — disse Tom.

Sean estava completamente desmaiado. Antes de movê-lo, Tom havia estendido uma toalha azul em sua cabeça. Após ficar coberta de sangue, a toalha se tornou roxa.

Um trovão se anunciou no céu. A chuva começou a cair. Infelizmente não era uma garoa. Eram gotas pesadas e frias.

Quando chegaram ao portão dos fundos, Owen disse:

— Coloque-o no chão um segundo.

Eles baixaram Sean na grama macia. Ele moveu o braço levemente, mas não pareceu estar consciente. Owen abriu o portão e olhou para fora:

— Está vazio. Preparado?

Tom agarrou os pés de Sean.

— Um, dois, três.

Na contagem de três, eles o ergueram. Tom sentiu uma dor aguda na parte inferior das costas. Eles carregaram Sean pelo portão traseiro. O Lugar Selvagem estava esperando do outro lado, pronto para devorá-los.

— O aterro é muito íngreme — disse Tom.

Owen abaixou a cabeça de Sean e se juntou a Tom segurando seus pés. Cada um pegou uma perna e o arrastaram para cima do aterro, onde começavam as árvores. Estava um pouco mais seco sob os galhos. Eles colocaram Sean no chão enquanto Tom recuperava o fôlego.

— Posso levá-lo pelo resto do caminho — disse Owen.

— Sozinho?

— Eu me viro. Podemos nos encontrar na entrada do esgoto. Você conhece?

— Sim.

— Estacione o mais perto que puder.

Tom consultou o relógio. Eram nove e vinte.

— O que vou dizer à minha esposa? Ela vai achar estranho eu sair de casa depois de anoitecer.

Owen apenas balançou a cabeça. Em sua lista de problemas, Tom imaginou que aquele não era um dos grandes.

— Diga a ela qualquer coisa, menos a verdade.

Tom assentiu com a cabeça e começou a se afastar.

— Tom.

Ele se virou.

— Posso confiar em você?

— Tenho mais a perder do que você — disse Tom.

Ele não conseguia distinguir as feições de Owen no breu do Lugar Selvagem, mas imaginou que seu silêncio significava o fim da conversa. Ele desceu o barranco e foi pego novamente pela chuva. Quando chegou ao portão dos fundos, olhou para trás. Owen e Sean haviam sumido.

Tom parou no meio do gramado dos fundos para olhar para sua casa. Ele poderia perder tudo, pensou. Ele poderia perder Connie, Marty, Keiran. Se eles soubessem o que ele estava fazendo... O que ele tinha feito...

Foco.

Ele chegou até a porta dos fundos e se escondeu. Estava encharcado. Tirou os sapatos e entrou, deixando um rastro de pegadas molhadas no corredor. Caras & Caretas estava passando na TV, na sala de estar. Michael J. Fox deveria ter dito algo engraçado, porque Tom ouviu Connie rir.

Como diabos ele iria explicar tudo para ela? Talvez ele não precisasse. Não imediatamente, pelo menos. A porta da garagem ficava no final do corredor. A porta da sala estava aberta, mas Tom passou por ela rapidamente. Ele olhou para dentro. Connie estava de costas para ele, assistindo à TV. Marty estava sentado ao lado dela, uma perna sobre o braço do sofá. Keiran estava no chão, metade da atenção na TV, a outra metade em um gibi dos X-Men.

Tom ficou tentado a sentar com sua família e assistir ao resto do episódio. Então ele tomaria um banho, comeria algumas sobras do Natal e faria amor com sua esposa. Mas a imagem do cinzeiro atingindo o crânio de Sean ficava repetindo em sua cabeça. Era real, ele lembrou a si mesmo. Estava mesmo acontecendo.

Ele continuou se movendo. Entrou na garagem e fechou a porta suavemente atrás dele. Calçou um par de sapatos velhos e apertou o interruptor ao lado da porta. Lâmpadas fluorescentes piscaram acima dele, revelando uma garagem para dois carros, completa com caixas de papelão e a bicicleta ergométrica obrigatória, usada uma única vez e depois deixada para juntar poeira, teias de aranha e arrependimento.

A chuva batendo contra o telhado dificultava a concentração. Movendo-se rápido, Tom abriu a porta traseira de sua caminhonete e deitou o banco traseiro. A última vez que ele fez isso foi no verão anterior, na viagem dos Witter ao Drive-in de Dromana. A parte de trás era grande o suficiente para toda a família, então, com certeza, haveria espaço suficiente para um adolescente magro. Mas Tom precisaria de algo para cobri-lo. Ele olhou ao redor, notou uma lona cinza no canto e a dobrou. Eles a usavam para cobrir a churrasqueira no inverno, então tinha um cheiro forte de fumaça. Ele a jogou na parte de trás do carro. Estava quase embarcando no lado do motorista quando...

— Achei que ouvi você por aqui.

Connie estava na porta, envolta em seu roupão cor de rosa, uma grande taça de vinho branco na mão.

— Você está encharcado — disse ela.

CAPÍTULO 18

Tom estava olhando para suas roupas molhadas como se tivesse acabado de notar que estava encharcado.

— Fui pego pela chuva. — Ele disse à Connie. — Que tempestade, hein?

— Como foi a reunião? — perguntou ela.

A reunião de Vigilância do Bairro parecia ter acontecido uma centena de anos antes, em outro tempo e lugar.

— Basicamente um fracasso — falou ele. Tom tentou agir com calma e leveza, mas sentiu como se a verdade estivesse escrita em sua testa, esperando que Connie lesse. Ele olhou para seu carro de merda, um Sigma marrom. — Vou passar no mercado. Você precisa de alguma coisa?

— Agora?

Fique calmo. Respire. Aja casualmente.

— Precisamos de leite para a manhã — respondeu. — Estava na minha lista, mas o dia meio que escapou de mim.

— Está tudo bem, Tom?

— Está tudo ótimo. — Ele forçou um sorriso. — Por que a pergunta?

Connie inclinou a cabeça em um ângulo, curiosa.

— Por que está me olhando assim? — perguntou Tom.

— Onde você estava, Tom?

— Na casa de Lydia.

— A reunião terminou há uma hora. Ela o encarou. — E você está coberto de água.

— Acabei conversando com Bill depois da reunião.

— Ah. Que droga.

Ela não acreditou. Mas isso não importava agora. Havia coisas mais importantes para se preocupar. Ele imaginou Owen arrastando Sean pelo Lugar Selvagem, agachado perto do fim da Rua Novak, sendo castigado pela chuva.

— Volto rapidinho — disse ele.

— Tom.

Ele parou no lugar.

— Sim?

— Pode me trazer um Cornetto?

Ele quase explodiu em lágrimas e contou tudo a ela ali mesmo na garagem. Ela se virou, atravessou a porta e a fechou. Tom entrou no carro e apertou o controle do portão no painel. A garagem se abriu para revelar uma Rua Keel sombria e chuvosa.

E então Tom saiu com seu carro.

A chuva batia pesadamente contra o para-brisa do Sigma. Tom ligou os limpadores, viu quem estava parado do outro lado e pisou nos freios.

Era Bill Davis, parado debaixo de um guarda-chuva. Do tipo que se usa no campo de golfe, comicamente enorme e multicolorido.

Ele veio em direção ao Sigma, bateu na janela do lado do motorista e gritou:

— Ei, Tom!

Ele considerou apertar fundo no acelerador, mas isso não seria exatamente um comportamento normal do "Cara mais esperto da Rua Keel". Tom abriu a janela. Enquanto girava a manivela, notou sangue em suas mãos. Ele enfiou uma mão debaixo da perna e escondeu a outra atrás do volante:

— Oi, Bill.

— Talvez queira ir com calma, companheiro. Você estava arrancando da garagem tão rápido quanto o Ayrton Senna.

— Eu não sei quem é ele, Bill. Escute, eu estou com um pouco de pressa, então...

— Você não sabe quem é Ayrton Senna?

— Bill...

— Meu ponto é que, se você me atropelar, Lydia provavelmente peça ao conselho para colocar um quebra-molas na sua garagem.

— Precisa de alguma coisa, Bill?

Ele transferiu o peso de um pé para o outro, olhou para cima, para a tempestade.

— Que tempo maluco, hein?

— Bill.

— Certo. Desculpe. — Ele moveu o guarda-chuva entre os dedos. — Preciso falar com você sobre uma coisa. É um assunto... sensível. — Bill respirou fundo, por uma quantidade absurda de tempo. — É meio estranho falar sobre e, bem, pensando bem, talvez eu não devesse te incomodar com isso.

— Ok. Bem, até mais.

Bill colocou a mão no carro:

— Minha festa de fim de ano é amanhã à noite, e não quero parecer um disco quebrado ou algo assim, mas ainda não recebemos a confirmação de vocês. E, olha, você me conhece, de qualquer maneira estaria tudo bem, mas Vicky quer ter uma ideia do número de convidados, para saber quantos enroladinhos de salsicha servir. Então, o que você acha, Tom, podemos contar com você e Connie para...

— Não vamos à porra da sua festa, Bill. — Tom explodiu.

Ele pisou fundo e acelerou bruscamente na direção da rua. No retrovisor, Bill caminhou atrás dele, seu guarda-chuva colorido contra a escuridão, como um triste palhaço de meia idade.

*

A Rua Novak ligava as ruas Bright e Keel. Havia uma grande entrada de esgoto ali, no final de uma viela. Era uma das poucas maneiras de entrar e sair do Lugar Selvagem sem atravessar o quintal de alguém. Owen estava parado na calçada da viela, curvado debaixo da chuva, suas mãos grandes mergulhadas nos bolsos.

Tom parou ao lado dele e saiu do carro:

— Onde ele está?

Owen apontou para a floresta. O esgoto, que deveria estar praticamente seco nas últimas semanas, agora estava barulhento com a agitação da água. Tom andou pela viela. Owen examinou a rua, no caso de ver testemunhas, e, em seguida, o seguiu. Cercas se erguiam de ambos os lados. Eles alcançaram a entrada do esgoto e o circundaram. Então eles estavam na floresta. A chuva escorria pelos galhos quebradiços.

— Ele está aqui — disse Owen.

Sean tinha sido apoiado contra o tronco de uma árvore. Vê-lo novamente daquele jeito desencadeou uma nova onda de horror em Tom. Mas ele suprimiu o sentimento. Eles tinham um trabalho a fazer. Sem dizer outra palavra, os dois homens foram até Sean, assumiram suas posições e o ergueram. Não deveria ter passado mais de quarenta segundos entre o Lugar Selvagem e o carro de Tom, mas pareceram horas. Um passo por vez, através da floresta, passando pela entrada do esgoto e chegando à grama úmida. Um caminho escuro e tortuoso.

Quando finalmente chegaram ao carro, eles colocaram o rapaz no banco de trás. Tom abriu a lona para cobrir Sean. Ele fez uma pausa, olhou para baixo e viu dezenas de pequenos pontos pretos movendo-se rapidamente através da lona. Então elas estavam em seus braços. Tom recuou, deu três grandes passos em direção à chuva e começou a estapeá-las de sua pele.

— O que foi? — perguntou Owen.

— Aranhas — respondeu Tom. — Devem ter ninhos na lona.

— Mantenha a voz baixa — sibilou Owen.

Tom tentou manter a calma, mas havia aranhas rastejando em sua pele!

Ele agitou os braços, tentando se livrar da sensação de pequenos passos sobre sua carne.

— Tom, recomponha-se.

Owen puxou a lona para a chuva e a sacudiu.

Incontáveis aranhas foram lançadas na estrada. Eles acertaram o asfalto encharcado e se deslocaram em diferentes direções. Tom andou na ponta dos pés ao redor delas e ajudou Owen a cobrir Sean.

— Você vai ter que assumir daqui — disse Owen.

— Você não vem comigo?

— Eu não deveria deixar meu carro estacionado na sua rua.

Ele estava certo, é claro. Pareceria suspeito se ele fosse embora e deixasse seu conversível — com o teto abaixado — estacionado do lado de fora da casa dos Fryman, juntando água da chuva. Mas a ideia de levar Sean sozinho encheu Tom de um pavor desagradável. E se Sean acordasse no meio do caminho? E se alguém os visse?

— Onde vamos nos encontrar? — Owen perguntou.

*

Era tarde e estava úmido, mas havia muito tráfego de férias espalhado pela cidade. A orla estava cheia de caminhonetes e vans de acampamento. A fila para o drive-thru da loja de bebidas — eles ficavam abertos até tarde durante o verão — serpenteava até chegar à rua.

Tom passou por tudo isso, checando repetidamente o espelho retrovisor. A lona na parte de trás permaneceu imóvel, mas ele esperava que ela subisse a qualquer momento. Sean iria cambalear na direção dele e tirá-los da estrada, ou gritar pela janela por socorro. Então tudo estaria acabado.

Ele afastou o pensamento e manteve sua mente na estrada. Não precisava chamar atenção para si mesmo. Tom permaneceu abaixo do limite de velocidade, deu seta, cedeu caminho e parou em todos os lugares certos.

A lona não se moveu.

Quando ele desacelerou em um sinal vermelho no cruzamento entre a Druitt e Lett, um carro de polícia parou atrás dele. O motorista era um policial na casa dos cinquenta anos. Corpulento. Com uma expressão severa em seu rosto. Tom encontrou os olhos dele através do espelho. Os limpadores de para-brisa batiam para frente e para trás.

Algo roçou o cotovelo de Tom. Ele ergueu o braço em direção à luz. Uma pequena aranha estava grudada ali. Ele respirou fundo e deu um peteleco, que fez a aranha voar pelo carro.

Beeeeep.

Tom estremeceu e olhou para frente. A luz estava verde. Ele acelerou em uma velocidade respeitável. O policial o seguiu por alguns quarteirões, depois sumiu. Tom pôde respirar novamente. Mas o que deveria ter sido uma viagem rápida de dez minutos estava virando uma viagem cheia de tensão. Ele só queria que aquilo acabasse.

Mais à frente, viu a placa da entrada do Colégio Cristão de Camp Hill. Verificou se não estava sendo seguido e então entrou.

Era uma escola de médio porte, com todas as dependências que você esperaria. Consistia em dois grandes edifícios de um único andar, ligados por um corredor externo. As salas de aula e a cantina ficavam de um lado, e do outro, ficava o ginásio, a piscina coberta e o salão Janet David-Holt. Os carros dos funcionários ficavam estacionados daquele lado, longe da estrada, então, foi onde Tom estacionou seu Sigma.

Ele desligou o motor, soltou o cinto de segurança e olhou para trás. A lona deslocou-se suavemente, para cima e para baixo. Isso lembrou Tom de andar pelo quarto dos filhos depois de escurecer, certificando-se de que estavam respirando. Ele fez isso até os dois chegarem à adolescência. Ninguém sabia disso, nem mesmo Connie. Havia muita coisa que eles não sabiam.

Ele puxou a lona com cautela. Sean ainda estava desacordado. Uma aranha pequena e roliça rastejou por sua bochecha esquerda e desapareceu na escuridão do carro. Tom precisaria dedetizar o Sigma.

Os minutos se arrastaram tanto que pareciam horas. Eventualmente, faróis apareceram, iluminando a traseira do carro de Tom e cegando-o por um segundo. Owen havia chegado. Ele estacionou ao lado do Sigma e saiu do carro, tentando se proteger da chuva. Tom saiu para cumprimentá-lo.

— Alguma mudança? — Owen perguntou.

Tom balançou a cabeça.

Owen olhou para a escola que os rodeava. Então ele abriu a porta traseira do Sigma, pegou a lona com as duas mãos e a puxou. Sean estava deitado silenciosamente abaixo dela. Ainda estava vivo. Tom olhou para ele, tentando digerir o horror do que havia acontecido.

— Vamos — disse Owen.

Eles estacionaram perto da entrada com grandes portas duplas. Tom vasculhou seu chaveiro. O diretor Burch havia lhe confiado uma cópia da chave mestra porque ele sempre chegava à escola antes dos outros professores. Levou um segundo para encontrá-la, suas mãos estavam tremendo.

Ele deslizou na fechadura e abriu as portas duplas. Era um corredor curto. À esquerda, havia uma porta de vidro que levava para a piscina coberta. À direita, vários armários de combinação, um bebedouro pichado e uma estante de troféus quase completamente vazia. Havia algo de surreal em estar de volta, em seu mundo familiar.

Tom olhou para trás. Owen estava esperando ao lado do carro. Carregar Sean ficou um pouco mais fácil com a prática. Eles o tiraram do carro, atravessaram as portas duplas e entraram na escola. Foram até o final do corredor e passaram por uma porta cuja placa dizia "Enfermaria". Era uma sala pequena e estreita, sem janelas, cheia de prateleiras e armários com suprimentos de primeiros socorros. Uma cama de hospital estava encostada na parede mais próxima.

Tom deu um passo para trás enquanto Owen tirava o próprio cinto para amarrar a mão de Sean na guarda da cama.

Parecia algo doentio.

Tom e Owen colocaram Sean cuidadosamente sobre a cama e se afastaram.

Olhando em volta, Owen disse:

— Foi uma boa ideia, Tom. Esse lugar.

Nada daquela situação parecia uma boa ideia para ele.

— E agora?

— Vá para casa — ordenou Owen. — Sua esposa vai estar se perguntando onde você está.

— E você?

— Ninguém está esperando por mim naquele hotel.

— O que vamos fazer, Owen?

— O que acontece a seguir depende dele. Se Sean me disser onde a Tracie está, as coisas serão bem mais fáceis.

— E se ele não disser?

Sean gemeu. Atordoado, ele ergueu a cabeça e piscou. Um olho não abriu totalmente.

— Sr. Witter? — Ele murmurou. Parecia confuso. Talvez não se lembrasse do que ou quem o havia atingido. Ele puxou a mão presa, sem força alguma. — Senhor Witter, por favor... Por favor, me ajude...

E então desmaiou novamente.

Owen gesticulou para eles saírem para o corredor. Tom sentou em um banco de madeira enquanto Owen tomava um gole do bebedouro. Ele limpou a boca com as costas da mão, e então parou em frente a Tom, com as mãos na cintura. Tom disse:

— Se ele te levar até Tracie, o que acontece depois? Assim que o soltarmos, ele irá direto para a polícia.

Owen baixou a voz.

— Quem disse alguma coisa sobre deixar ele ir?

— Jesus.

— Vá para casa, Tom. Tente esquecer o que aconteceu. Você fez uma coisa boa. Talvez tenha ajudado a trazê-la de volta. Mas eu posso continuar daqui. — Ele deu um passo na direção de Tom. — Mas...

— Você não precisa dizer nada.

— Dizer o quê?

— Não vou contar a ninguém.

— Nem mesmo para sua esposa?

Tom balançou a cabeça.

Owen apontou para as mãos de Tom e disse:

— Você deveria se limpar antes de qualquer coisa.

Tom olhou para baixo. Suas mãos ainda estavam manchadas de sangue.

— Merda — reclamou.

— O que foi?

— Eu disse a Connie que compraria um Cornetto.

Minutos depois, ele destrancou a porta da sala dos professores, entrou e abriu a geladeira. Alguém — provavelmente Jim Tanner, o professor de educação física — havia deixado um Tupperware com sobras de macarrão na prateleira de cima. Para ser mais preciso, costumava ser macarrão. Agora era uma massa verde, volumosa e crescente.

160

Tom abriu a porta do freezer e vasculhou seu interior. Alguém precisava urgentemente descongelar aquela coisa. As paredes estavam grossas com gelo branco. Havia refeições congeladas, uma bandeja de gelo e um pacote fechado de Zooper Doopers. Mas nenhum Cornetto. Tinha sido um tiro no escuro de qualquer maneira, mas Tom tinha uma vaga lembrança de Jen Stupin guardando palitinhos de chocolate em algum lugar. Não era exatamente um Cornetto, mas poderia parecer o suficiente para...

— Mas que porra eu estou fazendo? — questionou Tom, em voz alta.

Ele voltou para o corredor e foi até o banheiro. Ligou todos os interruptores com a palma da mão. Era um banheiro típico de uma escola de Ensino Médio, sem nenhum orçamento. As torneiras estavam vazando e dois dos espelhos estavam rachados. As portas dos cubículos estavam cheias de pichações.

Tom foi até a pia mais próxima — aquela com o vazamento — e procurou a torneira quente. Ele virou as mãos sob a água, esfregando-as com um pouco de sabão. Esfregou até ficarem em carne viva. Sentia-se como Lady Macbeth, cujas mãos poderiam parecer limpas, mas nunca estariam realmente livres do sangue.

Ele queria chorar, mas nenhuma lágrima veio. Deus, quando foi a última vez que se permitiu chorar de verdade? Tinha esse poder dentro de si, mas homens não deveriam. Eles deveriam carregar suas merdas dentro de si, a carga ficando mais e mais pesada a cada ano, até que caíssem no chão com a coluna torta.

O peso dos acontecimentos da noite pressionou seus ombros. Eles se repetiam em um loop em sua cabeça. A viagem à Biblioteca Camp Hill, Geraldo Rivera, o olhar de Owen para a reunião de vigilância do bairro, o cinzeiro — primeiro, em sua mão, em seguida, atingindo o lado do rosto de Sean.

Fechou os olhos, depois os abriu. Um rosto estranho olhou de volta para ele. Seu cabelo parecia selvagem e desgrenhado, e havia uma mancha de cinza em sua testa, mas não era só isso. Os olhos estavam diferentes. Eles agora tinham visto mais do que o subúrbio, e era óbvio.

Tom estava vagamente ciente de que, além do choque, do medo e do desespero que sentiu, havia algo mais. Algo que fazia barulho dentro de sua cabeça. Por anos. Desde o Ensino Médio. Como uma sirene de ataque aéreo de alta frequência. Sempre esteve lá, mas tinha sido abafada pelo silêncio dos subúrbios, pela meia-idade, por uma esposa e filhos. Nos últimos dias, ele começou a ouvir novamente. E hoje, para o bem ou para o mal, ele a libertou. Hoje, ele agiu como um homem.

CAPÍTULO 19

Depois de caminhar silenciosamente pelo corredor do andar de cima, Tom se despiu no banheiro e entrou no chuveiro. Ele sentou no chão do chuveiro e tentou parar de tremer. Um nível excessivo de adrenalina surgia em seu sistema, e agora parecia que sua pele estava vibrando.

Ele estendeu a mão e aumentou o calor da água. Não ajudou. Em vez disso, só o fez pensar em como é possível lavar um pecado. Será que Deus — se Ele realmente existia — o perdoaria pelos atos daquela noite? A resposta, ele supôs, era complicada. Se suas ações eventualmente ajudassem Tracie, então ele tinha certeza de que o Grandão o entenderia. Afinal, Ele enviou ursos para matar quarenta e duas crianças depois que elas zombaram de Eliseu por ser careca.

Mas se eles estivessem errados sobre Sean...

Não.

Tom partiu o pensamento em dois como um galho seco. Eles tinham de estar certos sobre Sean. Porque se não estivessem...

Pare.

A porta do banheiro se abriu. Connie não se preocupou em bater. Ela apareceu do outro lado do vidro fosco do boxe, parecendo fantasmagórica e angelical.

— Estava esperando você chegar — disse ela.

163

— Desculpe — sussurrou Tom. — Pode ir para a cama. Encontro você lá.

Ela ficou em silêncio por um momento, então colocou a mão no vidro fosco.

— Tudo bem aí? Meu "sentido de esposa" está formigando.

Tom virou a cabeça para encarar a corrente de água quente.

— Estou bem — disse ele.

— Tem espaço para mais um aí dentro?

— E as crianças?

— Como você acha que nós as fizemos, hein? Além disso, pode ser nossa última chance de fazer sexo antes dos anos 90. Pensando melhor, pela sua idade e a forma como o seu joelho estala quando você anda, pode ser a última chance de fazer sexo no chuveiro.

— Podemos deixar para depois?

— Ah, agora eu sei que algo está errado. Isso foi um teste. Em todos nossos anos de casamento, você recusou sexo exatamente zero vezes. Você está se masturbando aí dentro?

— Meu Deus, Connie... É pedir demais um pouco de privacidade?

Tom queria se desculpar, mas as palavras simplesmente não saíam.

A mão de Connie desapareceu do vidro.

— Você esqueceu meu Cornetto.

Tom fechou os olhos.

— Não tinha nenhum no estoque.

— E o leite?

— Eles também estavam sem.

Ela se afastou por um momento. Tom pensou que ela poderia sair — ele realmente precisava de privacidade —, mas ela sentou na borda da banheira.

— Se vai inventar desculpas, Tom, pelo menos tenha a decência de contar tudo.

— Connie.

— Lauren acha que você está tendo um caso.

— Gostaria que você não falasse com sua irmã sobre nosso casamento.

Connie queria algo dele — provavelmente só uma boa explicação —, mas a mente de Tom parecia cheia a ponto de explodir. Em circunstâncias normais, ele teria dito as melhores e mais doces inverdades, contudo havia coisas maiores para se preocupar no momento. Quando tudo acabasse, ele gastaria tempo consertando as coisas. Mas, por enquanto, aquela conversa parecia tão importante quanto os itens de sua lista de férias: consertar o vazamento do banheiro, pintar a sala de costura, consertar o casamento.

— Sem ofensa, Con, mas não sei se deveria ouvir conselhos de relacionamento de alguém no segundo casamento.

— Apenas dizer "sem ofensa" no início de uma frase não permite que seja um idiota. E é exatamente por isso que nós deveríamos estar ouvindo ela. O primeiro casamento de Lauren falhou porque ela e Rod não conversavam. Com o passar dos anos, cada vez mais, foram varrendo tudo para debaixo do tapete, até que, para continuar na mesma metáfora, sua casa desabou. Ou pegou fogo. Ou foi inundada por lágrimas metafóricas. O ponto é, há muito valor em simplesmente conversar. A Lauren e o Dave até fazem algo chamado "limpeza de primavera emocional".

— É sério?

— Tenho certeza de que ela leu numa revista, mas faz sentido. Se um casamento é como uma casa, de vez em quando você precisa abrir as portas e arejar o lugar.

— Você tem um ponto, amor? Porque nós não temos água quente eterna.

— A questão, marido, é que, quando você estiver pronto para conversar, eu estou pronta para ouvir. — Não havia veneno em sua voz. — Só não espere muito, porque a janela não ficará aberta para sempre.

Depois do banho, Tom serviu-se de um copo de uísque e sentou em frente à janela da cozinha. Era a melhor vista da casa dos Fryman. A garagem estava vazia, mas era apenas uma questão de tempo até Debbie chegar. E então? Ela iria entrar, descobriria uma bagunça de cinzas no chão da sala e — sangue? Havia ficado sangue para trás? — notaria que seu filho estava desaparecido. Então ela chamaria a polícia.

Mas, por outro lado, talvez não. Sean tinha a idade de Marty. Eles eram adultos, mesmo que apenas por uma tecnicalidade. Se Tom chegasse em casa e não encontrasse Marty, ele provavelmente assumiria que tinha saído, passado a noite na casa de um amigo e esqueceu de contar. Ele se preocuparia. Poderia até começar a ligar para os amigos de Marty, mas não necessariamente chamaria a cavalaria imediatamente. Quanto tempo ele esperaria?

Enquanto isso, o que diabos eles iriam fazer sobre Sean?

Melhor cenário: Sean confessaria ter algo a ver com o sequestro de Tracie. Ela seria resgatada. Tom poderia convencer um juiz a deixá-lo prestar serviço comunitário. A comunidade o chamaria de herói. Pior cenário...

Não. Ainda não.

Eles pegaram o cara errado. Entraram na casa de uma criança inocente, a espancaram e depois o arrastou para mantê-lo refém...

Não.

Sean poderia sucumbir ao ferimento na cabeça durante a noite e morrer. Foi o que aconteceu com Bobbie Brown no Colégio Camp Hill. Ele levou um chute na cabeça durante um jogo de futebol na hora do almoço e, no quarto período, estava morto. Tom seria acusado de assassinato e enviado para South Hallston pelo resto de sua...

Já chega!

*

— Leia de novo em mais ou menos uma década. — Tom disse a Tracie na última vez em que a viu. — Você vai descobrir.

A luz suave da tarde caiu sobre seu rosto quando ela se virou para olhar pela janela. Lá fora, o estacionamento estava vazio, exceto pelo Sigma de Tom. A maioria dos alunos tinha ido embora, mas alguns continuavam por ali. Os dedicados estavam a caminho da biblioteca, os menos dedicados estavam saindo da detenção.

A conversa deles aparentemente tinha terminado, mas Tracie continuou no mesmo lugar.

— Está tudo bem, Tracie? — perguntou.

Ela se virou.

— Não exatamente.

— Quer conversar sobre isso? Não existe nada do tipo "confidencialidade professor-aluno", mas prometo que tudo que for dito nesta sala, será particular.

— É que... Meus pais estão se divorciando.

— Eu sinto muito. O que aconteceu?

Ela balançou a cabeça.

— Não sei. Ambos estão sendo misteriosos sobre isso. Eles continuam usando palavras como mútuo e amigável, e eu continuo usando palavras como porra nenhuma. — Ela pôs a mão em frente aos lábios. — Posso falar palavrões na sua frente agora, Tom?

— Merda, claro que sim — respondeu.

Ela sorriu por um segundo. Então o sorriso sumiu. Tom disse:

— Sabe, Tracie, pode parecer que seus pais estão desistindo, mas a felicidade em lares separados é melhor que a miséria sob um único teto.

— Eles já tentaram uma frase parecida comigo. Não ajudou muito.

— Tenho certeza de que a decisão deles não teve nada a ver com você.

— Eles usaram essa também.

Tom sorriu.

— Que tal: a vida, às vezes, é uma merda?

— Uau, você inventou isso sozinho, Sr. Witter?

— Engraçado — disse ele. — E é só Tom agora.

— Então, qual é o segredo para um casamento perfeito, Tom? Talvez eu possa passar para minha mãe da próxima vez.

— Não há nenhum. O casamento é como construir uma casa ou correr uma maratona, ou velejar em um oceano agitado. Qualquer metáfora serve. É preciso muito trabalho duro. E, mesmo assim, às vezes não é o suficiente.

— E o amor? — Tracy perguntou.

— É preciso muito disso também.

— Não tenho certeza se meus pais realmente se amaram algum dia — comentou.

Ela cerrou os lábios e olhou pela janela novamente. Tracie ficava muito bonita sob a luz da tarde. Aquilo fez Tom pensar na imagem da Virgem Maria.

— De minha experiência muito limitada no assunto, quando você ama alguém, não deixa nada entrar no caminho.

A luz de faróis invadiu a janela de Tom, trazendo-o de volta à realidade. Um Ford Orion verde-limão acabara de entrar na garagem dos Fryman. Debbie estava em casa.

CAPÍTULO 20

Aquele era o fim de um turno da madrugada perfeitamente normal. É claro, na linha de trabalho de Debbie, perfeitamente normal significava um derrame e duas paradas cardíacas (embora a segunda tenha sido, na verdade, apenas azia). Seja qual fosse o caso, Debbie queria apenas ir para a cama. Não, ela precisava. Ansiava por isso. Tinha pensado nisso pela última hora.

Ela estacionou o carro e, movendo-se como um zumbi, caminhou em direção à porta da frente. O ar estava quente e úmido. A chuva havia passado. Pode ter feito uma pequena diferença na onda de calor, mas não a resolveu. O caminho entre o carro e a porta da frente era como um forno, e dentro da casa não era melhor que isso.

A casa estava quieta. As luzes estavam acesas. O ar cheirava a cigarro. Ela sentiu um tipo muito familiar de decepção, que se transformou rapidamente em raiva, quando entrou na sala de estar. O lugar estava uma bagunça. Discos espalhadas no tapete, mas isso era apenas parte do problema. Havia uma trilha de cinzas e pontas de cigarro no meio do chão da sala. Aquilo ultrapassava todos os níveis de desrespeito.

Quem Sean esperava que limpasse tudo? Ele se comportava como uma estrela do rock. Não. Ele se comportava como seu pai. Ficava cada dia mais parecido com Mike. O mau humor, a atitude, a total falta de respeito. A raiva. Quando exatamente aquela mudança começou? Ela olhou para os álbuns de heavy metal e pensou: aí está. Era a música. Ela o tornou obscuro e estranho, porque a música era obscura e estranha. O que tinha naquele barulho que seu filho achava tão atraente?

Ela pensou em deixar a bagunça para amanhã. Pensou em marchar até o quarto de Sean, arrastá-lo para fora pela orelha e fazer com que ele mesmo limpasse. Mas, realmente, a quem estava enganando? Ela seria a única pessoa a limpar, mais cedo ou mais tarde, então, que fosse mais cedo.

Assim como sua decepção se transformou em raiva, agora, virava culpa. Bem-vindos ao carrossel emocional de Debbie Fryman, pessoal. Primeiro, ela ficaria brava com Sean, então ficaria brava consigo mesma.

Ela deveria tê-lo tirado de seu pai mais cedo. Ela o deixou por muito tempo, tempo o suficiente para ele cravar seus ganchos no garoto. Sim, ela deveria tê-lo afastado daquele homem mais cedo, e então encontrar outro. Um homem — um padrasto — gentil, descontraído e sem complicações. Alguém que talvez fosse um pouco normal e sem graça, mas que poderia ter ensinado Sean a ser um homem. Alguém como Tom Witter. Ele tinha feito um bom trabalho com Marty. Como era possível duas crianças da mesma idade acabarem em caminhos tão divergentes? Simples. Era só olhar para seus pais.

Agora que ela havia terminado de distorcer a situação, a bagunça na sala era culpa dela. Pelo menos, de forma indireta. Então, ela limpou. Ela usou uma pá e uma escova para recolher as cinzas. Poderia ter usado o aspirador, mas — e isso era muito patético — ela não queria acordar Sean. Debbie limpou a mesa de centro com uma esponja, recolheu as garrafas vazias de Sean e reuniu seus discos em uma pilha.

Quando ela terminou, levou os discos para seu quarto. Bateu suavemente, mas não houve resposta. Trocou os discos de mãos e usou a outra para girar a maçaneta. A porta se abriu com um rangido lento. O plano dela era entrar silenciosamente, deixar os discos na cômoda e, finalmente, felizmente, seria sua hora de dormir. Mas não foi daquele jeito que aconteceu.

A lâmpada em sua mesa de canto estava acesa. Ela projetava um brilho laranja sobre uma cama bagunçada, e vazia. Ela acendeu a luz do teto. A colcha estava emaranhada. A roupa suja estava separada em três pilhas no chão. Herm, a cobra, descansava sob a lâmpada de calor em seu viveiro, digerindo um rato.

Onde estava o filho dela? Ele nunca saía. Se ele fosse qualquer outro garoto, poderia ter ido ao cinema assistir Karate Kid III ou mesmo estar bebendo coolers na praia. Mas Sean era um solitário. Ele não tinha amigos para sair escondido de casa.

Ela despejou os discos em sua cama. Deveria se preocupar? Sean tinha dezoito anos, e certamente desaparecer no meio da noite era a progressão natural das coisas. Primeiro, ele tingiu o cabelo, então começou a fumar, então fez aquela tatuagem, e agora isso...

Ela sentou no chão, aterrissando com força e batendo contra a parede. O impacto fez a agulha do toca-discos de Sean gritar através do alto-falantes. Ela se levantou, ergueu a agulha e hesitou. Pegou um dos álbuns de cima da cama, Mötley Crüe, Shout at the Devil, e o colocou no toca-discos.

Fechou os olhos e, de repente, um estrondo baixo encheu seus ouvidos. O som foi se tornando mais perturbador. Era como o som de carros em um túnel, mas menos familiar. Então, uma voz abafada. Palavras, descrições do maligno, de cidades que colapsaram pelo ódio, e do inferno. Então, de repente: guitarras, bateria e vocais poderosos. Sim, essa era a palavra certa para isso: poderoso. Era inquietante, estranho e sinistro, mas era poderoso também. Isso deveria atrair as pessoas. Segurar sua atenção. É isso que atraiu Sean para esse tipo de música? Se saiu à procura de escuridão, ou ela o havia encontrado?

Ela olhou para a capa do álbum. Se você o inclinasse do jeito certo contra a luz, um pentagrama podia ser visto. Seus olhos se voltaram para uma caixa de sapatos, a ponta à vista debaixo da cama de Sean. Foi marcado com um pentagrama idêntico, este rabiscado em caneta hidrográfica.

Parecia algo pessoal. Mas também parecia estar esperando por ela. Como se seus instintos parentais a tivessem levado até aqui.

Poderia ser uma pilha de revistas pornô. Pelo que ela entendia, todo homem tinha revistas escondidas em algum lugar. Se esse fosse o caso, a caixa de Pandora poderia permanecer fechada. Ela não precisava saber do que seu filho gostava. Ainda assim, ela não foi embora.

Com Mötley Crüe ainda tocando, ela se abaixou e puxou a caixa. Ela levou um segundo para se tomar coragem, e então, sem hesitação ou cerimônia, tirou a tampa. Olhou para dentro e sentiu uma súbita e violenta onda de vertigem.

— Mas que merda...?

CAPÍTULO 21

DOMINGO

31 DE DEZEMBRO, 1989

Irene Borschmann deixou seus cachorros sair às seis. Ela não costumava deixá-los ir ao Lugar Selvagem, mas Lola, a rottweiler, havia roubado um pouco de salame da mesa de centro na noite anterior, e Irene sabia que qualquer coisa que saísse do outro lado não seria bonita. Ela não queria Lola se aliviando na planta de Patti Devlin ou — pelo amor de Deus — no gramado da frente de Lydia Chow.

Dude, o chihuahua, foi o primeiro a subir o aterro. Lola foi em seguida, movendo-se com um rebolado que nunca deixava de fazer Irene sorrir. Ela era uma mulher jovial, na casa dos cinquenta, a pele bem cuidada e bronzeada por passar muito tempo no jardim. Foi até o aterro atrás deles, os pés separados um caranguejo, tomando cuidado para não pisar na corrente de água barrenta que corria atrás da cerca.

Uma vez que eles chegaram ao cume, ela deixou seus cães decidirem o caminho e os seguiu. A trilha tinha partes limpas e densas. Galhos rangendo, folhas farfalhando na brisa. Aves cantavam, pairando sobre a vegetação. Insetos gritavam.

Era mais um dia úmido, mas o ar estava sempre um pouco mais frio embaixo das árvores. Dude e Lola cheiraram, latiram e fizeram suas necessidades. Dude quase deu a ela um ataque cardíaco quando enfiou a cabeça na grama alta e saiu com o que Irene pensou ser uma cobra. Acabou sendo um preservativo usado, que, considerando a alternativa, era preferível.

— Esses jovens de hoje — comentou Irene, balançando a cabeça.

Ela afastou o preservativo de seu chihuahua com uma vara, jogou-o nos arbustos e continuou andando. O preservativo na grama estava quase se tornando a parte mais emocionante de sua caminhada, mas então aconteceu.

Primeiro, Dude farejou algo na trilha. Ele congelou sua cauda, nariz para cima. Irene leu a linguagem corporal do cachorro.

— Nem pense nisso, Dude — disse ela. — Dude?

Dude não estava ouvindo. O cheiro deve ter sido demais para ignorar, porque ele saiu da trilha e entrou na grama alta, abanando o rabo. E aonde Dude ia, Lola o seguia. A rottweiler saltou antes que Irene pudesse agarrar sua coleira. Ela bateu contra alguns galhos pequenos e desapareceu.

— Lola! — gritou Irene. — Voltem aqui agora. Eu sei que podem me ouvir.

Além da linha das árvores, galhos se quebraram e Dude latiu. Irene olhou para um lado do caminho, depois para o outro. Droga. Ela estava vestindo shorts e sandálias: não era exatamente um traje apropriado para exploração. Mas se os cães encontrassem algo fedido o suficiente ou morto o suficiente, eles rolariam em cima, e então Irene teria que gastar a maior parte de sua manhã dando banhos. Dude até cabia na pia da cozinha, mas com Lola era preciso usar a mangueira, e quando era perseguida com a mangueira, ela olhava para Irene por horas com uma dor profunda e genuína nos olhos. Então, que escolha Irene tinha?

Ela seguiu seus cães para fora da trilha e na direção da grama alta. Dava quase na altura da cintura. Tentava notar qualquer sinal de cobras enquanto se mantinha no caminho que Lola abriu antes dela. Quando Irene alcançou a linha das árvores, ela se agachou e os seguiu. Sua cabeça se chocou contra um galho. Algo pequeno e afiado — o espinho de uma amoreira, provavelmente — agarrou sua coxa esquerda. Ela estremeceu e retirou o espinho, extraindo algumas gotas de sangue.

Pisou em algo macio e molhado, e sentiu seu equilíbrio ceder.

— Caralho! — exclamou, e caiu no chão.

Por sorte — ou azar, dependendo de como você percebesse —, ela caiu em uma pequena clareira. A grama estava macia e úmida. Isso amorteceu sua queda. Bem, pelo menos um pouco.

Ela rolou de costas. Recuperou o fôlego e olhou ao redor. Seus cães estavam ali. Dude latia e girava no lugar. Lola estava cavando um montinho de terra solta.

CAPÍTULO 22

Tom acordou e esfregou o pescoço dolorido, então olhou ao redor. Ele estava caído na cadeira que arrastou até a janela da cozinha. A garrafa vazia de uísque estava aberta sobre o balcão. Ele passou a noite inteira ali? Pensando bem, ele tinha dormido? Deve ter ficado desacordado uma ou duas vezes por causa da bebida, mas só o que lembrava era vigiar a rua esperando a polícia chegar, pensando em tudo que deveria ter feito de diferente.

Tom se levantou rápido demais e precisou se firmar no balcão. Ele pegou a chaleira para fazer café, mas estava quente. Verificou o relógio na parede. De alguma forma, ele conseguiu dormir até as oito. Tom foi até o hall de entrada. A porta da frente estava aberta.

Connie e as crianças estavam do lado de fora, carregando os dois carros com as caixas da mudança de Marty. Droga. O equipamento de jardinagem de Connie tinha sido removido do Vermelhinho e despejado sem cerimônia pela calçada. Era dia de mudança. Tudo que Tom queria era dirigir até o Colégio Camp Hill para fazer o check-in, mas ele ficaria toda a manhã responsável por carregar caixas de um lado para o outro até Frankston.

Keiran dizia a Marty:

— Você percebe que, em dez anos e um dia, será o ano 2000? — Seu tom era brilhante e aliviado, mas quando ele viu Tom, ele se retraiu. — Oh, olá, pai.

Eles mal se falaram desde que Keiran o chamou de velho e fraco. De uma forma meio distorcida, Tom desejou poder levar ele de lado e dizer o que aconteceu ontem à noite. Faria o garoto comer suas palavras, com certeza. Em vez disso, despenteou o cabelo — ele não conseguia lembrar a última vez que fez isso — e disse:

— Bom dia, Keiran.

Tom protegeu os olhos contra o sol da manhã, que escapava por sobre as casas do outro lado da rua. Ele assistiu Marty enfiar uma caixa grande e deformada na parte de trás do Sigma. Levou duas tentativas para fechar o porta-malas. Ele não estava levando muita coisa para seu novo apartamento, mas, de alguma forma, conseguiram encher os bagageiros de ambos os carros.

— De onde veio essa lona? — perguntou Marty.

Ele arrastou a lona para fora do carro e na direção da luz. Tom não conseguiu ver nenhuma aranha nela, mas havia uma grande mancha vermelha contra o fundo cinza. O sangue seco de Sean. Tom avançou na direção da lona.

— Me dê isso. Não é nada. Eu estava prestes a jogar isso fora. Tem um buraco.

Péssima desculpa.

Marty levantou uma sobrancelha, então voltou sua atenção para as caixas.

Tom correu até as lixeiras e enfiou a lona dentro. Ele sentiu algo pequeno e rápido rastejar pela manga de sua camiseta, mas ele tinha 99% de certeza de que era sua imaginação. Quando voltou, Connie o observava. Ela vestia um macacão jeans, e segurava uma xícara de café instantâneo na mão.

— Sabe — disse ela. — Quando a maioria dos casais briga, o homem dorme no sofá, não numa cadeira perto da janela.

— Estamos brigando? — perguntou Tom.

— Honestamente, eu esperava que você me dissesse.

Ele olhou para o lado. O Orion de Debbie ainda estava na garagem, e não havia sirenes da polícia vindo naquela direção. No entanto, era apenas uma questão de tempo.

Marty bateu as palmas das mãos e foi até a garagem onde Tom estava.

— Bem, acho que é isso — disse ele.

— Quando você ficou mais alto que eu?

— Três anos atrás. Estou surpreso que você não tenha algumas palavras preparadas.

— E preparei — afirmou Tom. — É tarde demais para desistir do contrato do apartamento novo?

Marty o surpreendeu, dando um abraço em seu velho. Tom o segurou firme, olhou uma vez para Keiran — estava sentado na frente do Sigma, usando o novo par de óculos Bollé que ganhou de Natal — depois para Connie, que os observava com um sorriso triste e nostálgico.

Você está arriscando isso, Tom percebeu de repente. Você está arriscando perdê-los.

Marty deu um passo para trás, olhou para a esquerda e disse:

— Oi, senhorita Fryman.

Debbie estava de pé atrás de sua cerca, com os braços cruzados. Seus olhos estavam vermelhos e inchados. Ela estava usando seu uniforme. Havia uma mancha rosada na manga esquerda da camisa, que só poderia ser sangue.

— Oi, Marty — disse ela. — Você não sabe onde o Sean está, sabe?

Marty franziu o cenho.

— Não, já faz algum tempo. Por quê?

— Keiran?

Keiran balançou a cabeça.

Ela olhou para todos. Do seu lado da cerca, os Witter deveriam parecer a família perfeita — uma pintura do sonho suburbano.

— Ele saiu ontem à noite e ainda não voltou para casa.

— Ele provavelmente está na casa de um amigo — disse Tom.

— Sim — concordou Debbie. — Pode ser.

— É trabalho das crianças deixar a mãe preocupada — falou Connie. — Tenho certeza de que ele vai voltar para casa em breve com uma desculpa esfarrapada.

Debbie conseguiu dar um sorriso fraco e desesperado.

Tom percebeu o olhar de Connie em sua visão periférica. Ele virou-se para ela e disse:

— Por que você não vai em frente com a primeira carga? Leve as crianças. Estarei bem atrás de você.

Ela hesitou, olhou de Tom para Debbie, depois de volta para ele:

— Vou ter que levar o Sigma. Os assentos estão ocupados no Vermelhinho.

— Sem problemas.

— A embreagem ainda está dando problema, mesmo depois do conserto.

— Con, está tudo bem, não se preocupe.

Relutantemente, Connie pôs os dois meninos no único banco vago do Sigma e partiu. Debbie observou enquanto eles se afastavam.

— Desculpe, não queria atrapalhar.

— Você não fez isso — disse Tom. Então, sentindo-se estranho, ele adicionou: — Parece que precisa conversar. Quer entrar para um café?

Ela inclinou a cabeça.

— Obrigado, mas não. Eu quero estar perto do telefone, caso ele ligue.

— É claro.

Ele fechou o porta-malas do carro de Connie.

— Estou preocupada com ele, Tom — disse ela. — Com tudo que está acontecendo por aqui, imagino se deveria chamar a polícia.

Um pouco rápido demais, Tom disparou:

— Não.

Debbie olhou para ele, surpresa. Ou talvez ele apenas imaginou isso.

— Provavelmente é um pouco cedo demais para isso — completou. — Connie tem razão. Tenho certeza de que ele chegará em casa a qualquer minuto.

— Você deve estar certo. Devo parecer uma louca.

Tom deu um grande sorriso, de quem diz "está tudo na sua cabeça".

— Você só parece uma mãe preocupada. Todos nós ficamos um pouco loucos.

Ela lhe deu um pequeno aceno, então voltou para casa. Tom a observou. Ele se sentiu podre. Mas também se sentiu aliviado.

Do outro lado da rua, há algumas casas de distância, Betsy Keneally do número dezessete estava na calçada com seu marido Albert. Eles estavam rindo e apontando para algo que Tom não podia ver. Seu filho desgrenhado — Ritchie ou Rocky ou algum outro nome imbecil — estava perto deles com sua bicicleta. Ele saltou para a rua, apertou os freios, e disse:

— Uau! Essa é a coisa mais legal que eu já vi!

Albert virou-se para sua esposa.

— Viu, é por isso que precisamos trazer a câmera de vídeo conosco quando saímos.

— Ah, sério, você mal consegue levantar aquela coisa — disse ela.

— Isto com certeza seria aceito naquele programa de vídeos caseiros. Garantido!

Tom saiu para a rua para ver sobre o que eles falavam. Irene Borschmann estava caminhando em direção a eles com seus dois cães. Ela mancava levemente, e estava coberta por sujeira, folhas e galhos. Era daquilo que os vizinhos de Tom estavam rindo? Parecia muito cruel. Mas, então, ele viu.

Dude, o chihuahua estava carregando um par de fones de ouvido sua boca. A forma como eles foram posicionados em sua cabeça, com as almofadas de ouvido voltadas para cima e sobre as orelhas, faziam parecer que ele estava ouvindo música. Os passinhos alegres do cachorro só melhoravam a imagem. Parecia que estava dançando.

Apesar de tudo, Tom se permitiu sorrir.

— O que ele está ouvindo? — Betsy perguntou para Irene em voz alta. — "The Beagles"?

Albert desatou a rir.

A expressão de Irene não se moveu.

— Ou talvez "Dog Dylan"? — Betsy largou outra piadinha.

Aquela quase derrubou Albert. Ele colocou as mãos nos joelhos e gargalhou.

— Eu não entendi — disse seu filho

— Dog Dylan! — Albert começou a cantar. — "Like a rolling booone"...

— Por favor, não a encoraje — pediu Irene. — Acabei de dar um sermão nesse vira-lata.

A rottweiler parou para mijar na planta de Patti Devlin. O que será que havia naquele lugar específico?

Em qualquer outro dia, Tom teria adicionado um de seus trocadilhos à piada. Ele estava confiante de que poderia pelo menos algo melhor do que "Dog Dylan", mas ele teria que ir andando se quisesse alcançar Connie e os outros.

Tom ficou atrás do volante do Vermelhinho. O carro estava equipado e pronto para partir. Então, o chihuahua cruzou seu retrovisor, abanando o rabo, com o fio do fone de ouvido sendo arrastado atrás dele.

Um detalhe em vermelho chamou a atenção de Tom. Ele olhou em silêncio por um segundo, e girou no banco para ver melhor. Então, percebeu. Ele voltou três dias no passado, sentado na sala de estar de Lydia, olhando para o cartaz de Tracie Reed pela primeira vez.

Ele saiu do carro e correu pela rua, em direção a Irene e seus cães. Ele nem se lembrou de fechar a porta do lado do motorista.

— Irene! — exclamou ele.

Ambos os cães se viraram ao mesmo tempo.

— Bom dia, Tom — disse ela. — Veio ver o show?

Ele se ajoelhou ao lado do chihuahua e tirou os fones de ouvido de sua pequena mandíbula.

— Onde você encontrou isso, Irene?

Ela deu de ombros.

— Este pequeno desgraçado desenterrou no Lugar Selvagem.

— Onde? — perguntou Tom.

— Ué, eu acabei de te contar...

— Onde, exatamente?

— O que está acontecendo, Tom?

Ele examinou a pequena tira de fita adesiva vermelha segurando um dos fones no lugar.

— Acho que isso era da Tracie.

CAPÍTULO 23

O telefone tocou. Sharon se levantou para atender rápido demais, e então percebeu a britadeira em sua cabeça. Ela bebeu — muito — vinho antes de dormir, e se hidratou pouco. Pensando bem, ela não tinha bebido água nenhuma. Agora o corpo de Sharon — e quem estivesse ligando tão cedo — queria puni-la. Ela forçou o corpo a levantar e começou uma lenta caminhada de zumbi até a cozinha.

Sharon morava em um apartamento térreo, dobrando a esquina da delegacia. Ele veio mobiliado, então nunca pareceu ser realmente dela. Tudo tinha um tom genérico e inofensivo — cinzas suaves, brancos suaves, beges suaves. Algumas pequenas pinturas decorando as paredes. Seu senhorio provavelmente os descreveria como abstratos, mas Sharon suspeitava que só não fizessem sentido. Era o tipo de lugar em que você ficaria enquanto procurava outra casa. Sharon vivia ali há sete anos.

A palavra presa veio à mente.

Ela atendeu ao telefone apenas para parar o barulho.

— Alô?

— Uau, sua voz está horrível, Shaz. Você está doente?

Era o policial Daniel Bradley-Shore, com seu cabelo quadrado de bonequinho de LEGO.

Ela tremeu.

— O que eu te disse sobre me chamar assim?

Ele não riu. Não houve nenhuma conversa amigável entre os dois. Ele respirou lenta e profundamente.

— Você está sentada?

Ela não estava. O fio do telefone não alcançava a cadeira mais próxima.

— O que foi, Danny? — perguntou.

*

Sharon estacionou na Rua Novak, que cruzava com a Bright, onde Tracie Reed morava. Um carro da polícia estava estacionado fora de uma viela que cortava entre as casas. Era o melhor acesso à floresta da comunidade.

Um policial estava isolando a entrada da viela com fita azul e branca. Sharon tinha certeza eles se conheceram antes, mas não conseguia lembrar o nome dele. Ela teria que pegar seus óculos do porta-luvas se quisesse alguma chance de ler o nome em seu crachá. E quem tinha tempo para isso?

— Oi, cara — disse ela.

Ele apontou para a viela.

— Se virar à esquerda no dreno de água, verá meu parceiro... ou eu posso te mostrar o caminho, se quiser.

Ele parecia relutante, e Sharon tinha certeza de que ela sabia o motivo. A julgar pela mancha amarela escura na frente de sua camisa e o cheiro de vômito em seu hálito, ele tinha visto algo terrível naquele mato e teve, bem, uma reação apropriada.

— Uma equipe forense estará logo atrás de mim — disse ela. — Envie-os quando chegarem, e não deixe nenhum deles chegar muito perto.

Ela apontou para o outro lado da rua. Uma multidão crescia. Meia dúzia de moradores estava parada na trilha. Alguns observavam Sharon e o policial, outros olhavam os vãos entre as casas, protegendo os olhos contra o sol, tentando ver o que acontecia na floresta. Havia mais alguns grupos amontoados em cada varanda e gramado, até chegar à rua.

O policial ergueu a fita para Sharon passar por baixo. No final da viela, Sharon fez o que lhe foi dito e virou ao chegar ao dreno de água. Ela parou no topo de um pequeno monte coberto de grama. Olhou para a esquerda e para a direita. Um canal de concreto serpenteava ao longo das cercas das casas, levando a água através de grandes drenos cobertos de metal. Três portas acima, um homem estava do lado de fora de sua cerca. Mais abaixo, uma mulher com um bebê estava no ponto mais alto de seu quintal. Ambos observando.

Sharon os ignorou. Na frente dela havia uma parede de árvores. Uma brisa leve passou entre elas. Galhos rangeram e balançaram. Ela podia ver por que as pessoas chamavam aquele ponto de Lugar Selvagem.

A agente sênior Sue Lee saiu da linha das árvores para cumprimentá-la. Lee era uma mulher magra e musculosa, por volta de seus trinta anos. Seu rosto estava rígido, mas havia a sugestão de um sorriso em seus lábios.

— Tudo bem, chefia? — Lee a cumprimentou.

"Chefia". Bem, pelo menos era melhor que Shaz.

— Onde está? — perguntou Sharon.

— Vem comigo.

Eles se moveram uma curta distância ao longo de uma trilha, então Lee saiu do caminho e começou a atravessar a vegetação, abaixando-se ao passar sob um galho. Eles passaram pelos restos de uma velha fogueira com garrafas quebradas. Sharon se manteve perto, os olhos atentos na grama alta, tomando cuidado com as cobras.

Enquanto caminhavam, Lee disse:

— Uma mulher estava andando com seus cachorros por aqui esta manhã e encontrou isto.

Ela entregou a Sharon um saco de papel marrom. Havia um par de fones de ouvido descartados dentro.

— A mãe da menina desaparecida encontrou um Walkman algumas semanas atrás. Nós demos uma olhada ao redor, mas nem tínhamos certeza de que era dela. Um vizinho reconheceu os fones de ouvido de um cartaz da garota desaparecida. A senhora dos cães nos levou ao local. Eu remexi a terra um pouco e, bem, ela não foi difícil de encontrar.

Lee parou subitamente de falar. Sharon deu um passo à frente em uma pequena clareira.

Havia mais dois oficiais uniformizados, ambos de costas para Sharon, olhando para o chão. O som e a estática dos rádios cortavam o silêncio. Os oficiais se viraram para ela lentamente, então cada um deu um passo para trás para lhe dar uma visão clara.

E lá estava ela, metade do corpo ainda sob a terra. Feixes de luz do sol passavam através da copa das árvores, iluminando um par de olhos sem vida, bochechas fundas, uma boca escancarada cheia de terra e cabelos descoloridos e emaranhados, cobertos de sangue seco.

— É ela, certo? — Lee perguntou. — A garota desaparecida.

O coração de Sharon doeu. Ela tinha visto cadáveres antes, mas nunca um tão jovem. Uma palavra veio à sua mente. Trágico.

— O que devemos fazer, Chefia? — Lee perguntou.

— Isole o local. Vinte metros em ambas as direções.

— Isso vai precisar de muita fita.

— Traga mais agentes. Cada centímetro deste lugar precisa ser analisado. Por favor, não pisoteado. Eu quero uma lista de todas as casas com uma cerca que dê para a floresta.

— Entendi — disse Lee. — Algo mais?

— Pare aí, cara!

Sharon olhou para cima. Um dos oficiais estava olhando por cima do ombro de Sharon. Tom Witter estava correndo na direção deles. Antes que Sharon pudesse dizer qualquer coisa, Lee girou nos calcanhares e gritou:

— Esta é uma cena do crime! Fica parado aí!

Mas Tom continuou vindo. Seus olhos estavam fixos no túmulo. Lee voou sobre ele. Ele caiu duro. Os outros oficiais avançaram para ajudar. O rosto de Tom, chocado e confuso, se perdeu no meio de uma pilha de policiais.

— Afastem-se! — gritou Sharon. — Deixem ele levantar.

Um por um, os oficiais se levantaram. Lee foi a última a se erguer do chão.

— Esse cara é inofensivo. — Sharon disse a eles. — Ele é um imbecil por entrar em uma cena do crime, mas é inofensivo.

Sharon acompanhou Tom de volta ao seu quintal, depois se certificou de que estava seguro atrás de um portão fechado antes de começar a falar.

— Tom, não há maneira certa de perguntar isso, então eu vou ser direta: você enlouqueceu?

— Sinto muito, Sharon — lamentou.

— Você tem sorte de não ter levado um tiro.

— É ela, não é? É a Tracie?

Ela suspirou e assentiu com a cabeça.

— Como ela morreu?

O pescoço e os ombros de Tom ficaram tensos e retorcidos enquanto ele falava. Sharon podia ver seus músculos trabalhando para impedir sua Síndrome de Tourette.

— Não saberemos isso por um tempo. — Ela colocou a mão sobre a dele. — Eu sinto muito. Sei que foi professor dela.

As pessoas começaram a se reunir no caminho atrás da casa de Tom, querendo dar uma olhada no que estava acontecendo. Era apenas uma questão de tempo até que a notícia se espalhasse.

Vai pro inferno, Rambaldini, pensou Sharon. Uma boa hora que ele escolheu para sair de férias.

— Tenho que ir, Tom — disse ela. — Você vai ficar bem? Quer que eu ligue para Connie?

Ele retirou sua mão debaixo da de Sharon e balançou a cabeça.

— Havia alguma marcação? — Ele perguntou enquanto Sharon se afastava.

Ela parou.

— Marcação?

— Ao redor da sepultura. Havia símbolos? Como aquele que encontraram no colar no quarto de Tracie? — Ele olhou para a casa vizinha. — E tatuado no braço de Sean Fryman.

Sharon olhou para ele, perplexa.

— Não. Não havia símbolos. Tom, você está bem?

— Estou bem — disse ele.

Havia gelo em sua voz.

— Tenho que ir — falou Sharon. — Preciso dizer a uma mulher que sua filha de dezessete anos está morta.

*

Sharon parou do lado de fora da casa de Nancy Reed e disse a si mesma para não chorar. Esta era a tragédia deles, não dela. Sua dor, não dela. Seu trabalho era contar aos pais o que ela sabia. Ser simpática, compreensiva, e então ir embora. Era necessária frieza para pensar daquela forma, mas era parte do trabalho. Era pela mesma razão que soldadores usavam máscaras e cirurgiões usavam aventais. A mesma razão que, no improvável evento de uma catástrofe aérea, você deveria colocar sua própria máscara de oxigênio antes de ajudar outra pessoa.

Nunca era algo fácil, mas aquele ia ser terrível. Antes de sair do carro, Sharon respirou fundo e imaginou onde ela estaria mais tarde naquela noite: na banheira, com um copo do Johnnie Walker que ganhou de Jim. Ela ficaria de molho com uma bebida, e só então, se precisasse, choraria.

Ao se aproximar da porta da frente, Sharon viu que todos os vizinhos estavam do lado de fora, assistindo, conversando e sacudindo suas cabeças. Um cara até trouxe sua câmera Polaroid, pendurada em seu pescoço por uma alça. Ele a ergueu e apontou para Sharon, e então a abaixou novamente. Ela acenou com a cabeça e bateu na porta da frente.

O fantasma de Nancy Reed atendeu. Ela não parecia estar vivendo mais. Ela se movia, existia, mas seus olhos pareciam mortos.

— Olá, Sra. Reed — disse Sharon. — Se importa se eu entrar?

— Há novidades, não é?

Sharon assentiu. Nancy a deixou entrar. A casa estava escura. Todas as cortinas e persianas estavam fechadas, mas não era apenas por causa da luz. O lugar parecia escuro. Pesado. Assombrado.

Sentaram-se na sala. Um único abajur amarelo estava aceso.

A cúpula do abajur mostrava uma paisagem, um deserto feito em vidro, completo com um oásis e camelos. Havia meia taça de vinho tinto na mesa de centro. Nancy o pegou e bebeu o que restava.

— Ela está morta, não está?

A boca de Sharon ficou seca.

— Por volta das seis da manhã, uma senhora passeando com os cães encontrou algo na floresta atrás de sua casa. Mais tarde foi descoberto que era uma sepultura.

— Quanto tempo?

— Perdão?

— Há quanto tempo ela está lá fora? — Nancy perguntou.

— É muito cedo para dizer com certeza, mas a julgar pelo... — Sharon respirou fundo. — Estado de decomposição, eu diria que ela foi colocada lá no momento em que desapareceu.

— Como aconteceu?

— Ainda não sabemos. Saberemos mais quando...

— O legista cortá-la em pedaços?

— Depois do exame médico. Sim.

— Onde está o detetive Rambaldini?

— Ele está indisponível.

Nancy olhou para ela.

— Ainda?

— Ele está de férias — respondeu Sharon. — Com a família dele.

Nancy levantou-se de repente. Os seus instintos entraram em ação. Sharon pousou a mão sobre a arma no coldre, mas relaxou quando a mulher passou por ela e foi até a cozinha. Houve o som de portas de armário batendo, então Nancy voltou para a sala com uma garrafa nova de vinho tinto. Ela serviu um pouco em seu copo, e então engoliu tudo de uma só vez.

— Você gostaria que eu ligasse para o Sr. Reed? — perguntou Sharon.

— Você poderia tentar, mas meu ex-marido parece ter sumido do mapa.

— O que você quer dizer?

— Tentei ligar para ele ontem à noite na pousada, e novamente esta manhã. Ele não atendeu e não me ligou de volta. Se você conseguir achá-lo, pode entregar uma mensagem para mim?

— É claro.

— Diga a ele: eles acreditam em nós agora.

— Sra. Reed?

Mais dois grandes goles de vinho tinto, e então:

— Quando registrei um relatório de pessoa desaparecida para nossa filha, nos disseram que ela tinha fugido. Quando eu insisti que ela foi sequestrada, sabíamos que ninguém estava realmente procurando por ela. Mas agora eles mandam você, uma mulher, para minha casa. Você está aqui, falando em voz baixa, com tom de agente funerária. Então suponho que você acredite em mim agora.

Sharon olhou para suas mãos. Ela poderia ter dito a Nancy que não foi culpa dela. Tecnicamente, ela estava apenas cuidando do caso de sua filha temporariamente. Mas isso só pioraria as coisas. Ela poderia ter dito que foi feito de tudo para encontrar Tracie, mas simplesmente, tragicamente, não era verdade. Também não importava. O dano havia sido feito. Nancy Reed nunca deixaria de sentir isso. Ela jamais esqueceria. De toda forma — todas as que importavam —, aquele momento marcou o fim de sua vida.

O que se pode dizer para alguém nessa situação?

Então Sharon manteve as coisas simples.

— Sim, Sra. Reed — disse ela. — Acreditamos em você.

CAPÍTULO 24

Tom dirigiu rápido. Ele não estava acostumado a dirigir o Vermelhinho de Connie. Mesmo cheio das caixas de Marty, ele tinha alguma potência. Tom pisou no acelerador até o limite, depois passou direto, ziguezagueando pelo tráfego. Ficou de olho no retrovisor. Não achava que alguém iria segui-lo, mas era melhor ter certeza.

Ele estava apenas vagamente ciente de que era véspera de Ano-Novo, mesmo que cada carro que ultrapassou parecia estar tocando a música do Prince, 1999. Não era assim que ele imaginava passar o último dia da década de oitenta, tomado pela dor, às voltas com uma nova e assustadora realidade.

Ele entrou no Colégio Camp Hill e passou pelos edifícios, seguindo a estrada em volta até chegar ao estacionamento de funcionários. O estacionamento estava vazio. O conversível de Owen não estava mais lá.

Tom puxou o freio de mão e saiu apressado. Ele caminhou rapidamente até as portas duplas que davam acesso à escola. Ele as empurrou. Estavam trancadas. Ele pegou as chaves de seu bolso e congelou. Ele estava com as chaves de Connie. A chave mestra da escola estava com ela.

Ele bateu nas portas. Não houve resposta. Bateu novamente. Droga. Onde estava Owen? Sean estava com ele? Ele andou em círculos. Bateu novamente. Nada. Ele estava quase voltando para o carro quando...

— Tom.

Ele olhou para trás. Owen enfiou a cabeça para fora das portas, analisou o estacionamento, então gesticulou para ele entrar. Tom entrou, apressado. Quando as portas foram fechadas e trancadas com segurança atrás dele, Owen disse:

— Alguém seguiu você?

— Não — disse Tom.

— Tem certeza?

— Quase isso.

— Quase?

— Ninguém me seguiu, Owen — assegurou Tom, com firmeza.

— E a polícia? A mãe dele ligou para eles?

— Ainda não. Onde está seu carro?

— Estacionei na esquina. Duvido que alguém o visse da estrada, mas não quis arriscar.

— E Sean?

Owen parecia terrível. Seu cabelo estava emaranhado, e sua pele, vermelha e seca. Sua camisa estava encharcada com o que Tom supôs ser suor.

— Há muitas saídas aqui, então eu o levei para outro lugar.

— E ele está...?

— Vivo — completou Owen. — E acordado. Vamos. Vou te mostrar.

Tom tentou contar a ele ali mesmo sobre Tracie, mas as palavras se recusaram a sair de sua boca. O homem alto caminhou pelo corredor à sua frente. Tom teve que correr para alcançá-lo.

Eles chegaram ao fim do corredor e viraram a esquina, parando do lado de fora de uma porta com a palavra "PISCINA" estampada sobre um painel de vidro fosco. Owen se moveu para abrir a porta, mas Tom agarrou seu braço.

— Espere — disse Tom. — Deixe-me falar com ele. Você deveria ir para casa.

— Para casa?

— Vá ficar com sua esposa.

Owen endureceu. Seus ombros caíram para trás.

— Aconteceu alguma coisa?

Tom hesitou.

— É a Tracie.

— Ela...?

— Eu sinto muito, Owen.

Ele lutou contra a notícia no início. Balançou a cabeça com firmeza. Não podia ser verdade. Sua filha não podia estar morta. Ela estava desaparecida. Em perigo, talvez. Mas não isso. Então, Tom observou enquanto o horror surgia em seu rosto.

Ele manteve os olhos fixos em Tom por um momento, então seus olhos foram até a porta fechada atrás dele. Tom bloqueou seu caminho.

— Vá para casa — disse Tom novamente. — Nancy vai precisar de você.

Owen deu dois passos curtos para trás, virou-se e correu para o outro lado. O som de seus passos ecoou pelo corredor vazio. Tom o observou, sentindo-se podre e envergonhado.

*

Quando ele atravessou as portas, o cheiro fortíssimo de cloro lhe atingiu. Isso desencadeou uma série de memórias da juventude de Tom: piscinas infláveis no quintal, aulas de natação, mergulhos de cabeça nas piscinas públicas de Medford Park. Agora, ele pensou, aquilo o lembraria de Sean, Tracie e do verão de 1989, quando tudo — tudo — deu tão terrivelmente errado.

A piscina tinha vinte e cinco metros de comprimento, dividida em seis raias por uma corda amarela brilhante. A água estava abaixo do nível máximo. Fitas coloridas pendiam nas vigas, em tons de vermelho, azul e verde. Uma fileira de janelas enormes seguia todo o comprimento da parede. A vista dava para uma colina íngreme e, depois dela, campos vazios que haviam sido vendidos e aguardavam subdivisão, todos escondidos da vista.

Sean estava amontoado na borda na extremidade da piscina. Owen deve ter encontrado um cadeado de bicicleta em um dos armários ou na caixa de achados e perdidos na sala dos professores, porque ele o usou para imobilizar Sean. Uma ponta estava presa no degrau mais baixo do trampolim, e a outra, ao redor do pescoço de Sean.

Tom, chocado, se aproximou um pouco mais. Sean levantou a cabeça. Ele estava em péssimo estado. O corte deixado pelo cinzeiro estava coberto com um curativo marrom encharcado. Havia flocos de sangue seco em seu cabelo, junto a um punhado de cinzas de cigarro, como maquiagem ruim de teatro.

— Olá, Sean — disse ele.

Sean se encolheu.

— Como você está se sentindo?

Sean sentou e correu seus dedos entre a garganta e a corrente, tentando conseguir espaço para respirar, e disse:

— Como acha que estou?

— Precisa de alguma coisa?'

— ... Água.

— Espere aqui — pediu Tom.

— Espere aqui? Essa foi boa, Tom.

Ele foi até a estação do salva-vidas, que era basicamente um armário: um espaço estreito e sem janelas cheio de estantes e prateleiras. Estava repleto de materiais de limpeza, coletes salva-vidas, espaguetes de espuma, toalhas, cadeiras de plástico e uma longa corda de raia pendurada como uma anaconda gigante.

No fundo da sala havia uma pia com um par de canecas sujas dentro. A legenda "Nade muito, sonhe grande" estava impressa em uma delas, e na outra, "Filho da P...iscina". Ele agarrou a segunda caneca, enxaguou com água quente e depois a encheu na torneira normal.

Ao sair, ele puxou uma das cadeiras de plástico. Ele colocou a caneca na frente de Sean, então recuou. Não precisava ter se preocupado. Sean mal se moveu. Ele pegou a água e bebeu, enquanto Tom montava a cadeira de plástico.

— Minha mãe já deve ter chamado a polícia — disse Sean. — Eles devem estar procurando por mim. E por você. Quantas pessoas viram vocês dois entrando na minha casa ontem à noite? Ou quantas viram vocês chegando aqui?

Tom respondeu com uma pergunta própria.

— O que aconteceu com você, Sean?

O prisioneiro — no caso era o que Sean parecia agora — girou a corrente em seu pescoço novamente, desta vez, para que ele pudesse se recostar contra os degraus do trampolim.

— Eu poderia te perguntar a mesma coisa. Você era um dos mocinhos.

Ele imaginou que Sean tentasse fazê-lo sentir culpa, mas estava surpreso por estar funcionando.

— Se você está se perguntando sobre Tracie, eu a tranquei em um porão sem comida ou água — disse Sean. — Se você não me deixar ir, ela vai morrer de fome.

— Isso funcionou com Owen?

Ele balançou a cabeça e deu um sorriso estranho. Tom sentiu-se enojado.

— Então, o que acontece agora? — perguntou Sean. — Você vai me torturar por uma confissão?

— Ninguém vai tortura-lo.

— E o pai de Tracie?

Tom ficou em silêncio.

— Ele pode me matar, você sabe — respondeu Sean. — Ele está triste. E desesperado. Homens assim não pensam. Eles apenas agem.

— Homens como seu pai? — perguntou Tom.

Sean estremeceu.

— Você não sabe nada sobre ele.

— Eu sei que ele machucou você e sua mãe. E eu conheço a violência, é como um idioma. Se você aprende enquanto jovem, fica mais fácil de usar.

Silêncio.

— Tracie está morta, Sean — disse Tom. — Está na hora de começar a falar a verdade.

Houve mais um momento de silêncio então, mas desta vez, Sean parecia chocado. Ele ficou chocado porque Tracie estava morta ou porque Tom sabia disso?

— O corpo dela foi encontrado esta manhã — completou Tom.

Sean mordeu o lábio.

— Você está falando sério?

— Sim.

— Isso não é uma tática para me fazer falar?

— Eu gostaria que fosse — afirmou Tom, e ele estava sendo sincero. — Owen está em choque. Ele foi para casa para ficar com a família. Estou preocupado com o que ele vai fazer quando voltar, se não tivermos algo para lhe dizer.

Sean franziu a testa ao ouvir isso e pareceu, pelo menos para Tom, genuinamente confuso.

— Acho que não funcionou — disse ele.

Tom se levantou.

— O que não funcionou?

Sean respirou fundo, reposicionou a corrente em torno de seu pescoço e puxou a manga da camiseta para expor sua tatuagem.

— Isso.

— Do que você está falando?

— Minha mãe deu à luz a mim aos dezesseis anos. Você sabia disso?

Tom balançou a cabeça. Ele sabia que Debbie fora uma jovem mãe, mas ele nunca tinha feito as contas.

— Isso são dois anos a menos do que tenho agora. Quero dizer, isso é loucura, certo? Eu tenho bastante dificuldade para cuidar de mim mesmo. Eu não posso nem imaginar ter uma boca a mais para alimentar e uma bunda a mais para limpar. Ela deve ter ficado assustada para caralho. — Ele se ajeitou em seu assento. — Eu acho que é por isso que ela ficou com meu pai por tanto tempo.

— O que isso tem a ver com Tracie?

— Ele nunca bateu em mim — disse Sean, como se nem tivesse ouvido Tom. — Mas com a mamãe, ele era... Bem, era outra história. Ele me ameaçava, mas nunca fazia nada. Pelo menos, não que eu me lembre. É irônico, eu acho. Você costumava ser como o pai que eu nunca tive. Se alguém dissesse que você seria a pessoa que me atacaria, e não ele...

Tom considerou alegar legítima defesa, mas agora parecia o momento de ser honesto.

— Eu sinto muito, Sean — lamentou Tom. — Perdi o controle.

Sean grunhiu, mas não olhou para cima.

— Meu pai usava essa frase também. Quando parava de bater na minha mãe.

As lágrimas encheram seus olhos:

— Eu era muito pequeno para fazer qualquer coisa. — Se aquilo fosse fingimento, ele era um excelente ator. — Ainda me sinto pequeno demais, às vezes. Isso provavelmente deve parecer idiotice para você.

— Na verdade, não parece nada idiota — disse Tom.

Ele pensou em todos os valentões de sua vida. Aquele sentimento de ser muito fraco, muito inofensivo — inútil — nunca tinha ido embora.

— Foi em uma daquelas noites ruins que vi este símbolo pela primeira vez — continuou Sean. Ele olhou para o pentagrama em seu braço. — Meu pai tinha acabado de perder o emprego. Eu devia ter, não sei, sete ou oito anos. Ele foi para o bar depois de seu turno final e voltou para casa muito bêbado. Eu era bom em notar os sinais, então corri para me esconder no meu quarto. Isso era o que eu sempre fazia, como uma porra de um bebê. Ficar escondido no meu quarto, debaixo da cama. Quando acabou, e a casa ficou quieta de novo, mamãe entrou no meu quarto. Ela tinha apanhado demais. Teria que dirigir até o hospital para levar pontos, e me disse que eu precisava ficar ali algum tempo. Implorei para ir com ela. Eu estava assustado. Então ela me deu algo. Algo que disse que me protegeria. Um colar.

— Com um pentagrama na ponta.

Sean assentiu com a cabeça.

— Antes das bandas de heavy metal usarem isso, e antes dos satanistas, ou sei lá, colocarem as mãos nele, era um símbolo de proteção. Uma imagem Wicca. Mamãe não acreditava nessas coisas, mas ela fingiu que acreditava, por mim. E não voltou por seis dias. Do que eu pude entender mais tarde conversando com parentes, ela não foi ao hospital naquela noite. Apenas fugiu. Ela me deixou com ele.

Sean enxugou as lágrimas com as costas de sua mão.

— A parte mais fodida disso é que eu nem culpo ela. Entendo. Ela não tinha ideia de onde estava indo, como iria sobreviver. Foi um ato de gentileza me deixar para trás.

— Mas então ela voltou.

— Acho que ela não aguentaria viver com a decisão. De qualquer forma, nós dois escapamos, eventualmente, e eu usei esse símbolo em volta do meu pescoço por anos. Uso até no chuveiro. Quando eu fiz dezoito anos, transformei em algo permanente. — Ele abaixou a manga de sua camiseta. — Depois disso, não precisei mais do colar.

— Como foi parar no quarto de Tracie Reed?

— Eu dei para ela.

— Quando?

Sean ficou quieto por um momento. E, então, disse:

— Na noite em que ela desapareceu.

Com aquelas exatas palavras.

— Você foi até a casa dela? — perguntou Tom.

— Não. Ela veio até a minha. Ela estava esperando no meu portão dos fundos quando voltei.

— Na noite que usou o tabuleiro Ouija?

Ele assentiu.

— Meu nariz estava sangrando, então tive que ir para casa mais cedo. Isso acontece às vezes quando o tempo está quente.

— Keiran pensou que você estava possuído pelo diabo.

— Eu sei. — Ele quase sorriu. — Quando Tracie me viu, ela surtou. Pensou que eu estava em uma briga ou algo assim. Mamãe não estava em casa, então Tracie entrou para me ajudar. Minha mãe geralmente trata minhas hemorragias nasais com um absorvente, mas eu não ia fazer isso na frente da Tracie.

200

— Por que ela estava lá tão tarde? — questionou Tom. — Tracie era sua namorada?

— Não era nada desse tipo. Eu te disse. Tracie tinha saído naquela noite com uma amiga. Ela ia dormir na casa de Cassie, mas elas brigaram.

— Sobre o que foi a briga?

— Eu não perguntei. Mas se eu tivesse que adivinhar, eu diria que tinha algo a ver com o cabelo de Tracie. Ela estava loira. Bom, essa era a intenção. Parecia mais cor de margarina. Se fosse qualquer outra noite, eu poderia ter dito a ela que parecia cabelo de stripper ou algo parecido. Mas havia algo diferente nela naquela noite. Eu tive a sensação de que, se eu tivesse feito alguma piada, ela poderia até chorar.

Tom sentou-se novamente e perguntou:

— Por que você acha isso?

— Apenas um sentimento — disse ele. — Geralmente Tracie é (era) leve.

— Leve?

— Sim. Você sabe. Algumas pessoas são pesadas, algumas pessoas são leves. Talvez leve não seja a palavra certa. Talvez "etérea" funcione melhor. Mas naquela noite, ela estava...

— Pesada.

Sean pensou sobre isso por um segundo.

— Ela não parecia ela mesma, isso é tudo que eu sei.

— Você perguntou a ela sobre isso?

— Sim.

— E?

— Ela perguntou se eu já tive a sensação de estar sendo observado. Eu disse a ela que sim. Quando você se veste como eu em um lugar como

Camp Hill, todos te olham. Mas não foi isso que ela quis dizer. Eu estava falando sobre ser notado. Tracie estava falando sobre ser perseguida.

Sean olhou para cima, torcendo os lábios enquanto notava algo no rosto de Tom.

— Oh. Você já conhecia essa parte.

— Encontrei alguns cigarros Starling Red do lado de fora da casa dela.

— Starling Red é uma marca popular. Não era eu quem a estava seguindo.

— Então quem? — perguntou Tom.

— Ela não disse. Acho que não sabia. Mas se alguém realmente estava seguindo ela, provavelmente tinha algo a ver com ela bisbilhotar por aí.

— Bisbilhotar?

— Não sei como você chamaria isso. Ela queria ser uma jornalista investigativa, então, como parte de seu treinamento, andava por aí, ouvia as conversas das pessoas, esse tipo de coisa. Ela era o tipo de pessoa que pedia para usar o seu banheiro apenas para dar uma olhada no armário de remédios. Sabe o que quero dizer?'

— Na verdade, eu não tenho ideia do que isso significa.

— Tracie tem um TCM-100B.

— Finja que não sei o que é isso.

— É um Walkman — disse Sean. — Mas tem gravador de voz também. Ela fazia pequenas gravações secretas de pessoas. Ela mostrou uma para mim naquela noite. Uma conversa entre um casal de velhos aleatórios que ela sentou ao lado no ponto de ônibus. Eles estavam brigando por algo. Um deles pensou que quem senta no assento do meio de um avião deveria obter automaticamente os dois descansos de braço. O outro discordou.

— Não estou entendendo. Por que ela os gravou?

— Ela provavelmente chamaria isso de treinamento jornalístico. Mas, para mim, parecia mais que ela estava colecionando pequenos momentos. Preservando-os antes que eles se fossem.

— O que isso tem a ver com ela ser seguida?

Sean deu de ombros.

— Talvez ela tenha ouvido a conversa errada. Ouviu algo que não deveria ter ouvido.

Tom pensou sobre isso.

— Ou talvez você esteja inventando tudo isso.

— Sim — respondeu Sean. — Pode ser.

O cheiro forte de cloro emanava da piscina. Isso tornava difícil pensar com clareza.

— Foi por isso que você deu o colar a ela? — perguntou Tom. — Porque ela estava com medo?

— Parecia que ela precisava. — Sean disse a ele. — Eu pensei que poderia fazê-la se sentir mais segura, pelo menos. Funcionou assim para mim.

— O que aconteceu depois?

— Nada. Ela pegou sua bolsa e foi embora.

— Pelo Lugar Selvagem?

— Pela porta da frente.

— Ela disse para onde estava indo?

— Sim. Ela estava a caminho da casa do pai.

Tom levantou-se novamente e andou de um lado para o outro.

— Algo ainda não parece certo. Você ainda não me disse por que ela estava lá naquela noite. Se foi algo tão inocente, por que você não me contou? Por que você não contou à polícia?

Sean sorriu. Um sorriso genuíno.

— Tem alguma coisa engraçada? — perguntou Tom.

— Não. Está tudo muito sem graça, Sr. Witter. Sabe, nada disso tem nada a ver com adoração ao diabo ou possessão demoníaca. Não é tão complicado ou tão profundo quanto você está tentando fazer parecer. Tracie estava lá para comprar fumo.

— Perdão?

— Não sou satanista, Sr. Witter — disse ele. — Eu sou traficante.

CAPÍTULO 25

A casa na Rua Bright sempre seria seu lar, mas Owen nunca mais seria bem-vindo ali. Nunca seria dele novamente. Era uma sensação estranha. Ele parou diante da porta da frente, pensando se deveria bater. Se aquele não fosse o caso, se ele ainda pudesse entrar a qualquer momento, quando esse privilégio seria revogado? Quando o divórcio terminasse?

Owen decidiu fazer as duas coisas. Ele bateu, e em seguida, abriu a porta. A casa estava escura e abafada. Fazia sentido estar daquele jeito. Era um lugar de dor e luto. Owen não era um homem particularmente religioso ou supersticioso, mas ele sabia que esse tipo de coisa transbordava e se infiltrava nos móveis, no tapete, nas paredes. Vendo por aquele lado, talvez fosse algo bom ele não morar mais naquela casa. Talvez devesse pegar uma caixa de fósforos e queimar tudo.

Ele entrou na sala de estar à procura de Nancy. Havia um copo vazio na mesinha de centro, um cobertor de malha amassado na poltrona e o álbum de fotos de bebê da Tracie. Ver aquele álbum o preencheu de uma raiva incandescente.

Nancy também não estava no seu quarto. Ele acendeu a luz e foi até o guarda-roupa. Tateou a prateleira de cima e encontrou um estojo de couro marrom. Ele o pegou, colocou sobre a cama e abriu o zíper. Passou as mãos lentamente, quase religiosamente, sobre seu rifle de caça. Owen procurou a munição no bolso interno. Havia uma única bala. Aquilo era tudo que ele precisava.

Ele fechou o estojo, o pendurou no ombro e caminhou para fora do quarto. Ao chegar ao corredor, ele parou do lado de fora do quarto de Tracie. Nancy estava deitada no chão com uma garrafa de vinho, em posição fetal e beirando a catatonia. Owen não entrou no quarto. Ele apenas a encarou. Ela olhou de volta. Eles não precisavam de palavras agora. Tornaram-se membros de um clube brutal e exclusivo: dos pais que vivem mais que seus filhos.

Os olhos avermelhados de Nancy focaram no rifle. Ela parecia encará-lo com uma expressão sombria. Seu rosto ficou rígido ao compreender o que estava acontecendo. Então ela confirmou com a cabeça.

Owen fez o mesmo.

CAPÍTULO 26

Até onde Sharon sabia, Sean Fryman tinha pouca ou nenhuma conexão com Tracie Reed. Sean e Tracie estudaram juntos no Ensino Médio, mas centenas de outras crianças também. O mesmo símbolo encontrado no quarto de Tracie foi tatuado no braço de Sean, mas, como ela disse para Tom durante o jantar, esse símbolo estava em toda parte.

Então, por que ela estava batendo na porta da frente de Sean? Poderia ser pela bronca que ela recebera de Nancy sobre não acreditar em civis. Ou talvez — apenas talvez — ela estava começando a acreditar nas teorias de Tom Witter.

A porta se abriu. A mãe de Sean era mais jovem do que Sharon esperava, e mais bonita também. Seus olhos eram de um tom de azul penetrante. Sua pele alva era levemente sardenta, daquele jeito clássico de "garota da porta ao lado". Sharon a odiou por isso. Também era possível que Sharon estava tendo um dia muito ruim e estava procurando alguém em quem descontar.

— Você é Deborah Fryman? — perguntou Sharon.

— Debbie. Sou eu — respondeu ela.

— E seu filho é Sean Fryman?

Debbie encostou-se contra a porta de tela e olhou para ela.

— Posso saber sobre o que se trata?

207

— Meu nome é Detetive Guffey. — Sharon mostrou sua identidade. — Eu tenho algumas perguntas para seu filho.

Debbie ficou imóvel por um momento. Sharon sugeriu:

— Talvez devêssemos conversar lá dentro.

Ela gesticulou para a rua. Os vizinhos lotavam as calçadas. Alguns deles pareciam sérios e assustados, outros estavam sorrindo. Um vizinho corpulento havia arrastado um pufe para o jardim da frente, para assistir ao show em grande estilo. Ela não podia culpá-los. Aquele tipo de coisa não deveria acontecer em lugares como Camp Hill, onde os gramados são verdes e brilhantes e pequenos arco-íris refletidos na água dos sprinklers. Era um evento fora do comum, e as pessoas adoram espetáculos, contanto que não tenha acontecido com eles.

Sharon a incitou novamente.

— Debbie?

— Certo — disse ela. — Entre.

Debbie a recebeu em uma casa de família desordenada, mas confortável. Sharon não foi convidada a se sentar. Debbie plantou os pés no meio da sala e esperou.

— Onde está Sean? — perguntou Sharon.

— Primeiro, quero saber do que se trata...

Ok. Então seria daquele jeito.

— Você ouviu falar sobre a garota que desapareceu no outro extremo do Lugar Selvagem? Seu nome era Tracie Reed.

— Era?

— Ela está morta.

Debbie estremeceu. Ela colocou as mãos nos bolsos de suas calças jeans e mordeu o lábio. Esta mulher estava escondendo algo.

— O que isso tem a ver com Sean? — perguntou.

— Só tenho algumas perguntas para ele — disse Sharon. — Eu só vim aqui para conversar.

— Bem, você não pode.

Naquele momento, Sharon poderia empurrar ou recuar. Ela realmente não estava com vontade de recuar.

— Tudo bem. Você também é bem-vinda para me acompanhar até a delegacia para um depoimento.

Um vinco profundo apareceu na testa de Debbie.

— Não, não... — Ela disse. — Quero dizer, você não pode falar com ele porque ele não está aqui.

— Onde ele está? — perguntou Sharon.

— Não sei. Ele não voltou para casa ontem à noite.

Debbie tirou as mãos dos bolsos e sentou no sofá.

— Estou com uma sensação horrível — comentou. — Eu fico pensando se algo ruim aconteceu com ele. Que quem sequestrou a filha dos Reed (quem a matou) levou Sean também.

A janela da sala dava vista para a casa de Tom. Sharon se perguntou como deveria ser um sábado de manhã no lar dos Witter: desenhos na TV, risos ao redor da mesa do café da manhã, todos ainda de pijama. Ela não podia ignorar o contraste das vidas de Tom e de Debbie Fryman.

— Há outro cenário possível — disse Sharon. — O corpo de Tracie Reed foi encontrado hoje. Se Sean ficou sabendo disso, ele pode ter fugido. Para evitar precisar lidar com qualquer consequência.

A expressão no rosto de Debbie ficou séria.

— Por que isso o faria fugir?

Sharon não disse nada.

— Você não está aqui para falar com meu filho, está, Detetive? Está aqui para acusa-lo de alguma coisa.

Sharon balançou a cabeça.

— Ouvi um boato.

— Sobre Sean.

— Sim.

— Vindo de quem?

— Não importa. — Sharon deixou o silêncio durar, então se sentou em frente a ela. — As pessoas estão dizendo que ele tinha algo a ver com o que aconteceu com Tracie. Você tem que admitir, ele desaparecer assim não o faz parecer inocente.

Sharon se preparou para o ataque. Não um ataque físico — embora isso não estivesse fora de questão —, mas uma afronta desesperada.

Porém, não aconteceu como planejado. Em vez disso, Debbie começou a chorar.

Situações como essas eram difíceis de navegar, não apenas como uma policial, mas como mulher. Sharon deveria abraçá-la ou dar um tapinha em seu braço e lhe dizer que tudo ia ficar bem? Ou deveria enfiar a adaga ainda mais fundo?

— Na sua opinião, Sean seria capaz de machucar alguém? — perguntou Debbie.

As lágrimas escorreram pelo rosto de Debbie.

— Ele lhe deu alguma indicação de que ele pode ter cometido um crime?

Debbie não se mexeu.

— Sean já demonstrou alguma propensão à violência?

Nada.

— Sra. Fryman?

Mais lágrimas.

— Debbie?

— Não sei! — Debbie exclamou. — E eu não sei o que isso fala sobre mim como mãe, ou sobre como o criei. — Ela olhou Sharon nos olhos. — Mas eu sei que ele não fugiu.

— Como?

Debbie ficou em silêncio.

Sharon recostou-se na cadeira. O tecido cheirava fortemente a cinzas de cigarro.

— Pensei que Tracie Reed tivesse fugido — disse Sharon. — Até que eu vi o corpo dela esta manhã. Sua mãe nos falou que ela não havia fugido. Ela repetiu até ficar com o rosto azul. Mas nós a ignoramos. — Ela tentou manter os olhos nos de Debbie, mesmo que não fosse algo fácil. — Uma mãe sempre sabe. Eu tinha esquecido isso. Talvez porque eu não seja mãe. Ou talvez porque minha própria mãe fosse uma cretina. Mas não vou cometer esse erro novamente. Se você me disser que Sean não fugiu, vou acreditar em você, Debbie. Mas você precisa ser honesta comigo. Você precisa me contar tudo.

As lágrimas de Debbie minguaram.

Uau, pensou Sharon, quando Debbie acendeu a luz. O quarto de Sean parecia o covil de um serial killer. Havia discos e pôsteres de heavy metal, estranhas esculturas de madeira, um sapo morto em uma jarra e uma cobra viva em um tanque. Havia também muitos detalhes para assimilar, mas a atenção de Sharon, acima de todo o resto, foi atraída para um grande e velho jogo de xadrez na cômoda.

Seu tema parecia ser Céu e Inferno. Deus contra Satanás. O lado da luz era composto de anjos com cabelos dourados e asas estendidas. Sua rainha era a Virgem Maria. Todos no lado sombrio tinham a pele cinzenta, cascos ao invés de pés, bestas demoníacas. Sua rainha era uma mulher séria com cabelos ruivos, vestidos com um manto preto.

— É Lilith — disse Debbie.

As peças estavam todas postas nos lugares, exceto por uma. O rei do lado da luz (Deus?) fora derrubado, pendendo para fora do tabuleiro. Não parecia um acidente. Parecia uma declaração. Se tudo acabasse como Sharon pensou — na prisão de Sean —, tudo o que o júri precisaria para condená-lo era ver aquele quarto.

Debbie chamou sua atenção para uma caixa de sapatos na cama de Sean. Um pentagrama tinha sido desenhado na tampa.

— Quando cheguei em casa ontem à noite e Sean não estava aqui, eu vim bisbilhotar — falou Debbie. — E achei isto.

Ela abriu a caixa de sapatos.

Estava cheio de dinheiro.

— São quase oito mil. Eu contei.

— Onde ele conseguiu tanto dinheiro?

Debbie balançou a cabeça.

— Não faço ideia. Mas se você fosse um jovem da idade de Sean e quisesse fugir, acha que deixaria isso para trás? — Ela não deu tempo para Sharon responder. — Você disse que queria saber tudo?

Sharon assentiu.

— Ontem à noite, quando cheguei do trabalho, a sala de estar tinha sido destruída. — Debbie disse. — Havia cinzas por todo o tapete. Eu imaginei que tinha sido o Sean, então eu limpei contra minha vontade. Mas agora estou me perguntando se eram, você sabe, sinais de luta.

Seus olhos estavam arregalados e aterrorizados.

— Você consegue pensar em alguém que poderia querer machucá-lo? — perguntou Sharon.

— Não.

— Sean tem algum inimigo?

Ela balançou a cabeça.

— Você notou mais alguma coisa quando chegou em casa ontem à noite?

— Como o quê?

— Algo fora do comum? — sugeriu Sharon. — Qualquer coisa estranha?

Debbie balançou a cabeça novamente. Mas então, abruptamente, ela parou.

— Não tenho certeza se isso se qualifica como estranho, mas ontem trabalhei no turno da noite, o que significa que saio de casa por volta das sete. Ao sair, notei metade da rua indo para a casa de Lydia Chow.

— Houve algum tipo de festa?

*

— Era nossa reunião costumeira da Vigilância do Bairro — respondeu Lydia Chow.

Ela estava sentada em uma poltrona antiga em sua sala de estar, as mãos sobre as pernas, as costas perfeitamente retas. Lydia era, em uma palavra, impecável. Sua pele era suave, e suas roupas, de alguma forma, eram conservadoras e sexy ao mesmo tempo. Sua casa combinava. As paredes eram limpas e brancas, e os pisos, imaculados. A temperatura era amena. Até o ar tinha um cheiro doce.

Muitas pessoas ficam nervosas falando com policiais, mesmo que saibam que não fizeram nada de errado. É só o instinto humano. Lydia, por outro lado, parecia emocionada de estar conversando com Sharon.

— Geralmente só temos uma reunião a cada quinze dias — disse ela. — Mas com tudo o que está acontecendo, e como presidente do grupo da Rua Keel, achei sensato reunir todos e juntar nossas informações.

Quando ela terminou de falar com Lydia, Sharon foi até a casa ao lado e fez perguntas semelhantes para Norma Spurr-Smith. Ela repetiria o processo ao longo de toda a rua. Cavar à procura da verdade era muito parecido com cavar qualquer outra coisa: significava fazer a mesma coisa, de novo e de novo. A maior parte do trabalho policial era assim. Um exercício de persistência.

— O pai de Tracie Reed estava lá — falou Norma Spurr-Smith, parada em sua porta da frente. Sharon olhou sobre o ombro da mulher. Sua casa era um grande contraste com a de Lydia. Era desordenado, barulhenta, mas, ao contrário da residência Chow, esta casa tinha uma alma. — Ele era um convidado especial ou algo assim.

— Owen Reed estava na reunião? — perguntou Sharon.

— Sim, ele estava lá — disse Ingrid Peck, na casa do outro lado da rua. — Ele fazia o tipo forte e silencioso. Mas eu não esperava algo diferente. Pobre homem.

— Quantas pessoas estavam na reunião? — perguntou Sharon.

— Todos os de sempre. Bem, quase todos. Gary Henskee não estava. Eu mesma quase não fui. Quero dizer, duas reuniões em uma semana, parece meio excessivo, não? De qualquer forma, no final eu fiquei feliz por ter ido. Eu não fazia ideia de todas aquelas coisas satânicas.

— Coisas satânicas? A reunião foi sobre isso?

— Bem, mais ou menos.

— Então?

— Na verdade, era sobre Sean Fryman — disse Betsy Keneally.

*

— Era sobre aquele garoto estranho, da casa no fim da rua.

*

— Ele compra ratos mortos! — Alyssa Lindley exclamou.

*

— Eu odeio admitir isso, mas eu meio que desprezei a coisa toda — confessou Irene Borschmann.

— Não gostei da ideia de falar sobre alguém pelas costas. Esse tipo de coisa acontece muito em Camp Hill. Mas agora, depois de aquela pobre menina aparecer morta, não sei...

214

*

— Eu não fazia ideia de que esse tipo de coisa acontecia, e bem debaixo de nossos narizes — disse Karina Alvarez.

A senhora Alvarez morava numa casa grande na esquina da rua. Tinha até uma clássica cerca branca.

— Depois da reunião, fui direto para casa e tive uma longa conversa com meu filho — falou Karina. — Eu o avisei para ficar longe de Sean, mas meu Michael não precisava ser informado. Ele já sabia que Sean não era boa companhia.

— O que você quer dizer? — perguntou Sharon.

— Aparentemente, Sean planta maconha. — Ela estendeu cada sílaba da palavra. — Bem, Michael, na verdade, não disse se ele cultiva, mas ele certamente vende. Não que meu filho jamais tenha comprado. Eu o fiz jurar com a mão sobre a Bíblia.

Sharon pensou na caixa de sapatos embaixo da cama de Sean.

— Drogas aqui, na minha rua. — Karina balançou a cabeça. — Eu sinto como se eu estivesse vivendo com a cabeça enterrada na areia. Acho que todos nós nos sentimos assim. Todos, exceto Tom.

— Tom Witter? — perguntou Sharon.

— Sim. Ele fez o que eu acho que você chamaria de um discurso, mas soou mais como um aviso. Vim direto para casa depois e proibi meu Michael de jogar Dungeons & Dragons.

— O que mais ele disse?

*

— Não quero parecer rude — disse Bill Davis. — Mas isso vai demorar muito? Minha esposa e eu estamos arranjando uma pequena festa de véspera de Ano-Novo e precisamos começar a montar tudo. Você é bem-vinda se não tiver planos.

— Não, obrigada.

— De que se trata tudo isso, afinal?

*

— Sean Fryman está desaparecido — afirmou Sharon.

Cheree Gifford ofegou e levou a mão ao peito.

— Desaparecido?

— Ele não voltou para casa ontem à noite. A mãe dele está muito preocupada.

— Eu também estaria. — A mulher fez uma pausa, então ergueu a sobrancelha. — Você já falou com Ellie Sipple?

— Ainda não. Por quê?

*

— Eu vi algo ontem à noite — disse Ellie Sipple.

Ela era uma mulher desengonçada, cabelos curtos com permanente e óculos de casco de tartaruga. A temperatura de sua cozinha estava por volta de um milhão de graus, mas a mulher estava vestindo um suéter de malha. O que era ainda mais estranho, ela não parecia estar suando.

— O que você viu? — perguntou Sharon.

— No caminho para casa, notei Tom Witter e Owen Reed. Eles estavam sentados no carro de Owen. Parecia que estavam bebendo. — Ela franziu a testa. — Acho que devo ter ficado curiosa, porque fiquei de olho neles. A janela acima da pia da cozinha dá uma boa visão da rua. Não é como se eu fosse intrometida ou algo assim. Mas quando estou lavando a louça eu... Observo as coisas.

Claro.

— O que você notou ontem à noite? — questionou Sharon.

Ellie limpou a garganta.

— Eles bateram na porta de Sean Fryman.

— Ambos?

216

— Sim.

— Tem certeza?

— Absoluta.

A garganta de Sharon ficou seca.

— O que aconteceu depois, Srta. Sipple?

CAPÍTULO 27

Bang!

Tom ficou de pé de um salto e girou em direção ao barulho. Então esperou.

Bang!

— Tom?

Tom soltou o ar. Era Owen, batendo nas portas duplas do fim do corredor. Tom saiu de perto da piscina e caminhou até lá para abri-las. Owen passou por ele e marchou para dentro. As portas se fecharam atrás deles enquanto Tom se apressava para acompanhá-lo. Havia um estojo de couro marrom pendurado no ombro de Owen, mas Tom levou um segundo para perceber:

— Isso é uma arma?

Owen não respondeu. Ele simplesmente continuou marchando. As luzes do teto estavam apagadas, mas várias pequenas janelas em sequência iluminavam o lugar. Elas criavam uma espécie de efeito estroboscópico. Owen desaparecia e reaparecia enquanto caminhava.

— O que você está fazendo com isso, Owen? — perguntou Tom.

Owen olhou para ele com uma expressão que dizia "Não é óbvio?". Mas não era. Ele pretendia usar a arma para assustar Sean, ou atirar nele?

218

Tom poderia ter perguntado, mas ele não tinha certeza se queria saber a resposta.

Os dois chegaram à piscina. Owen se aproximou da porta, mas Tom o bloqueou seu caminho.

— Sai da frente, Tom.

— Espere.

— Sai. Da. Frente.

— Pare, só um segundo — pediu Tom. — Sean e eu conversamos.

— E?

Tom contou a Owen sobre a maconha, sobre o colar e o suposto perseguidor de Tracie. Owen escutou com uma expressão imóvel: olhos estreitos, lábios apertados.

— Ele está mentindo — falou Owen. — Tracie nunca usaria drogas.

— Não é heroína. Muitos jovens da idade dela experimentam.

— E os seus filhos?

Tom apressou-se a responder que não, depois recuou.

— Tracie e Cassie Clarke tiveram uma discussão na noite em que ela desapareceu. Você sabe disso?

Owen balançou a cabeça, depois deu de ombros.

— A polícia conversou com Cassie — disse ele. — Eu não me lembro dela mencionando uma briga. — As narinas de Owen se dilataram. — Ele está mentindo.

— Mas e se não estiver? Você não quer ter certeza? Deixe-me falar com a Cassie. Eu posso achar o endereço dela no arquivo do escritório. Ela pode saber alguma coisa. E eu vou estar de volta em uma hora. Duas, no máximo.

Owen olhou para a porta. Tom quase podia ouvir as engrenagens girando em seu cérebro.

— Você quer a verdade, Owen? Ou você está apenas procurando alguém para se vingar?

Por mais que Tom não quisesse pensar em Sean sendo inocente, ele também não podia ignorar a possibilidade. Manter a mente fechada não o levaria longe.

Owen tensionou a mandíbula e não disse nada. Tom esperou. Pelo quê, ele não tinha certeza. Para Owen concordar silenciosamente? Ou enfiar Tom em um dos armários, como Steve McDougal costumava fazer? Para passar por ele, colocar o rifle contra a cabeça de Sean e puxar o gatilho?

Quando Tom não aguentou mais o silêncio, ele disse:

— Eu só preciso de uma chance.

— Duas horas — determinou Owen. — Depois disso, vou fazer do meu jeito.

Tom partiu para a outra direção.

— Tom.

Ele olhou para trás.

— O quê?

— Se você voltar aqui com a polícia...

— Eu não vou.

— Eu mato Sean antes de deixar chegarem até mim.

Tom acreditou nele. Um homem sem nada a perder sempre é perigoso. Tom empurrou as portas duplas e saiu para o ar quente. O som das pessoas ansiosas pelo Ano-Novo vinha de várias direções: canções e baladas, gritos e aplausos.

Ele chegou ao Vermelhinho de Connie, viu o banco de trás cheio de caixas, e lembrou que ainda era o dia da mudança. Tom disse a Connie e aos meninos que estaria logo atrás deles. Aquilo foi uma hora atrás. Ele pulou no banco do motorista, deu ré rapidamente e disparou para a estrada. Ela estava cheia de pessoas barulhentas e alegres. Ele ziguezagueou pelo trânsito, com os olhos fixos na estrada à frente. As mãos segurando firmemente o volante, e o sol lhe castigando.

Você era um dos mocinhos, Sean dissera.

Ele pensou novamente nos ursos que Deus enviou para atacar as crianças que zombaram de Eliseu. Ele era um dos ursos? Já era hora de se arrepender?

Tom pensou em rezar. Fazia muito tempo desde que rezou pela última vez, oficialmente. Houve muitas orações de despedida e o "amém" ocasional em funerais, mas esses eram rotina. Orações quase obrigatórias. Pensando bem, ele não conseguia lembrar a última vez que ajoelhou e conversou com o cara que mora no Céu.

Ultimamente, quando Tom pensava em Deus, era para se perguntar se esse ser poderia mesmo existir. Deus era a única verdade que ele assumia sem pensar, e a única que exigia a rejeição da lógica. Agora, porém, sentiu uma agitação em seu coração. Deus tinha que ser real. Caso contrário, ele estava passando por tudo aquilo sozinho. Todos dizem que não há ateus em trincheiras.

Ele avançou muito rápido no cruzamento da Carlyle e Goldin, depois pisou no freio com força. Tom não era acostumado com o quão sensível era o Vermelhinho. As rodas travaram, cuspindo fumaça. A frente do carro chegou a alguns centímetros do carro da frente. Uma das caixas de Marty se projetou para frente e tombou, esparramando alguns itens pelo chão do lado do passageiro: um rádio-relógio, uma foto de Cindy Crawford usando uma regata branca (recortada de uma revista) e o cartão de natal que Tom e Connie lhe deram naquele ano.

— Merda — murmurou.

O semáforo mudou. O carro seguiu parado. Este maldito carro. A embreagem realmente era uma merda. Connie o levou ao mecânico duas semanas antes do Natal e, aparentemente, nada havia mudado. Ele deveria ir lá agora mesmo e dizer o que ele achava daquela oficina. E se não quisessem conversar pacificamente, então...

Pare.

Ele tinha que relaxar. Respirar.

Ele ligou o carro e seguiu em frente.

Alguns segundos depois, um 4X4 preto parou logo atrás dele. Em seguida, luzes vermelhas e azuis começaram a piscar. O coração de Tom desabou. Ele olhou pelo retrovisor para ver o motorista. Era Sharon Guffey. Naquele segundo, Tom considerou pisar no acelerador e tentar fugir, mas o bom senso interveio. O quão longe ele chegaria, de qualquer forma?

Ele entrou em uma pista secundária e estacionou à sombra de uma árvore. Sharon parou atrás dele. Tom a observou no retrovisor. Ela desceu de seu carro, ajeitou as calças e caminhou em direção a ele, que recostou o cotovelo na janela e abriu um sorriso.

— Eu estava indo rápido demais, autoridade?

— Sabe, Witter, a maioria dos caras da sua idade prefere um conversível, mas esse até que combina com você.

— É da Connie — disse Tom. — Ela está com o Sigma. Estamos ajudando Marty com a mudança hoje. Mas, sério, eu estava correndo ou algo assim?

Ela balançou a cabeça.

— Eu duvido muito. Você sempre me pareceu um cara cuidadoso. De qualquer forma, não teria problema. Sou detetive, Witter. Não guarda de trânsito. Eu estava procurando por você, então quando eu te vi, pensei, ei, por que não abusar dos meus poderes de policial e o mandar parar?

Ela cruzou os braços e plantou os pés no cascalho, como se estivesse preparada para ficar ali algum tempo.

Tom sentiu-se inquieto.

— Você estava me procurando?

Sharon passou a mão pelo cabelo e respirou fundo.

— Eu preciso te perguntar sobre a reunião de Vigilância do Bairro noite passada.

— Claro.

— Minha primeira pergunta é óbvia: você não aprendeu nada com a Sra. Hastings quando ela nos ensinou sobre as bruxas de Salem?

— Não foi uma caça às bruxas. Estávamos apenas tentando alinhar nossas suspeitas.

— Minha segunda pergunta é: o que diabos você está pensando? Você tem ideia de como é perigoso atiçar um grupo de pessoas contra um indivíduo? Você está chegando bem perto de ser um vigilante.

— Acho que tudo que eu preciso agora é a capa e a máscara. — Tom brincou.

Ela não sorriu.

— Olhe — disse ele. — Você conheceu meus vizinhos. Eles notam as coisas. Eu pensei que alguém saberia algo que pudesse ajudar. Se eu encontrasse alguma coisa, teria vindo até você.

Sharon ficou quieta por um momento, depois franziu a testa.

— E Owen Reed?

— O que tem ele?

— Para começar, por que você reagiu assim quando eu disse o nome dele?

— Você sabe dos meus tiques.

— Também sei que eles pioram quando você está estressado ou nervoso sobre alguma coisa — disse ela. Ela inclinou a cabeça. Poderia estar protegendo os olhos do sol, ou talvez analisando a reação de Tom. — Estou procurando por ele. Eu passei no seu hotel, mas ele não estava. Um rapaz bochechudo na recepção me falou que ele não voltou para casa ontem à noite. Você tem alguma ideia de onde ele pode ter ido?

— Eu deveria saber?

— É como você disse, Witter. Seus vizinhos notam coisas.

Seu pulso acelerou. O medo revirou na boca de seu estômago.

— Owen Reed estava na reunião ontem à noite, não estava?

— Sim.

— E ele saiu agitado.

— Suponho que possa dizer isso.

— O que aconteceu depois?

— Depois do quê?

— Depois da reunião.

— Da reunião?

— Tem algum eco aqui?

Ele deu um grande sorriso, brilhante e falso.

— Depois da reunião, eu fui para casa.

— Direto para casa?

— Sim.

— Você não sentou no carro de Owen e conversou por um tempo?

Seu estômago vibrou com o nervosismo. Ele respirou fundo e tentou desanuviar a mente.

— Olha, depois da reunião, eu fui falar com o Owen para me apresentar. Ele ficou desapontado com o que aconteceu na reunião. Eu também fiquei. Nós conversamos, como pais, de homem para homem.

— O que houve depois?

— Nada.

— Tem certeza? Porque a mesma vizinha que te viu entornando umas cervejas no conversível de Owen, também viu vocês dois andando até a casa de Sean Fryman.

Droga. Estava tudo acabado? Seu coração bateu com força contra o peito. Ele queria vomitar. Queria pisar fundo no acelerador e fugir.

— O que você está me perguntando, Sharon?

— Tom, você se levantou na frente de toda a rua ontem à noite e acusou Sean Fryman de sequestrar Tracie Reed e sacrificá-la ao diabo.

— Não foi exatamente isso que eu...

— E hoje Sean Fryman está desaparecido.

Ela sabia de tudo. Tom se preparou mentalmente para aquele cenário, o máximo que poderia se preparar, mas as palavras de Sharon ainda lhe deixaram nervoso. Ele tentou manter seu rosto neutro.

— O que houve ontem à noite, Tom?

— Nada.

— Então você não foi à casa de Sean?

— Owen e eu tínhamos algumas perguntas.

— Para o Sean?

— Sim.

— Então?

— Então, nós fomos até lá. Conversar.

— E o que aconteceu?

— Nós conversamos.

— Sobre?

— Sobre Tracie.

— E?

— E o quê?

— O que ele tinha a dizer?

— Nada. Ele negou conhecê-la. Notamos que não íamos chegar a lugar nenhum com ele, então fomos embora.

— Sua vizinha viu você entrar — disse Sharon. — Ela não viu você sair.

Ellie Sipple. Tinha que ser ela. Aquela fofoqueira.

— Não sei o que lhe dizer. Ficamos na casa dos Fryman por cinco minutos. Então eu fui para casa, assisti um pouco de TV e fui dormir. Olha, se você está se perguntando onde o Sean está, talvez o tenhamos assustado. Ele provavelmente fugiu porque sabia que era apenas uma questão de tempo até você ir atrás dele.

— Connie pode confirmar que estava em casa ontem à noite? — Ela perguntou.

O pânico tomou conta dele. Ele se esforçou para mantê-lo longe de seu rosto. Antes que pudesse responder, Sharon fechou o punho e golpeou a porta do carro. Se Tom não estivesse usando cinto de segurança, ele teria saltado de susto.

— Desculpe — disse Sharon. — Eu vi uma aranha.

— Sim. Connie pode confirmar.

O rosto de Sharon pareceu ficar triste de repente.

— Posso falar com você um segundo, como sua amiga mais antiga, e não como policial?

— É meio difícil quando você tem uma arma no quadril.

Sua primeira piada do dia falhou miseravelmente.

— Às vezes, pessoas boas fazem coisas ruins, Tom. Já vi isso acontecer. Se este é um desses momentos, e há algo que você não está me contando, agora é a hora.

Tom respirou fundo. Seu coração estava quase saltando. Os pulmões pareciam prestes a travar. O suor escorria por seu rosto. Seus músculos se contraíram. Em algum lugar atrás dos seus olhos, as lágrimas estavam começando a brotar. Então, de alguma forma, ele procurou bem fundo e conseguiu emergir com um sorriso.

— Feliz Ano-Novo, Sharon — disse ele.

Ela o encarou.

— Feliz Ano-Novo, Witter.

CAPÍTULO 28

Cassie Clarke morava em um subúrbio próximo a Camp Hill, em um bairro um pouco mais humilde, lotado de casinhas pré-fabricadas atrás de cercas de arame.

Estava quente. A pele de Tom pinicava de suor enquanto ele subia os poucos degraus até a porta da frente de Cassie. A porta de tela fora trancada, mas a porta da frente estava aberta, dando uma visão clara do interior da casa. Havia um par de botas ao lado da soleira, brinquedos espalhados pelo chão e uma réplica brega do capacete à prova de balas de Ned Kelly que, pelo jeito, servia também como abridor de garrafas. Curiosamente, havia música clássica tocando dentro da casa.

Tom bateu. Um homem de bigode, baixo e atarracado, apareceu. Ele olhou para Tom através da tela e vociferou:

— O quê?

— Oi, meu nome é Tom Witter e...

— Nós não queremos comprar nada.

Tom forçou um sorriso.

— Não estou aqui para lhe vender nada. Eu sou professor na escola de Cassie e esperava poder falar com ela.

— Por quê?

Uma voz baixa veio de trás dele.

— Sr. Witter?

Cassie era uma garota magra e desengonçada, com cabelos muito ruivos. Ela empurrou o homem que Tom imaginou ser seu pai, destrancou a porta de tela e a abriu.

— O que o senhor está fazendo aqui? — Ela perguntou.

— Estou aqui por causa de Tracie — respondeu Tom. — Estou ajudando as pessoas que estão tentando descobrir o que aconteceu com ela.

Aquela era praticamente a verdade.

— Eu sei o que aconteceu com ela.

— Você sabe?

— Ela foi para o norte. Sidney, provavelmente. Talvez Queensland. Ela sempre quis ver Byron Bay. Eu disse a mesma coisa aos policiais.

Tom estremeceu. Cassie não sabia que sua amiga estava morta.

— Se importa se eu entrar? — Ele perguntou.

Ela segurou a porta aberta para ele.

Tom esperou que o pai da menina protestasse ou pelo menos questionasse por que o professor de sua filha estava visitando sua casa nas férias, mas não houve nada. Se ele estava preocupado — ou mesmo curioso —, ele não demonstrou. Apenas voltou para seu toca-discos, onde Bach e uma cerveja gelada o esperavam.

Cassie levou Tom até a cozinha. Duas pequenas janelas acima da pia davam uma vista para o quintal. Era pequeno, com um gramado amarelo e uma van antiga. Cassie pegou uma cerveja da geladeira. Estava repleta de ímãs, a maioria deles prendendo contas atrasadas.

— Você quer uma? — perguntou ela.

— Não, obrigado. Seu pai não se importa que você beba?

— Dave não é meu pai. Ele é o namorado da minha mãe. Não vai durar. E, de qualquer forma, sou praticamente maior de idade.

Ela bebeu um gole de sua cerveja. Parecia estranho para Tom que aquela era a melhor amiga de Tracie. Mas ele realmente não conhecia Tracy muito bem. Um conceito inocente e idealizado dela vivia em sua cabeça, mas não era real. Talvez nem chegasse perto.

— É meio estranho ver você na minha casa — disse ela. — Quer dizer, eu sei que os professores têm suas próprias vidas e tudo, mas nunca tive certeza de que você existia fora da escola.

Tom tentou sorrir. Cassie bebeu.

— Já contei à polícia tudo o que sei. Tracie e eu saímos naquela noite. Na noite em que ela "desapareceu". — Ela fez aspas com os dedos em torno da palavra. — Ela esteve aqui por algumas horas. Eu ajudei a descolorir o cabelo dela. Dave ficou bravo porque manchamos o tapete do banheiro. Mas, você sabe, foda-se ele. — Embora houvesse uma parede entre eles, ela mostrou o dedo do meio a Dave. — Depois disso, fomos ao cinema. Todo mundo tá agindo como se eu estivesse mantendo esse grande segredo sobre onde ela foi, mas ela não me disse nada.

— Ela deveria passar a noite aqui, certo?

Ela deu de ombros.

— Não lembro.

— Você não consegue se lembrar?

— Quero dizer, sim, ela ia ficar aqui.

— O que a fez mudar de ideia?

Cassie praticamente terminou a cerveja de uma vez só, então colocou a mão em frente à boca para arrotar. Encantadora.

— É o privilégio de ser mulher, não é o que dizem?

— Vocês duas discutiram?

Ela se encolheu, então balançou a cabeça.

— Não sei do que você está falando — disse ela.

Tom a olhou nos olhos. Ele gostava de pensar que tinha um estilo descontraído de dar aulas. Tentou não perder a calma, permanecer inabalável. Os alunos gostavam dele, porque ele era fácil de lidar. Então, nas raras ocasiões em que falava com firmeza, eles ouviam.

— Você não está sendo honesta comigo.

Talvez tenha sido demais. Mas simplesmente escapou.

— Ah, sem ofensa, Sr. Witter, você está um pouco fora da sua jurisdição.

Mas havia um tremor em sua voz. Tom manteve seu olhar fixo.

Ela desviou o olhar primeiro. Ela largou sua cerveja, então abaixou a cabeça.

— Sobre o que foi a briga, Cassie? — Ele perguntou.

Ela pegou sua cerveja novamente e virou-a lentamente em suas mãos, olhando para o rótulo.

— Tracie está sempre falando sobre os pais dela se divorciando, sabe? E eu entendo, é recente e ainda está doendo, mas olhe só ao redor. — Ela gesticulou para seu mundo de pratos sujos e grama amarela. — Isso parece um lar feliz para você?

— Achei que você e Tracie fossem amigas.

— E somos — concordou Cassie. — Amigas de verdade são honestas umas com as outras, por isso eu lhe disse que ela não era especial. Que se houvesse uma competição para ver quem tinha a vida mais fodida, eu ganharia fácil. Que os pais dela se separaram porque o pai não conseguiu manter o pau dele dentro das calças.

Isso não era novidade para Tom. Owen havia dito a ele que havia outra pessoa.

— Como você sabia que o pai de Tracie foi infiel? — Ele perguntou.

— Porque é o que os homens fazem, Sr. Witter. Foi o que meu pai fez.

Mais uma vez, ela apontou para a parede que os separava do namorado da mãe.

— O companheiro aqui do lado provavelmente também faz isso. Vocês são como homens das cavernas.

— Nem todos os homens são assim, Cassie.

Ela riu e bebeu mais um gole.

— Então, Tracie ficou brava com você falando do pai dela. Foi só isso?

— Ela falou que eu estava sendo insensível. Eu disse para ela ir se foder.

Para uma jovem cuja melhor amiga estava desaparecida, Cassie não parecia estar perdendo o sono com isso.

— O que você acha que aconteceu com ela? — perguntou Tom.

— Já lhe disse: Byron Bay, provavelmente. Essa coisa toda é apenas um golpe para se vingar do pai dela. Ela o está punindo. Talvez a mãe também. Não sei. Ela sabe que, quanto mais esperar para voltar para casa, maior será o evento.

— Ela alguma vez falou sobre estar com medo?

— Com medo? — Cassie sorriu. — O tempo todo. Sempre tinha alguém perseguindo ela ou aparecendo de forma estranha. Ela atendeu ao telefone uma vez e não havia ninguém do outro lado, então pensou que era um estuprador ligando para ver se ela estava em casa.

— Então ela era paranoica?

Cassie arrotou novamente. Ela não se incomodou em cobrir a boca desta vez.

— Isso é parte do problema, eu acho. Mas Tracie não tem irmãos ou irmãs. Ela é filha única. Eles precisam de mais atenção do que nós, filhos do meio. Eles costumam exagerar e inventar historinhas para parecerem mais interessantes.

— Acho que sei o que quer dizer — disse Tom. — Mas isso não é jeito de falar sobre sua melhor amiga.

— Não estou dizendo nada que eu não diria na cara dela. Isso é o que amigas de verdade fazem. Elas avisam quando a outra está fazendo algo idiota.

Ele sentiu que precisava dizer a ela.

— Cassie... Tracie está morta.

— O quê?

— O corpo dela foi encontrado esta manhã.

— Isso não tem graça, Sr. Witter.

— Eu sinto muito.

Seus olhos se encheram de lágrimas. Sua boca se abriu e fechou algumas vezes, como um tipo de peixe.

— Devo chamar Dave? — perguntou Tom. — Onde está sua mãe? Posso chamá-la?

Cassie balançou a cabeça.

— É minha culpa — disse ela.

— Não, Cassie, não é. Claro que não.

— Eu disse que não acreditava nela. — Cassie gaguejou. Lágrimas correram por seu rosto. — Isso é minha culpa. É tudo minha culpa.

— Está tudo bem.

— Eu não sabia...

— Sério, você não tem culpa de nada.

Ela olhou para ele com olhos desesperados e suplicantes.

— Eu não pensei que ele faria algo, não de verdade...

Tom congelou.

— De quem você está falando, Cassie?

CAPÍTULO 29

Tom estacionou o Vermelhinho do lado de fora de um conjunto de apartamentos de tijolos em Frankston. Ele trancou as portas, então verificou novamente. O novo bairro de seu filho era, para ser diplomático, suspeito.

Eram quase quatro horas. O sol estava mergulhando atrás dos prédios, lançando sombras imóveis no concreto quente. Enquanto caminhava até a entrada, Tom sentiu o cheiro de maconha no ar. Ele olhou para cima. Um grupo barulhento de jovens de vinte e poucos anos estavam amontoados em uma pequena varanda no segundo andar, cantando — outra vez — 1999, do Prince.

Na janela logo abaixo deles, uma árvore de Natal de plástico ficava de frente para o vidro, sem nenhuma decoração além de um único anjo no topo. Em algum lugar perto da árvore, um bebê estava chorando.

Enquanto Tom entrava, um homem pequeno saiu pelas portas. Ele estava sem camisa, queimado de sol, a clavícula muito marcada no peito magro. Estava carregando uma cerveja aberta em uma mão e uma pequena TV portátil na outra. Um dos novos vizinhos de Marty. O homem olhou para Tom enquanto eles passavam um pelo outro. Ele fedia a suor e maconha.

O que o filho de Tom estava fazendo em um lugar como este?

Ele entrou no bloco por um portão de aço, seguiu por um caminho estreito entre duas grandes fileiras de caixas de correio, depois subiu um lance de escada. Parou do lado de fora do apartamento número quatro, respirou fundo e bateu na porta da frente.

Um garoto magricela com olheiras apareceu. Ele tinha cabelos claros e encaracolados.

— Deixe-me adivinhar. — O garoto falou lentamente. — Você só pode ser uma Testemunha de Jeová... Ou o pai do Martin.

Martin?

— A segunda opção — falou Tom.

— Eu estou saindo para comprar papel higiênico, mas pode passar. Ele está em seu quarto. É aquele grande nos fundos. Aliás, sou Gordon.

Gordon bateu na mão de Tom, passou por ele e saiu correndo. Tom entrou no apartamento. A nova moradia de Marty — ou melhor, Martin — tinha aproximadamente o mesmo tamanho e formato de uma caixa de sapatos. A sala era uma combinação de sala de estar, sala de jantar e cozinha em uma única área apertada. A mobília era composta por um sofá de vinil descascado e uma poltrona velha e esfarrapada. Não havia varandas neste andar, mas havia uma grande janela com uma vista deslumbrante de uma parede de tijolos. Estava aberta, permitindo o cheiro abafado da maconha do vizinho entrar.

A porta de um dos quartos estava aberta. Marty estava ali, guardando suas roupas em um armário de madeira que parecia que tinha sido resgatado do lixo.

— Oi, filho — disse Tom.

Marty olhou para trás e sorriu.

— Pai! O que houve, você se perdeu? Mamãe e Keiran já foram. Ela está muito chateada.

— Achei que ela poderia estar.

— Onde você estava?

— Eu fiquei enrolado com algumas tarefas. Seu novo colega de quarto me deixou entrar. A propósito, ele fez questão de avisar que saiu para comprar papel higiênico.

Marty riu.

— Ele é encantador, não é?

— Ele o chamou de Martin.

— Bem, esse é o meu nome.

— Na sua certidão de nascimento — disse Tom. — Mas eu não acho que alguém tenha te chamado assim desde... Bem, desde sempre.

Ele deu de ombros, então voltou a desfazer as malas.

— É algo que estou experimentando. Agora que sou oficialmente um adulto, não sei, acho que senti vontade de mudar algo. O que você acha?'

Tudo é temporário.

— Posso me acostumar. — Tom sorriu.

— Onde estão as minhas coisas?

— Estão lá embaixo. — Tom sentou-se na cama. — Nós precisamos conversar primeiro.

— Você trancou o Vermelhinho, né?

— Sente-se, Marty. — Ele fez uma pausa. — Martin.

Ele fez o que seu pai pediu.

— Parece estranho quando você diz.

— Acabei de chegar da casa de Cassie Clarke.

Marty não reagiu, assim como quando Tom lhe disse que Tracie tinha desaparecido algumas noites atrás em seu quarto.

— Cassie Clarke? — Marty disse, tentando lembrar. — Quer dizer, da escola?

— Quando foi a última vez que você falou com ela?

Marty pensou por um instante.

— Não tenho certeza se alguma vez falei com ela. Mas se eu tivesse, teria sido no Colégio Camp Hill, antes do fim das aulas.

— Tem certeza?

Marty olhou para ele.

— Com certeza. Por quê?

— Você não a viu no rinque de patinação quatro semanas atrás, com a Tracie?

Marty piscou três vezes em rápida sucessão.

— Não sei — disse ele. — Não consigo me lembrar.

— Que tal na festa da fogueira de Camp Hill um mês atrás? Tracie também estava lá naquela noite.

Marty ficou estático. Era como se alguém tivesse acabado de apertar um botão de pausar. Quando conseguiu se mover novamente, foram suas mãos que Tom notou primeiro. Elas estavam tremendo.

— E perto do portão da escola quase todos os dias, ou no centro comercial Frankston nos fins de semana, ou perto do ponto de ônibus na Rua Novak?

Silêncio. Um silêncio frio e denso.

— E no cinema há três semanas? — perguntou Tom. — Na noite em que Tracie desapareceu.

— Não quero falar sobre isso com você.

Tom balançou a cabeça:

— Que pena. Porque vai acontecer de qualquer jeito.

Ele não estava apenas falando com Marty. Também precisava convencer a si mesmo.

— Tracie sabia que alguém a estava seguindo — disse Tom. — Ela nunca viu quem era. Mas Cassie viu.

— Pai.

Tom respirou longa e profundamente e falou:

— Pontos pela honestidade, filho.

Marty piscou, as lágrimas caindo de seus olhos.

— Quando Tracie desapareceu, fiquei esperando a polícia vir falar comigo. Eu tinha certeza de que Cassie falaria sobre mim.

— Ela não achava que você pudesse ter algo a ver com o desaparecimento, então ela te protegeu. — Ele fez uma pausa. — Eu acho que ela gosta de você.

Marty cerrou os olhos.

— A primeira vez que te perguntei sobre Tracie, você agiu como se mal a conhecesse.

Lentamente, Marty se levantou para fechar a porta do quarto. Quando ele começou a falar, os seus ombros caíram. Seu peito murchou. Era como se algo tivesse sido levantado dos seus ombros.

— Por um tempo, eu nem notei ela — afirmou Marty. — Então, de repente, eu não conseguia parar de pensar nela. Eu nunca tinha sentido algo assim. Esse sentimento se esgueirou em mim, como em um daqueles documentários em que o leão persegue a gazela. Quando o leão finalmente salta da grama alta, é tarde demais para a gazela fazer qualquer coisa.

Era uma metáfora um tanto bizarra. Marty, nesse caso, era o leão ou a gazela?

— Você começou a gostar dela. — Tom concluiu.

— Foi mais que isso — disse Marty. — Mais forte do que isso.

Tom se lembrou de como era ser um adolescente apaixonado. Tom sentiu o mesmo por Sharon Guffey, uma vez. Pode ter sido amor ou desejo — as duas coisas eram intercambiáveis naquela idade —, mas esses sentimentos eram complicados e dolorosos, e, Tom imaginava, incompreensíveis para qualquer pessoa. Parafraseando a banda Nazareth: "Love hurts". Marty havia sofrido. Tom podia ver em seu rosto.

— Você contou a Tracie sobre como se sentia? — perguntou Tom.

Ele balançou a cabeça.

— Eu não sabia como dizer. Eu era um idiota completo naquela época. Eu e Sean éramos uns solitários esquisitos. Então eu mudei. Comecei a malhar um pouco, me entrosei com algumas das pessoas populares da escola... E me tornei alguém que eu pensei que Tracie poderia querer.

— Foi por isso que você e Sean deixaram de ser amigos?

Um lampejo de culpa surgiu em seu rosto. Ele rejeitou o pensamento, então deu de ombros.

— Sean era uma âncora. Eu não conseguiria chegar onde queria estar com ele por perto.

— E onde você queria estar era com Tracie — disse Tom.

— Nunca tive coragem de dizer a ela como me sentia. Então, não sei, me formei. Tentei seguir em frente. Para esquecê-la. Mas ela simplesmente ficou na minha cabeça. Não consegui parar de pensar nela.

— Então começou a segui-la?

— Não no começo — confessou. — Primeiro, eu apenas a observei. A casa dela fica do outro lado do Lugar Selvagem. Não era coisa de voyeur nem nada. Não é como se eu olhasse ela se despir ou algo assim. Eu só queria estar perto do mundo dela, sei lá. Perto o suficiente para vê-la.

Como um globo de neve, pensou Tom.

— A lata de café cheia de pontas de cigarro era sua? — perguntou Tom. — Eu nem sabia que você fumava.

Marty desviou o olhar:

— Estou tentando parar.

— Conta para mim da noite em que Tracie desapareceu — disse Tom.

— Até onde Cassie te contou?

— Ela disse que viu você no cinema, sentado na última fila, sozinho.

— Na metade do filme, Cassie se levantou. Ela fingiu que precisava fazer xixi, mas, na verdade, estava fugindo para falar comigo.

Cassie não havia mencionado nada disso para Tom.

— O que ela disse?

— Que eu merecia alguém melhor. — Marty olhou para suas mãos e suspirou. — Então ela simplesmente voltou para o seu lugar.

Tom tomou fôlego para a próxima frase.

— Você viu Tracie de novo naquela noite? — Ele perguntou.

Marty confirmou de forma impotente, então olhou para a parede de tijolos do lado de fora da janela. Era possível ouvir o som do trânsito e da música distante.

— O que quer que tenha acontecido, seja o que for, eu posso proteger você.

— Você não pode me proteger disso.

Tom sentiu um frio repentino. E medo.

— Você foi até o Lugar Selvagem naquela noite, Marty? Você estava... Observando a Tracie novamente? Você estava do lado de fora da casa dela?

— Na verdade, ela veio para a nossa.

— Tracie estava em nossa casa naquela noite?

— Já era tarde — disse Marty. — Você tinha ido naquele concurso de perguntas e respostas do bar, e mamãe já estava dormindo. Então, quando Tracie foi até lá, eu a deixei entrar. Eu pensei que Cassie tinha dito a ela que eu estava no cinema. Achei que ela estava ali para me confrontar.

— Não estava?

Ele balançou sua cabeça.

— Ela estava chapada. Eu podia sentir o cheiro, e ver nos seus olhos. Então, quando começou a falar, ficou ainda mais óbvio. Ela estava divagando. Falando sobre como se sentiu culpada, como isso a estava torturando e ela tinha que dizer alguma coisa.

— Dizer algo sobre o quê?

— Ela me contou, pai.

Tom passou a mão pelo rosto.

— Disse o quê?

— Ela me contou sobre o caso.

— Que caso, Marty?

Marty manteve os olhos fixos nos do pai.

— O seu... Com Tracie.

CAPÍTULO 30

— Não sei do que você está falando — disse Tom. — Marty, nada disso é...

— Ela não me contou apenas, pai.

Tom sentiu seu rosto se contorcer.

De fora do quarto abafado, veio o som do colega de quarto de Marty chegando em casa, gritando e assobiando com seu rolo de papel higiênico.

Marty falou em voz baixa:

— Sr. Witter, tem um segundo?

Tom balançou a cabeça.

— O quê?

Lágrimas brotaram nos olhos de Marty e escorreram pelo seu rosto. Tom pousou a mão no ombro do filho. Marty se desvencilhou.

— Já passou das quatro horas. — Marty prosseguiu. — Ainda não foi para casa?

Seu lábio estremeceu. Suas mãos ficaram tensas.

— O que você está falando? — perguntou Tom.

— Eu vi seu Sigma estacionado lá fora e pensei em vir dizer tchau.

— Marty, eu não sei o que você está...

Então o atingiu. Tom entendeu.

242

— Ela gravou você, pai — disse Marty. — Ela gravou tudo.

E lá, em um conjunto de apartamentos horrorosos em Frankston, o mundo de Tom começou a desabar.

*

— E o amor? — Tracie perguntou a ele, de volta àquela tarde cinza em sua sala de aula.

— É preciso muito disso também.

— Não tenho certeza se meus pais realmente se amaram algum dia. De minha experiência muito limitada no assunto, quando você ama alguém, você não deixa nada entrar no caminho.

— Você se apaixonou, Tracie?

Tom sorriu. Tracy corou.

— Quem é o cara de sorte? — Ele perguntou.

— Não sei se o chamaria de sortudo.

Ela olhou para ele, e ele entendeu.

— Oh.

— É só isso? Oh?

— Estou lisonjeado, Tracie. Sério. Mas eu sou seu professor.

— Não mais.

— Tenho o dobro da sua idade.

— Na verdade, é mais perto do triplo. — Ela sorriu. — Eu só quero saber como é ter algo que você ama, mesmo que seja só por um tempinho.

— Tracy...

— Ninguém precisa saber...

Tom fechou os olhos e tentou apagar a memória do que aconteceu em seguida. Ele trancou a porta da sala de aula. O cheiro do cabelo dela. O gosto de seus lábios. Seu corpo contra o dele.

Mas não foi um caso. Isso fazia soar como se fosse algo significativo. Foi uma única vez. Um erro.

Quando acabou, ele ficou surpreso com o quão pouco ele tinha resistido ao que havia acontecido. Como foi fácil reformular em sua mente, pensar de um jeito diferente, olhar por outro ângulo, só para poder dormir à noite. Foi um lapso de julgamento, é claro, mas um lapso comum. Era causa e efeito. Algo relacionado a ser homem.

E naquelas raras noites em que ele não conseguia justificar para si mesmo, empurrava para o subconsciente e trancava lá no fundo. Agora, ele sentiu algo parecido com uma turbulência. Porque Marty sabia. Marty sabia, e aquilo o destruiu.

Tom se levantou. Sentou-se novamente. Ele colocou a mão sobre seu coração. Estava doendo. Suas entranhas se debatiam. A bile subiu por sua garganta. Ele viu tudo o que tinha — sua esposa, os meninos, a sua vida — se despedaçando.

— Marty — disse Tom. Havia desespero em sua voz. — Eu posso explicar.

— Não, você não pode, pai. — Marty olhou para ele, um olhar que parecia queimar a pele. — Quando você chegou em casa naquela noite com o maldito cartaz, eu não sabia o que estava pensando. Era como se quisesse esfregar na minha cara.

— Marty, espere...

— Então você não conseguia esquecer o assunto. Você ficou com raiva da sua amiga policial por não fazer o suficiente para encontrá-la. Por que ficou tão obcecado? Você realmente se importou em encontrá-la, ou estava só com medo de que alguém descobrisse seu segredo?

— Marty...

— Você tinha sentimentos por ela, pai? Você estava apaixonado por ela também?

Tom deu uma resposta honesta:

— Não.

De alguma forma, isso fez tudo isso parecer pior.

— Sua mãe sabe? — Tom perguntou.

— O que você acha?

Era como uma pequena misericórdia.

— Obrigado — disse Tom.

— Por quê?

— Por não contar a ela. Por... me proteger.

— Eu estava protegendo ela, pai. Se a mamãe soubesse, se o Keiran soubesse, destruiria essa família. Eu não queria isso na minha consciência. Mas também não ia ficar lá e viver com isso.

Tom se preparou.

— Onde está a fita agora? — perguntou.

Marty balançou a cabeça.

— É com isso que você se importa?

Tom olhou para o filho — não mais um menino. Um homem.

— Tracie Reed está morta. O corpo dela foi encontrado esta manhã. Alguém a matou e a enterrou em Wild Place.

A expressão de Marty ficou fria.

— Você não parece surpreso — disse Tom.

— Nada me surpreende mais.

— Cassie sabe que você estava seguindo Tracie. Alguém vai descobrir.

— Ninguém descobriu ainda.

— Cassie não disse nada porque ela pensou que Tracie havia fugido. Agora que ela sabe que está morta, você não pode contar que Cassie mantenha o silêncio. Se há mais alguma coisa que não me contou...

— Como o quê?

— Você estava com raiva naquela noite. Tinha acabado de descobrir que a garota que você amava... — Tom não conseguiu terminar a frase. — Você teve seu coração partido.

— O que exatamente está me perguntando, pai?

— Não posso protegê-lo a menos que saiba a verdade. — Tom se levantou. — O que aconteceu naquela noite? — Tom pensou sobre o rifle pendurado no ombro de Owen. — Droga, Marty, isso é importante. — Ele levantou a voz. — Isso pode ser caso de vida ou morte. O que exatamente aconteceu depois que Tracie tocou a fita para você?

— Fiz o que você deveria ter feito, pai. Eu disse a ela para ir se foder.

Tom queria acreditar nele, mas não pôde deixar de notar a relutância repentina de Marty em fazer contato visual. A maneira como ele apertou os lábios com força depois que falou. O brilho de transpiração em sua testa.

Quando estavam na casa de Sean, Owen chamou aquilo de "sinais".

— Você está mentindo para mim? — perguntou Tom.

— Não...

Desta vez, Marty foi o único a ter tiques nervosos.

CAPÍTULO 31

Sharon estacionou do outro lado da rua da residência dos Witter. Ela manteve o motor ligado e o ar-condicionado no máximo. O sol estava se pondo sobre o paraíso suburbano de dois andares de Tom. O céu ficou laranja, prestes a se tornar preto. Os postes de luz logo deveriam estar ligados. Devia ter algum tipo de festa de véspera de Ano-Novo na casa grande de número quatro, porque um fluxo denso de vizinhos enfileirados na calçada pareciam atraídos por uma música do Journey — "Don't Stop Believin" — como ratos seguindo o flautista de Hamelin. Steve Perry era conhecido por ter esse efeito nas pessoas.

Sharon poderia pensar em vários jeitos melhores de receber a década de noventa.

Ela ainda estava abalada por sua conversa com Tom. Ele deu todas as respostas certas e disse tudo o que ela queria ouvir. Tecnicamente, pelo menos. Mas ela não tinha visto ele se contorcer tanto em anos. Talvez nunca. Ela viu um caminho escuro em sua mente, estranho e estreito, e tentou desesperadamente não descer por ele.

O Sigma marrom de Tom parou na rua e entrou na garagem dos Witter. Connie e Keiran saíram.

Nenhum sinal de Tom. Sharon os observou por um momento e fez um voto silencioso: se — ou quando — Connie confirmasse a história sobre a noite passada, ela desistiria. Simples. Fácil desse jeito.

247

E se seu instinto lhe dissesse para continuar cavando, ela se lembraria de que os Witter eram um lago calmo e tranquilo. Uma pedra como a que ela estava segurando causaria ondas para sempre.

Se Sharon acreditasse em Deus, ela poderia ter feito o sinal da cruz. Mas ela não o fez. Sem cerimônia, ela saiu do carro e alcançou os Witter quando chegaram à porta da frente.

— Connie.

A esposa de Tom se virou. Ela notou um pouco de nervosismo em seu rosto. Sharon deu-lhe um sorriso, o que pareceu aliviar um pouco seu pânico.

— Olá, Sharon — disse ela.

— Como foi a grande mudança?

— Foi ainda mais deprimente que eu pensava. Importa-se se eu pegar algumas algemas emprestadas para que eu possa acorrentar este daqui num radiador?

Ela apontou para Keiran. Ele revirou os olhos e desapareceu para o andar de cima, deixando as duas mulheres sozinhas na soleira da porta.

— Tom não está em casa — avisou Connie.

— Tudo bem, na verdade eu queria falar com você.

— Está tudo bem?

— Apenas tirando algumas dúvidas para que eu possa aproveitar o meu Ano-Novo — respondeu Sharon. — Se importa se eu entrar?

*

Connie abriu a geladeira e tirou uma garrafa de Chandon da prateleira de cima. Ela olhou para Sharon quando começou a torcer a rolha:

— Você quer um copo?

— Estou trabalhando — disse Sharon. — Então, definitivamente, sim.

Rindo, Connie limpou duas taças com um pano de prato e serviu uma para cada.

— Eu estava guardando essa garrafa para beber com Tom esta noite. Ele deveria nos encontrar no apartamento de Marty com a segunda parte da carga, mas deve ter se atrapalhado com algo. Tenho certeza de que ele se sente muito mal e está prestes a entrar por aquela porta, pedindo desculpas em três, dois, um... Droga. Isso nunca funciona.

Elas brindaram e beberam.

— É comum o Tom sumir assim?

Connie deu de ombros.

— Não, mas ele está um pouco ausente ultimamente. Não sei dizer se é uma crise de meia-idade ou um colapso mental. Pode ser as duas coisas.

— Você conversou com ele sobre isso?

— Eu tentei. — Connie tomou um gole do seu espumante. — Marty se mudar realmente mexeu com ele. Acho que acreditava que a vida iria continuar exatamente da mesma maneira para sempre.

— Você ouviu falar de Tracie Reed? — perguntou Sharon.

— Não.

— Achei que Tom teria mencionado isso.

— Eu não o vi.

Sharon fez uma careta.

— Encontraram o corpo dela no Lugar Selvagem.

— Deus do céu... — Ela desviou o olhar e bebeu. — Isso é terrível. Pobres pais dela. Acho que todos nós assumimos que ela fugiu e a encontrariam pedindo carona para Sydney ou algo assim.

— Todos, exceto Tom — disse Sharon. — Que assumiu que ela foi sequestrada por um culto satânico.

Connie revirou os olhos.

— Foi um suicídio ou... A outra coisa? — perguntou ela.

— A outra coisa. Mas você não ouviu isso de mim.

Uma música do Bon Jovi começou a tocar na casa quatro, seguida por uma onda de aplausos. Connie olhou na direção da música.

— No entanto, a vida continua — disse ela.

— Parece uma festa e tanto.

— É a festa anual de Bill e Vicky Davis. Tom e eu decidimos não ir este ano, porque ano passado foi horrível, mas se a escolha for entre isso e passar a noite sozinha... — Connie tomou um gole de seu Chandon. Sua expressão endureceu. — Então eu tenho uma suspeita de que você não veio aqui por razões sociais.

— Não. Assunto oficial da polícia, receio.

— Sobre Tracie Reed?

— Sobre Sean Fryman.

Connie recostou-se no fogão e ergueu as sobrancelhas.

— Tom estava certo?

— Sobre o quê?

— Sobre Sean ter algo a ver com o que aconteceu com Tracie.

— Sean está desaparecido — disse Sharon.

Connie congelou. Levou alguns segundos para conseguir se mover outra vez.

Sharon terminou sua bebida — um pouco de coragem líquida — e perguntou:

— A que horas Tom chegou ontem à noite, depois da reunião da Vigilância do Bairro?

CAPÍTULO 32

Owen colocou algumas moedas em uma das máquinas de doces do lado de fora dos vestiários.

— Snickers? — Ele perguntou.

— Sou alérgico a amendoim — respondeu Sean.

Owen selecionou um chocolate Mars Bar em vez disso. Ele escolheu isso e o refrigerante que ele comprou da máquina de bebidas, voltou para a piscina e as colocou na frente de Sean. O garoto deveria estar morrendo de fome, porque rasgou a embalagem e praticamente inalou o chocolate. Um segundo depois, veio o barulho do lacre da lata e o glub-glub do refrigerante sendo sorvido, seguido por um arroto.

— Onde está o Sr. Witter? — Ele perguntou.

— Não sei — respondeu Owen. — Tenho certeza de que ele estará aqui em breve.

— Você não acha que ele procurou a polícia?

— Pare de falar.

Owen sentou-se na cadeira dobrável e colocou o estojo do rifle em seus joelhos.

— Sinto muito por sua filha — lamentou Sean.

Owen olhou para ele.

251

— Não vou fingir que conhecia bem a Tracie, mas ela era uma boa pessoa. Tinha uma energia bacana, sabe.

— Pare de falar. — Owen repetiu. — Especialmente não sobre a minha filha.

— Ok. — Sean terminou a lata. — Desculpe.

Owen fechou os olhos e levou alguns segundos para abri-los:

— Eu sei o que quer dizer. Sobre a energia dela. Ela era assim desde criança. Era bom estar perto dela. Como sentar perto da fogueira para se manter aquecido.

Sean ficou em silêncio.

— Mas depois de um tempo eu não a entendia como eu costumava — continuou. — Pode ter sido a coisa toda do divórcio que a afastou, ou pode ter sido, não sei, a vida. Mas eu estava preocupado que ela pudesse estar deprimida. — Ele estendeu as mãos sobre o estojo da espingarda. — Dois dias atrás, fui chamado ao escritório do legista para identificar um corpo. Uma vítima de suicídio, aproximadamente da mesma idade que Tracie. Logo antes de entrar, logo antes de perceber que não era ela, senti uma estranha sensação de... inevitabilidade. Eu sabia que ela estava triste, e eu sabia que a tinha perdido.

— Não acho que ela estava deprimida — comentou Sean. — Eu acho que ela estava assustada. E com raiva. Não mais do que qualquer um de nós.

— Que motivos ela poderia ter para sentir tanta raiva?

— Você se lembra como era ter a nossa idade, Sr. Reed?

Owen não falou nada. Ele podia ver o que Sean estava fazendo: sendo legal, educado, tentando conquistar Owen pela simpatia.

— Você começa a perceber o que a vida realmente é — disse Sean. — E não é aquela vida que você via na TV e nos livros, a vida que a sociedade prometia. Não é depressão, exatamente. É mais como um comprador que se arrepende de pagar por algo que não vale a pena.

— Remorso do comprador... — sussurrou Owen. — É por isso que você se veste assim e ouve esse tipo de música?

— Essa é parte do motivo.

— Qual é a outra parte?

— Sempre houve um pouco de escuridão em mim. Meu pai tem um temperamento bem ruim. Acho que ele passou isso para mim. Ele costumava descontar a escuridão dele na minha mãe. Eu sempre me preocupei em acabar igual a ele. Então, eu decidi tomar posse do que eu era. Comecei a ouvir metal e a vestir roupas pretas. Tornou-se parte da minha identidade. Parou de me controlar. — Sean fez uma breve pausa. — Maconha ajuda também.

Apesar de tudo, Owen riu alto com isso.

— Eu não sou um cara mau, Sr. Reed — disse Sean. — Eu não venderia maconha se achasse que isso realmente machucaria alguém. Eu só queria vender o suficiente para uma passagem de avião daqui.

— Para onde?

— Londres. Achei que talvez encontrasse meu lugar lá. O mais louco é que economizei dinheiro suficiente para ir meses atrás.

— Por que você não foi?

— É idiotice.

— Pode contar mesmo assim.

— Eu estava com medo de deixar minha mãe sozinha. Não que ela não fosse ficar bem sem mim, ela é a mulher mais forte que eu conheço. Mas porque eu estava preocupado que eu não ficaria bem sem ela. — Ele se mexeu, e Owen ouviu a corrente da bicicleta raspar contra os degraus do trampolim da piscina. — Se eu voltar para casa, vou comprar minha passagem no dia seguinte. Eu iria embora, Sr. Reed, e ficaria fora. — Então ele hesitou: — Eu não contaria a ninguém sobre o que aconteceu aqui.

Owen não disse nada.

— Qual é o plano, Sr. Reed? — perguntou Sean. — Porque as opções seriam me matar ou me deixar ir, e eu sei que você não quer me matar. Você sabe que eu sou inocente. Você está pensando sobre me deixar ir embora. Posso ver em seu rosto.

— Não é nisso que estou pensando, Sean. — Owen se levantou. — Eu estava pensando na minha filha. Eu estava pensando em seu cheiro quando ela era um bebê. Eu estava pensando sobre seu primeiro dia de jardim de infância, sobre ela indo embora com sua mãozinha apertando a da professora. Eu estava pensando sobre Tracie no início da adolescência, sempre mal-humorada, mas não o suficiente para não dar um beijo de boa noite em seu velho pai.

Ele deu um passo em direção a Sean, depois outro.

— Você disse que eu tenho que matá-lo ou deixá-lo ir — falou ele. — Mas há uma terceira opção.

— Qual?

Owen arregaçou as mangas.

— Posso te obrigar a me dizer a verdade.

CAPÍTULO 33

Keiran estava descendo as escadas quando Tom chegou em casa:

— Ei, pai — disse ele. — Posso ir à casa do Ricky esta noite? Vamos assistir aos fogos de artifício.

Tom parou ao pé da escada e tentou esconder a urgência de sua voz.

— Onde está sua mãe?

— Ela foi à festa de Bill e Vicky.

— Sério?

— Ela mandou lhe dizer que ela estará em casa depois da meia-noite, e para não esperar acordado.

Tom girou em seus pés e foi até a porta da frente.

Ele precisava de sua esposa. Ele precisava que Connie lhe dissesse como lidar com tudo aquilo, dizer-lhe o que fazer. Quanto mais tempo Tom fizesse Owen esperar, maior seria a chance de violência, mas era hora de contar tudo à Connie. Ele estava vagamente ciente de onde a conversa levaria. A ideia de Connie descobrir tudo o machucou em algum lugar profundo e raramente visitado, mas havia algo reconfortante sobre aquele pensamento. Ele confessaria, explicaria tudo, imploraria por perdão, esperaria que sua casa ainda estivesse de pé quando tudo acabasse, e se acabasse, Connie o ajudaria a lidar com o fardo.

Tom estaria livre da culpa. Não era esse o lado bom do casamento?

255

Além disso, ela precisaria dele nos dias sombrios à frente.

— Pai!

Tom se virou.

— O quê?

— Posso ir até a casa do Ricky ou não?

— Claro. Só...

— Eu sei. Fique longe do Lugar Selvagem.

— Eu só ia dizer para ter cuidado. — Tom bagunçou o cabelo do filho. — Divirtam-se vendo os fogos.

Tom deu um abraço em Keiran.

— Vejo você no ano que vem — disse ele.

— Vejo você na próxima década. — Keiran falou com um sorriso.

E então ele se foi.

Quando Tom ficou sozinho novamente, ele se permitiu libertar todos os tiques e espasmos que estavam gritando com ele para sair. Seu queixo se torceu para a direita em um puxão repentino, o lado esquerdo de sua boca estremeceu, depois parou, e então estremeceu novamente. Suas sobrancelhas eram como lagartas se contorcendo após uma dose de ecstasy.

De volta à rua, uma brisa fresca soprava calmamente, um presságio do alívio do calor. A casa de Bill e Vicky estava iluminada como um parque de diversões. Eles deixaram suas luzes de Natal acesas: uma brega e cintilante explosão de vermelho e verde, como em Férias frustradas de Natal. Eles também montaram quase uma dúzia de pequenas tochas tiki em ambos os lados do caminho de pedras que levava à porta da frente. Alguns passos mais perto da casa, havia uma placa pintada à mão, de cores vivas, que dizia "BEM-VINDO AO ANO DE 1990!". Alguns passos além, havia uma estatueta de duende bizarra usando óculos escuros.

256

O tema deste ano parecia ser qualquer coisa que Bill tivesse gostado na loja de artigos para festas. Mas Tom teve que admitir: os anfitriões não faziam as coisas pela metade.

A porta da frente era mantida aberta por uma miniatura de árvore de Natal, então Tom entrou. A sala estava explodindo com a festividade. A música estava alta, e a conversa, animada. Tom reconheceu a maioria dos rostos. Cheree Gifford fazia um bom trabalho na brincadeira de limbo. Uma pista de dança improvisada ficava perto de uma longa mesa repleta de pratos de comida, aparentemente preparada por Betsy Keneally. Ingrid Peck (a "divorciada desesperada") estava engajada em uma conversa intensa com Gary Henskee ("apenas desesperado").

Todo mundo que Tom podia ver, sem exceção, estava muito bêbado. Era como se ele tivesse entrado em uma dimensão alternativa, onde as pessoas tinham problemas pequenos e normais que eram facilmente esquecidos durante uma noite de diversão e bebedeira.

Tom começou a ziguezaguear pela festa, examinando os rostos.

— Tom!

Ele se virou. Era Bill Davis. Ele estava vestindo uma camisa havaiana, abotoada até a metade e calças jeans azuis. Seu bom par de jeans, Tom imaginou. Todo homem de meia idade tinha um bom par. Ele estava carregando um copo de uma bebida azul, com vários pequenos guarda-chuvas nele.

— Oi, Bill. — Tom conseguiu dizer. — Sobre a noite passada...

— Desculpas aceitas. — Bill quase gritou por causa da música. Ele puxou Tom para um abraço de urso. Não foi totalmente desagradável. Bill o segurou por alguns segundos a mais, e então o soltou.

— De certa forma, eu deveria ser o único a pedir desculpas — gritou Bill. — Sendo honesto com você, companheiro, ontem à noite, após nossa pequena conversa, cheguei em casa um pouco irritado e expliquei a coisa toda para Vicky. E bem, isso levou a uma conversa bastante esclarecedora. Ela disse algumas coisas sobre mim que eu precisava ouvir.

Bill talvez precisasse ouvir, mas Tom não.

— Bill, estou procurando...

— Vicky me comparou a uma garrafa de Bourbon — continuou ele. — Maravilhoso com moderação, mas quando se bebe demais, pode dar dor de cabeça. E eu entendi. Entendi perfeitamente, sabe? — Seu hálito cheirava a álcool de limpeza. O que diabos havia naquele ponche azul? — De qualquer forma, estou realmente feliz que você veio, cara. Você é um dos meus melhores amigos e esta festa não teria sido a mesma sem você. Estou falando sério, você sabe. Um dos meus melhores amigos. Não só na rua, mas no mundo inteiro.

— Obrigado, Bill, mas como eu estava dizendo...

— E aquela garota que apareceu morta? Você acredita nisso? Bem ali no Lugar Sel... Selvagem. Praticamente nosso quintal. Você acha que se ela fosse deixada lá fora por mais tempo, o cheiro poderia ter chegado até a gente? Eu posso imaginar Lydia chateada na próxima reunião de vigilância do bairro. — Ele imitou uma voz aguda. — Quem deixou o cadáver apodrecendo no Lugar Selvagem, por favor, faça algo sobre isso? Sim, estou olhando para você, Gary Henskee. Uma rua sem mortos é uma rua feliz.

Vicky os viu do outro lado da festa e se aproximou. A esposa de Bill era uma mulher pequena, e usava um vestido verde-limão com ombreiras grandes e bufantes.

— Você está fazendo a piada da reunião de vigilância do bairro de novo? — Ela perguntou. — É hilária, querido, mas você realmente precisa de um texto novo. — Vicky olhou para Tom. — É tão trágico, não é? Ela só tinha dezessete anos. Pensamos em cancelar a festa por respeito à situação, mas depois pensei: talvez as pessoas precisem de uma festa dos Davis agora mais do que nunca. Como você está, Tom? Posso te trazer uma bebida? Já experimentou o ponche?

— Você viu Connie? — perguntou Tom.

— Acho que a vi lá fora.

Ele se afastou rapidamente.

A música não estava tão alta no quintal. Havia mais tochas tiki, dessa vez em tamanho real. Formavam um arco ao redor da festa e lançavam uma luz sinistra e trepidante sobre os rostos dos convidados.

Perto dali, Rob Chow enfiou a mão em uma pequena piscina inflável cheia de gelo e bebidas. Sua esposa, Lydia, estava conversando com Irene Borschmann. Ambas tinham um copo de plástico com ponche azul adornados com guarda-chuvas minúsculos.

— Com licença, vocês viram a Connie? — Ele perguntou.

— Ela estava por aqui em algum lugar — respondeu Irene. — Tem algum problema no seu olho, Tom?

— Você sabe para onde ela foi?

Irene balançou a cabeça. Lydia pegou Tom pelo braço e o puxou para perto.

— Você precisa ouvir isso, Tom — disse ela. — Irene foi a pessoa que levou a polícia ao corpo. — Ela olhou para Irene — Conta para ele.

— Você acabou de fazer isso — falou Irene. — E de qualquer forma, ele estava lá.

— Já sabemos qual foi a causa da morte? — Lydia perguntou. — Liguei para minha amiga Betty Garland, cujo filho trabalha na delegacia de Frankston, mas, aparentemente, eles estão todos quietos sobre isso. Betty acha que a garganta da pobre garota foi cortada. Quando perguntei por que achava isso, ela disse que faria desse jeito se quisesse matar alguém. Então me lembre de não passar tempo sozinha com Betty.

Ela fez uma pausa para beber e respirar.

— De qualquer forma, o método não é a parte mais intrigante, é o que o assassino fez com ela antes de enterrá-la.

Tom se encolheu. O "assassino" na frase de Lydia se referia a Sean. Marty não fora mencionado, mas um nó apertou seu estômago.

— Deus, a coisa toda é tão terrível — comentou Lydia. — Mas, bem, vou apenas dizer o que todos nós estamos pensando. Também é um pouco emocionante, não é?

— Você é a única que pensa isso — disse Irene.

— Ah, vamos, Borschmann. Você está me dizendo que não está amando toda a atenção extra? Você é como uma celebridade da Rua Keel agora. Ah, mas você sabe qual é a melhor parte?

— Pare — retrucou Tom.

As senhoras se voltaram para ele.

— Não há nenhuma melhor parte, Lydia — disse ele. — Uma garota está morta.

Lydia ficou boquiaberta e fez uma careta de choque. Irene sorriu.

Tom continuou sua busca por Connie, mas enquanto se movia pela festa, os rostos começaram a se confundir. A luz bruxuleante das tochas tiki lançavam sombras sinistras pelo quintal, como demônios dançando no inferno. Atrás deles, as árvores do Lugar Selvagem balançavam na brisa, centenas de formas negras em um campo escuro.

— Eles estão planejando queimá-lo à meia-noite. — Alguém disse.

Ele olhou para trás. Era Ellie Sipple, a única na festa sem uma bebida.

— O quê?

— A imagem — respondeu ela. — Bill vai incendiá-lo depois da contagem regressiva.

Ela apontou para o quintal. No meio do gramado, Bill e Vicky ergueram uma espécie de espantalho do tamanho de um homem. Estava vestindo algumas roupas velhas de Bill, uma camiseta vermelha desbotada e uma bermuda azul. Era feito de palha e jornal, e usava óculos de sol iguais aos que Tom tinha visto no duende da entrada. Foi escrito na camiseta com tinta spray branca: "1989".

— Estou procurando por Connie — disse ele a Ellie Sipple. — Você a viu?

Ela olhou ao redor para se certificar de que ninguém estava ouvindo, depois baixou a voz:

— Eu sei o que você fez, Tom. Você e Owen.

O buraco em seu estômago cresceu.

— Para que conste, eu entendo o motivo. Eu até entendo o impulso. Só que eu preciso viver em um mundo ordenado, mas agindo desse jeito, só resta o caos.

— Não sei do que você está falando, Ellie.

Ele se afastou da maioria dos presentes ao atravessar o círculo de tochas tiki. Ele parou diante do espantalho, que havia sido construído sobre uma estrutura de troncos e palha. Tom farejou o ar.

— É fluido de isqueiro. — Uma voz baixa veio da escuridão. — Bill provavelmente vai causar um incêndio hoje à noite. Amanhã, nesse horário, o Lugar Selvagem vai ser um monte de cinzas selvagens.

— Isso pode não ser uma coisa ruim — disse Tom. — Fogo deveria ser um tipo de limpeza, certo?

Connie caminhou em direção a ele. Ela parecia misteriosa e lindíssima sob a luz vacilante das tochas. Usava um vestido preto simples e segurava a obrigatória taça de ponche azul.

Tom apontou para o copo.

— Falando em fluido de isqueiro...

Connie sorriu de forma comedida.

— O que você está fazendo aqui? — Ele perguntou.

— Evitando a festa.

— O que você está fazendo na festa?

— Evitando a vida. — Ela bebeu.

O ponche deixou um tom azul em seus lábios.

— Lamento ter desaparecido hoje — disse ele.

— Você está desaparecido há algum tempo, Tom.

Ele olhou para cima. O espantalho pairava sobre eles. Além dele, um grande manto de estrelas.

— Cometi um erro, Connie — sussurrou ele. — Na verdade, foi uma série deles. Eu preciso de sua ajuda, querida. Preciso da sua ajuda para consertar tudo.

Seus músculos relaxaram. Um estranho silêncio caiu sobre sua mente inquieta. Ele tocou o próprio rosto e percebeu que estava chorando. Ele não conseguia se lembrar da última vez que isso tinha acontecido. Parecia que alguém havia aberto uma válvula de escape em sua cabeça. Ele colocou o rosto entre as mãos e deixou as lágrimas caírem. Sem dizer nenhuma palavra, na penumbra do quintal de Bill e Vicky, Connie o abraçou.

— Está tudo bem... — Ela sussurrou.

— Preciso te contar algo, Con. Vão ser coisas muito difíceis de ouvir.

Ela o beijou na testa e disse:

— Não.

— O quê?

— Você perdeu a sua chance, Tom. — Sua voz era calma e firme. — Ontem à noite, tudo que eu queria era a verdade. Uma limpeza de primavera emocional. Mas algo aconteceu hoje que me fez mudar de ideia.

A tensão de Tom voltou com força total. Cada músculo em seu corpo pareceu travar.

— O que aconteceu?

— Sharon veio me ver. Ela me fez algumas perguntas. Onde você estava ontem à noite, a que horas você chegou em casa, se saiu depois. Perguntei por que ela queria saber, e ela me disse que Sean Fryman havia desaparecido.

— O que você falou a ela? — perguntou Tom.

— Eu menti por você, Tom.

Tom tentou evitar que o alívio aparecesse em seu rosto.

— Fiz algo ruim, Con. Acho que Marty também.

Ela ficou tensa com a menção do nome de Marty.

— Consegue consertar isso? — Ela perguntou.

— Não sei.

— Isso não é bom o suficiente, Tom. Eu preciso que você seja um homem, e eu preciso que você conserte isso. — Ela deu um pequeno passo para trás. — É trabalho dos pais proteger a família. Você entendeu?

Tom digeriu suas palavras cuidadosamente.

— Sim — disse ele. — Eu entendi.

CAPÍTULO 34

Eram quase dez da noite. Apenas duas horas antes da chegada dos anos noventa. As lojas estavam abaixando as persianas — Tom não conseguia se lembrar de uma época em que elas ficaram abertas até tão tarde — e as pessoas corriam para suas respectivas festas, tentando chegar antes da contagem regressiva.

Ele estava curvado em uma cabine telefônica, segurando o receptor com as duas mãos. Mais cedo, na escola, ele anotou o ramal do telefone da cabine do salva-vidas. Ele discou o número e esperou. Tom dirigiu até o shopping de Camp Hill para fazer a ligação. Não tinha certeza se a polícia poderia rastrear a chamada, como faziam nos filmes, mas ele sabia que não deveria arriscar.

Ele já tinha se arriscado o suficiente até agora.

Os vidros da cabine telefônica estavam completamente cobertos de pichações. Com destaques para "Lisa é uma idiota", "Que banheiro engraçado — tanto faz, vou mijar mesmo assim", e o bom e velho clássico "Quer se divertir? Ligue para...". Alguém já ligou para esses números alguma vez? E quem estaria do outro lado?

Tom viu dezenas de jovens bebendo e rindo.

Havia algo irracional e estranho nisso tudo: pessoas vivendo suas vidas normalmente. Ele imaginou se sua vida seria assim outra vez, e concluiu que provavelmente não. Mesmo que seu plano para consertar

264

tudo funcionasse — e esse era um grande "se" —, ele havia mudado. Em um nível fundamental. Uma mudança permanente. Biológica, até. Tom havia perfurado a barreira invisível que cercava os subúrbios. Ele podia ver muito claramente agora, de fora para dentro.

O que ele viu? Que as pessoas, em sua maioria, especialmente aquelas que viviam em lugares como Camp Hill, jogavam sempre pelas regras. Mas Tom havia descoberto um grande segredo naquela semana: que nem sempre isso era necessário. Como poderia se conectar de volta a esse sistema? Ele imaginou um chimpanzé escapando do zoológico, saboreando a liberdade, então sendo arrastado de volta para a jaula.

— Tom, é você?

Owen parecia cansado. Sua voz demonstrava pânico.

— Aconteceu alguma coisa? — perguntou Tom.

— Você se foi há horas. Onde diabos você estava? O que você descobriu?

— Vou lhe contar pessoalmente — disse Tom. — Eu posso estar aí em vinte minutos. Por favor, não faça nada até eu chegar.

— Droga, Tom, o que está acontecendo?

— Vinte minutos e terei todas as provas de que você precisa — afirmou Tom. — Eu só tenho que fazer uma parada rápida antes.

Tom desligou e saiu da cabine. Ele olhou para a parada de ônibus além do estacionamento do shopping. O rosto de Tracie Reed olhou para ele de um dos cartazes de "desaparecida" que Tom havia colado dias antes.

Quando ele viu aquela foto pela primeira vez, pensou que o sorriso dela parecia brilhante e bonito. Agora, parecia forçado. Os olhos, uma vez calorosos e confiantes, ardiam com acusação. Ele olhou para aqueles olhos por um momento, deixando a culpa e a vergonha queimarem em seu peito. Entrou na cabine e pegou o telefone novamente.

*

Quando terminou, Tom saiu da cabine e voltou para o ar fresco. O estacionamento estava começando a esvaziar. Tom havia deixado a Sigma estacionado do lado de fora da banca de jornal, no canto mais distante do shopping.

Quando chegou lá, ele olhou uma vez para o carro estacionado ao lado do seu. Era um BMW preto brilhante com placas personalizadas: ST-VMCD.

— Cacoete!

Tom se virou. Era Steve McDougal. A sorte de Tom em esbarrar em seu valentão do Ensino Médio duas vezes em três dias, era quase inacreditável. Camp Hill era realmente um mundinho minúsculo.

Steve estava segurando um fardo de cervejas Melbourne Bitters. O homem ao seu lado estava segurando dois, como se fosse uma competição. O outro cara parecia vagamente familiar. Tom o vestiu mentalmente nas cores do Colégio Camp Hill, removeu alguns quilos e adicionou muito cabelo. Então ele percebeu: era Adam Bartlett. O segundo membro do trio dos Carniceiros Covardes. O terceiro era Benny Cotter, que, felizmente, provavelmente, ainda estava na prisão.

— É a segunda vez em três dias — disse Steve. — Você está me seguindo, Cacoete?

— Não, não. Oi de novo, Steve. Oi, Adam.

Adam olhou para Tom como se ele fosse um estranho. Então, ao perceber quem era, abriu um largo sorriso cheio de dentes:

— Witter Cacoete... Jesus. Não te vejo há anos.

Steve trocou o fardo de mãos e enfiou a chave no porta-malas. Ele o abriu, e os dois homens guardaram sua cerveja.

— Está indo para alguma festa? — perguntou Steve.

— Na verdade, não. Nenhuma.

Os Carniceiros trocaram um olhar de surpresa, então explodiram em risadas.

— Nada mudou. Popular como sempre — falou Steve.

Adam olhou para Steve e disse:

— Lembre-se daquela vez que o deixamos colado com fita adesiva no forno na sala de arte e desligamos as luzes? — Então olhou para Tom: — Ei, Cacoete, lembra daquela vez que nós grudamos você no forno...

— Sim — disse Tom. — Eu lembro. O segurança noturno me encontrou. Passei horas no escuro. Eu estava apavorado.

Outra explosão de riso.

— O Ensino Médio era uma grande piada — comentou Steve.

— Não para mim — rebateu Tom. Ele se surpreendeu dizendo isso. — O Ensino Médio não teve nada de engraçado. Foi um inferno. Eu chorava todos os dias. Eu sentia medo todos os dias. Vocês dois me perseguiam, me atormentavam. Foi traumático. As merdas que fizeram comigo (merdas que vocês pensavam ser engraçadas) me destruíram. Vocês dois deveriam se envergonhar.

Os homens trocaram um olhar perplexo sobre o teto do BMW.

— O que houve, Cacoete? Quer causar uma cena? — perguntou Adam.

— Sim. — A palavra saiu da boca de Tom antes que ele tivesse tempo de considerar as consequências. — Acho que quero sim.

A princípio, Steve e Adam pareciam confusos. Como se fossem ursos em um riacho, e o atum que eles pegaram tinha acabado de se defender com mordidas. Então Steve deu a volta no carro para se juntar a Adam. Seu peito estava inflado, cotovelos para trás. A clássica pose de macho alfa.

— Você está prestes a ganhar algumas cicatrizes novas, Cacoete — disse Steve.

Tom se segurou por um momento, e então deixou escapar uma gargalhada. Adam perguntou:

— Por que você está rindo? — Então olhou para Steve: — Por que ele está rindo?

Tom foi até o porta-malas do Sigma e o abriu. Enquanto Steve e Adam ficaram ali, boquiabertos, Tom levantou o assoalho que escondia o pneu estepe. Ele procurou por alguns segundos a chave de roda. Quando a encontrou, a segurou firme entre os dedos. Parecia frio, pesado e maravilhoso.

— O que estão esperando? — perguntou Tom.

Ele deu um passo à frente, o ferro balançando suavemente em sua mão. Os Carniceiros recuaram. Eram homens minúsculos, Tom agora podia notar. Fisicamente maiores, mas em comparação aos eventos dos últimos quatro dias, eles eram pequenos. Dois homenzinhos em um globo de neve. Tom nunca tinha notado antes, porque ele estava dentro do globo com eles.

— E aí, vamos fazer isso?

Uma pequena multidão se reuniu sob a marquise da loja de bebidas.

— Ele não vale a pena — disse Steve. — Vamos.

Os Carniceiros Covardes se amontoaram na BMW de Steve e partiram apressados, os pneus cantando. Tom os observou enquanto desapareciam na distância. Ele abaixou a chave de roda, voltou para trás do volante do Sigma e arrancou.

*

Tom andou por mais um quintal e bateu em mais uma porta. Ele se afastou e esperou no degrau. Sentiu o cheiro de maconha e fumaça de churrasco vindos do quintal vizinho. Dois bêbados começaram a discutir em uma das casas ao lado, mas logo os gritos evoluíram para risos.

Ele bateu novamente e ouviu movimento dentro da casa. Finalmente a porta se abriu. Som de trancas e correntes batendo contra a madeira. O cheiro de álcool de vários dias exalou. Nancy Reed parecia pior que nunca. Seus olhos eram agora dois poços negros. Seu rosto estava magro, as maçãs do rosto mais aparentes. Seus lábios estavam secos, e seus dentes estavam manchados pelo vinho tinto.

Ela olhou para Tom por um momento, tentando reconhecê-lo através de torpor bêbado. Então sua expressão endureceu. Ela estava vestindo um roupão felpudo curto com pouco ou nada por baixo.

Ela fez um nó na tira do roupão:

— O que você está fazendo aqui, Sr. Witter?

— Estou aqui para prestar minhas condolências.

— Bem, considere-as prestadas. Seja lá o que isso significa...

Ela fechou a porta, mas Tom a impediu com a ponta do sapato.

— Se importa se eu entrar por um segundo? — Ele perguntou.

— São quase onze horas da noite.

— Eu sei. Prometo que não vou demorar.

Ela olhou para o pé de Tom, e depois para a rua atrás dele. Então abriu a porta e o deixou entrar.

A casa estava mais desarrumada que da última vez que ele esteve ali. A pilha de correspondência fechada na mesinha havia transbordado para o chão. O tapete cheio de pegadas parecia ainda mais sujo, e a sala de estar parecia abandonada. A pilha de vidro quebrado, que tinha sido varrida e deixada para juntar poeira, permanecia no mesmo lugar. Tom podia imaginar isso acontecendo de verdade, o lugar ficando mais sujo e empoeirado e pesado, até não sobrar nenhum espaço para Nancy.

Ela desabou na poltrona. Uma nuvem de sujeira e migalhas voou quando ela sentou. Um álbum de fotos estava aberto na mesa de centro. Diferentes gerações de Tracies olhavam para eles: a recém-nascida, a criança, a aluna da escola primária. Ao lado do álbum, estava o santuário de Nancy para sua filha: a foto sorridente, as flores secas, a boneca de pano feia e o Walkman TCM-100B. Também estava ali o colar com o pentagrama.

Encarando os olhos de Tom, Nancy perguntou:

— Você acredita no diabo?

— Acredito que há pessoas que acreditam — disse ele. — E isso pode torná-las perigosas.

— Ah, vamos lá. Desça desta cerca.

Ele deu um sorriso triste e cansado.

— No que você acredita? — Ele perguntou.

— Isso é o que estou fazendo sentada aqui, tentando decidir. Se esse garoto sacrificou minha Tracie para Satanás, então é melhor a droga do diabo existir ou não? Se sim, então ela está lá embaixo com ele agora, gritando e se contorcendo em agonia. Se não, a morte dela realmente foi em vão.

Nancy estava enlouquecida pela dor e pelo vinho. Sobre a mesa, havia um copo cheio de vinho ao lado de uma garrafa vazia. Também havia outras garrafas vazias no organizador de revistas, viradas de cabeça para baixo, como se esperasse um garçom recolhê-las.

— Se o diabo é real, então Deus deve ser real também — disse Tom. — E se Deus é real, então eu tenho certeza de que Tracie está com ele agora. — Logo, porque isso não parecia suficiente, ele acrescentou: — Sua filha tinha todas as melhores qualidades para Deus: bondade, generosidade, amor...

— Fala do mesmo Deus que permitia a escravidão?

— Fica bem mais fácil acreditar em Deus se não ler a Bíblia.

Ele olhou para a cozinha. Era possível ouvir a música e as conversas altas das festas de diferentes casas na rua.

— Acho que sei por que você está aqui — comentou Nancy.

Tom duvidava que fosse verdade.

— Você quer saber o quanto eu sei — continuou ela. — E o quanto eu contei a ela.

— Contou para quem?

Nancy tomou um gole de vinho:

— Você quer um copo?

Tom balançou a cabeça e esperou.

— Uma hora atrás, a detetive que está investigando o caso da minha filha ligou...

— Sharon.

— Ah, isso mesmo, vocês estudaram juntos no colégio, não é?

— O que ela queria?

— Ela tinha muitas perguntas sobre Owen — disse Nancy. — E algumas sobre você.

Tom tentou manter a voz livre de pânico.

— Que tipo de perguntas?

— Ela me contou sobre o que aconteceu na reunião de vigilância do bairro. Ela queria saber onde Owen estava ontem à noite. Se esteve aqui. Ela também mencionou outro jovem desaparecido.

— O que você disse a ela?

Mais importante ainda: o quanto ela já sabia?

Nancy bebeu vinho e olhou para o álbum. Havia uma foto de um Owen muito mais jovem. Ele deveria ter seus vinte e poucos anos, com cabelo pela altura do queixo e uma barba desgrenhada. Ele parecia feliz. Genuinamente e profundamente feliz. Ele estava segurando uma menina recém-nascida em seus braços. Abaixo da foto, em letra cursiva, alguém havia escrito: O início de uma bela amizade.

— Owen amou aquela garota desde o momento em que a viu — falou Nancy. — Eu sei que isso pode parecer óbvio. Ela era sua filha. Mas a conexão deles era profunda. Era algo primitivo. Eu não posso explicar. Você é um professor, então pode ser melhor nisso do que eu, mas, para mim, o que eles tiveram está além das palavras. Às vezes, e não me orgulho disso, o relacionamento deles me deixava com ciúmes.

— Era assim com os meninos quando eram mais novos — disse Tom. — Ambos preferiam a mãe. É difícil não se sentir um pouco rejeitado.

— Não importa o quanto você tente ser, um dos pais sempre vai acabar sendo o "policial mau". E no caso, era eu, e estou supondo que você também.

Tom concordou.

— Achei que isso mudaria à medida que ela ficasse mais velha — prosseguiu Nancy. — Parecia que eu estava esperando minha vez. Ser o orgulho de uma garotinha é uma coisa, mas o que acontece quando ela precisa falar sobre peitos e menstruação e traz meninos para casa? — Ela bebeu. — Mas o vínculo deles só ficou mais forte. Eram inseparáveis.

Ela estendeu a mão sobre a mesa e fechou o álbum. A capa caiu com um baque pesado.

— Mas tudo mudou quando Owen e eu nos separamos. Ele insistiu que ela achasse que foi mútuo.

— Mas não foi?

Ela balançou a cabeça.

— Havia outra pessoa.

— Ele teve um caso?

— Não.

— Oh. — Tom ficou em silêncio, pensativo.

— Tracie sabia. Eu contei a ela sobre isso na noite em que desapareceu. Na noite em que ela... — Nancy emudeceu por um segundo. — Ela morreu me odiando, Sr. Witter, e ela tinha todo o direito.

— Por que você está me contando isso?

— Eu traí meu marido uma vez. Nunca vai acontecer de novo. Eu não disse nada à detetive. Sobre nenhum de vocês. Eu estava errado sobre você, Sr. Witter. Você queria o melhor para Tracie o tempo todo, e foi uma das poucas pessoas que fez algo a respeito. Você é um dos bons, Sr. Witter.

272

Debbie Fryman havia lhe dito a mesma coisa.

Ninguém realmente conhecia ninguém.

Tom pegou o colar.

— Eu pesquisei este símbolo — disse ele. — Você estava certa. É usado por satanistas, mas também tem outros significados. Dentro de algumas culturas, este é um símbolo de proteção. Talvez Tracie tenha deixado ele para você.

Ela ergueu os olhos tristes e fundos para encontrar os dele.

— Você acha mesmo que isso é verdade, Sr. Witter?

— Me chame de Tom — pediu ele. Ele olhou para o copo. — A oferta do vinho ainda é válida?

Ela assentiu.

— Tinto ou branco?

— Qualquer um deles seria ótimo.

*

Nancy Reed foi até a cozinha, serviu um segundo copo de vinho tinto e encheu o seu próprio. Ao voltar para a sala de estar, percebeu que Tom não estava ali.

CAPÍTULO 35

O sol havia se posto sobre Camp Hill. Os vidros congelados aos poucos se tornaram pretos. Owen não podia arriscar ligar as luzes do teto, mas um pouco da luz da lua entrava pelas janelas e refletia na superfície da piscina. Estava muito escuro para ver, mas havia luz suficiente para ver o sangue em seus punhos.

Sean estava amontoado ao pé do trampolim. Owen tinha lhe dado uma boa surra, mas o garoto não tinha lhe dado nenhuma informação nova. Apenas um monte de "por favor" e "deixe-me ir" e "eu não machuquei ela". Owen estava pronto para tentar de novo, mas Tom disse para ele esperar.

Então ele esperou.

Sean pôs as mãos no rosto e chorou. Seus soluços ecoaram até o teto.

— Por favor — sussurrou ele. — Apenas me fale o que você quer que eu diga. Eu nem me importo mais. — Seu choro ficou mais intenso. — Eu só quero ir para casa. Eu só quero voltar para minha mãe.

Owen tentou não pensar na mãe de Sean.

— Tudo o que eu quero é a verdade — disse ele.

— Não, você não quer. — Sean conseguiu se sentar. — O que o Sr. Witter falou quando ligou?

Bang!

Ambos pularam pelo barulho repentino das portas duplas no corredor.

— Ele está aqui —falou Owen. — Você mesmo pode perguntar a ele.

Owen esperou, nervoso. Ele não pôde deixar de pensar que Tom tinha seu destino em suas mãos, junto com o de Sean. Se ele tivesse provas de que Sean matou Tracie, o que aconteceria? E se Tom sugerisse que confessassem para a polícia e deixassem Sean ir?

Ele olhou para Sean no escuro.

A porta se abriu. Owen ouviu o clique de interruptores, seguido por dezenas de lâmpadas fluorescentes ligando. Ele piscou algumas vezes pela súbita explosão de luz.

— Apague as luzes — ordenou Owen. — Alguém pode enxergar lá da estrada. Que porra você está fazendo?

Então, quando as luzes pararam de piscar e se estabeleceram em um brilho amarelo intenso, Owen olhou para a porta e congelou. Não era Tom.

O medo o tomou por completo.

Uma mulher alta estava em pé na extremidade da piscina. Sua arma em mãos. Owen ergueu o rifle e apontou para ela. Os olhos da mulher passaram dele para o garoto trêmulo e assustado acorrentado ao degrau do trampolim.

— Polícia! — Ela gritou. — Abaixe a arma, agora!

— Ele a matou! — disse Owen.

— Por favor. — Sean se esforçou para falar. — Eu não matei a Tracie!

— Sr. Reed, largue a arma agora ou vou abrir fogo.

— Diga a ela. — Owen olhou para Sean. — Conte a ela o que você fez.

— Sr. Reed. — A detetive disse. — Owen... Há mais oficiais a caminho. Você não vai sair daqui a menos que você abaixe a arma.

— Conte a ela o que você fez — insistiu Owen. — Confessa! CONFESSA!

Owen desviou os olhos do detetive por um segundo e olhou para Sean. Ele estava de joelhos, braços jogados para trás, os olhos virados para o teto, soluçando. Ele olhou de volta para o policial. Ela também estava chorando.

Owen moveu o rifle, só um pouco. A mulher prendeu a respiração. Owen apertou a mão ao redor do cabo.

A detetive só teve tempo de dizer:

— Owen... Não! Por favor.

Owen atirou.

Ela também.

O disparo da detetive acertou o peito de Owen.

O tiro dele, o cérebro de Sean Fryman.

CAPÍTULO 36

Tom não podia correr o risco de entrar na escola, então estacionou na Avenida Butler e percorreu o resto do caminho a pé. Ele andou rapidamente em direção ao edifício principal, aderindo às partes mal iluminadas do caminho de pedras. Olhou para as salas de aula enquanto passava, as classes e cadeiras vazias, lousas que não foram apagadas completamente, desenhos de adolescente pendurados nas paredes.

O Colégio Cristão Camp Hill era muito diferente quando as luzes estavam apagadas. Parecia estranho, até errado: uma versão saída de um sonho ao invés da coisa real. Ele pensou quando frequentava o lugar não como professor, mas como aluno. Era um lugar horroroso na época, e era um lugar horroroso agora.

Quando Tom chegou ao corredor coberto que ligava o prédio principal até a academia e a piscina, ele seguiu caminho pela grama. Havia uma colina íngreme que levava a uma série de campos vazios, a maioria cobertos pela escuridão. Quando chegou ao topo da colina, caminhou ao longo do cume por alguns segundos, depois olhou para baixo.

Deste ângulo, ele podia ver diretamente através da série de janelas de vidro que mostravam o interior da sala da piscina. Já estava lotado de policiais. Haveria mais em breve: investigadores, peritos forenses, fotógrafos da cena do crime. Tom não iria ficar para ver tudo aquilo. Ele só precisava ver se tinha dado certo.

277

Ele viu o rosto de Sharon na multidão de policiais. E, então, ele viu os corpos.

*

A segunda ligação de Tom da cabine telefônica foi uma chamada anônima à polícia. Ele alegou ter ouvido um jovem gritando por socorro dentro da escola. Uma estratégia baseada em Owen cumprir sua ameaça de matar Sean, caso os policiais aparecessem. O instinto de Tom estava certo. Mas ele estava errado sobre outra coisa. Havia algo ainda mais perigoso que um homem que não tinha mais nada a perder. Um homem que tinha tudo a perder.

*

No caminho de volta para o carro, Tom enfiou a mão no bolso das jeans e pegou a fita cassete que ele havia roubado da casa de Nancy.

CAPÍTULO 37

Tom baixou a janela enquanto dirigia lentamente pela vizinhança. Ele podia ouvir os sons de celebração, aplausos e risos.

Ele parou em sua garagem, apertou o controle da garagem e esperou até a porta se erguer completamente. Uma luz estava acesa em seu quarto no andar de cima. Connie estava em casa.

Tom entrou na garagem, apertou o controle novamente e observou a porta se fechar atrás dele. Sentou-se no silêncio do carro por um tempo, ouvindo o som do motor se tornando mais fraco, deleitando-se com a calmaria.

Desligou o motor, mas manteve a chave na ignição. Ele olhou para a fita cassete de Tracie na luz do painel. Era uma fita de Joni Mitchell, "Light and Shadow". As fitas cassete compradas em lojas sempre vinham com as pequenas abas removidas para que não pudesse regravá-las, mas Tracie tinha colocado uma pequena tira de fita adesiva sobre a abertura.

Ele a colocou no toca-fitas e apertou o botão de rebobinar. Enquanto a fita emitia alguns zumbidos ao contrário, ele descansou a cabeça no volante e se preparou. Ele não queria ouvir, não queria reviver aquela memória. Mas ele precisava ter certeza. Havia ido longe demais.

O toca-fitas emitiu um clique. A fita estava pronta. Tom se preparou para ouvir a frase "Ei, Sr. Witter. Tem um segundo?'" — depois pressionou play.

Mas em vez disso, ele ouviu algo diferente. O som de um carro desacelerando. Então, uma voz que não era de Tracie:

— Precisa de uma carona?

Uma breve pausa.

— Está tudo bem, querida, eu não sou uma pessoa insana que dirige tarde da noite procurando garotas aleatórias para matar. Mas acho que, se eu fosse, eu não te contaria, não é?

Tom reconheceu a voz. Ele olhou para o toca-fitas.

Sua cabeça começou a girar. Se ele não estivesse sentado, ele poderia ter caído. Tom parou a fita. Apertou o play novamente, e ouviu a resposta de Tracie:

— Você é a esposa do Sr. Witter, não é?

CAPÍTULO 38

— Sim, querida. E, por favor, me chame de Connie. Qual o seu nome?

— Tracie.

— Ouvi você falando com Marty. Eu vou usar meus poderes de dedução aqui e supor que vocês tiveram uma briga. Na hora que desci até a sala, você tinha saído, e Marty se trancou no quarto. Não gosto da ideia de uma jovem caminhando pela casa sozinha no meio da noite. Então, venha, entre.

— Tem certeza? Não me importo de andar.

— Entre... Você mora em Camp Hill?

— Sim, mas não vou para casa. Você pode me deixar no hotel Motor Inn?

— Quantos anos você tem?

— Dezessete.

— Eles não vão te dar um quarto.

— Vou ficar com meu pai. Ele está meio que vivendo lá. Meus pais estão se divorciando.

— Oh. Desculpe.

Tom ouviu o silêncio que se seguiu. Ele ouviu o som do indicador do Vermelhinho quando eles dobraram a rua. Agora havia um pouco mais de ruído de fundo. Tráfego.

281

— Há quanto tempo você e meu filho estão namorando? — Connie perguntou.

— Não estamos.

— Devo reformular? Há quanto tempo vocês estão saindo? Ficando? Tendo uma relação estável? Estou chegando perto?

A risada de Tracie atingiu Tom com força. Era um som maravilhoso e trágico.

— Marty não é meu namorado, Sra. Witter. Digo, Connie. Ele é legal. Eu gosto dele. Mas principalmente porque ele me lembra outra pessoa.

— Se você não é namorada dele, sobre o que foi a discussão?

— Quanto você ouviu?

— Apenas a parte em que ele disse para você sair e nunca mais voltar.

— Não fui à sua casa esta noite por causa de Marty. Ele só atendeu a porta.

— Então quem estava procurando?

— Eu vim para te ver. Mas Marty me fez perceber que, quando você confessa alguma coisa, geralmente só alivia o peso da consciência do real culpado.

— O que você queria confessar, Tracie?

Desta vez o silêncio foi mais pesado. Parecia que Tracie estava chorando.

— Você é tão legal, Sra. Witter. Connie. Você é, tipo, muito legal e tão linda. Eu imaginava como você deveria ser. E toda vez que imaginei, você parecia uma pessoa horrível e hedionda. Eu tinha que te ver assim porque...

— Há um lenço de papel no porta-luvas, querida. Está tudo bem.

— Não. Não está. Acho que estou apaixonada pelo seu marido, Sra. Witter.

— Querida... É disso que se trata? Eu me apaixonei por um dos meus professores também. Sr. Leng.

— Isso é mais que uma paixão.

— Eu sei que você provavelmente não quer ouvir isso, mas o meu pareceu assim também. Eu me lembro como era na sua idade. O amor machuca às vezes. Mas é só...

— Nós fizemos sexo.

A princípio, Connie não respondeu. Tom ouviu apenas o som do motor roncando. Em seguida, o barulho do freio do carro.

— Tracy...

— O quê?

— Esta é uma acusação séria. As coisas que você está dizendo são o tipo de coisas que separam as famílias. Isso acaba com as carreiras. Eu preciso que você entenda isso. Então, se isso é algum tipo de brincadeira ou mentira, ou se você está se vingando dele por lhe dar uma nota baixa...

— Minha mãe foi infiel ao meu pai. É bizarro, né? Descobri isso esta noite, e isso me forçou a pensar sobre o que... O que eu tinha feito. Com um homem casado.

Silêncio.

— Eu costumava pensar que tinha sorte. Que o Sr. Witter — Tom — havia me escolhido. Que tivemos um momento especial. Mas agora vejo que é o contrário. Ele tirou algo de mim. Ele não fez amor comigo. Ele me fodeu.

— Tracie.

— Ele transou comigo.

— Por favor.

— Ele não pensou em você.

— Pare.

— Ele não pensou nos seus filhos.

— Não se atreva a falar sobre meus filhos... Quem mais sabe sobre isso?

— Ninguém sabe ainda.

Silêncio.

— Saia do carro, Tracie.

Tom ouviu a porta do carro se abrir e depois fechar. Ouviu o som dos passos de Tracie saindo da estrada e pisando sobre o cascalho. Alguns segundos se passaram — não mais que três — antes que Tom ouvisse o motor acelerar.

Então...

Tom ouviu a voz de Connie novamente. Mas não era a fita. A voz vinha de sua cabeça.

— É trabalho dos pais proteger a família. Você entendeu?

Um barulho terrível.

O som de um pequeno corpo batendo sobre um capô.

*

Tom ouviu tudo. A conversa. O choque, e então, Connie tentando lidar com o que tinha feito: o som do porta-malas do carro. Ruídos de um corpo sendo arrastado. Morcegos e gambás sibilando: os sons familiares do Lugar Selvagem à noite. Uma pá entrando em contato com a terra. Ele absorveu cada segundo. Então, quando a fita terminou, ouviu o ruído que se seguiu. Era pesado e tenebroso. E então silêncio.

Tom ejetou a fita e a virou em suas mãos.

Saindo do Sigma, ele caiu lentamente de joelhos. Colocou a fita de Tracie no chão de concreto e fez uma oração. Pediu a Deus para perdoá-lo, não apenas por tudo que ele tinha feito, mas pelo que ainda estava por fazer.

Quando se levantou, deixou a fita no chão onde estava. Ele levantou o pé e a pisoteou. Pedaços de plástico voaram e desapareceram sob o carro e as prateleiras de ferramentas. Ele afundou a sola do sapato contra a fita, primeiro, amassando-a, e em seguida, triturando.

Estava feito. Tudo foi corrigido. Mas ele continuou pisando mesmo assim.

Uma explosão abafada do lado de fora o fez pular. A princípio, ele pensou ser um tiro, então percebeu o horário. Ele abriu a porta da garagem e saiu. A luz dos fogos de artifício preenchia o céu, explodindo em vermelho e azul, bem acima da Rua Keel.

CAPÍTULO 39

SEGUNDA-FEIRA

1 DE JANEIRO, 1989

Keiran voltou para casa pela Rua Keel com um pacote debaixo do braço. Ele passou a noite na casa de Ricky e saiu de fininho antes que alguém acordasse. Queria estar em casa antes que seus pais notassem, porque, tecnicamente, ele não havia pedido permissão para dormir fora. Mas não queria se apressar. Era uma manhã quente e calma. Os raios de sol faziam todas as casas brilharem em um majestoso tom laranja. Ele queria levar seu tempo. Aproveitar. Era 1990, afinal. Era praticamente o futuro.

Além disso, ele realmente não se importava mais com o que seus pais pensavam. Havia algo de assustador naquele pensamento. Mas era libertador também.

Ao passar pela casa de Sean, ele olhou para cima. Debbie estava sentada na varanda, olhando para ele. Seu rosto estava pálido, com olheiras profundas. Parecia que ela não tinha dormido. Keiran acenou. Ela acenou de volta. Ele pensou em continuar andando em direção a sua casa, mas algo o deteve. Debbie parecia tão triste. Tão desesperada. Parecia errado deixá-la sozinha assim.

Ele caminhou até a varanda dos Fryman. Uma vez lá, ele parou desajeitadamente sobre o degrau mais alto e disse:

— Feliz Ano-Novo, Debbie.

— Feliz Ano-Novo, Keiran — respondeu.

Agora que estava mais perto, ele pôde notar que ela estava chorando.

— Sean já voltou para casa?

Ela negou com a cabeça.

— Você ouviu falar sobre a Tracie Reed? — perguntou Keiran.

— Sim.

— Eu estava na casa de um amigo quando descobri. Ainda não consigo acreditar. Parecia estranho ontem à noite, com os fogos de artifício e tudo mais. Não parecia certo comemorar. Sabe o que quero dizer?

— Eu entendo.

— Foi uma semana estranha — disse ele, quase que para si mesmo. — Alguns dias atrás, eu estava com tanto medo daquele tabuleiro Ouija... Medo de termos invocado algo maligno. Mas agora, depois da Tracie, eu não sei. Parece que há mal o suficiente no mundo real para se preocupar.

Ela sorriu para ele, mas não era um sorriso feliz. Era um sorriso tenso e desesperado.

— Engraçado, eu estava pensando sobre isso também.

Ele olhou para a Rua Keel. Parecia menor agora.

Pelos próximos anos, ele pensaria naquele exato momento. Marcaria o fim de algo e um novo começo. Ele subiu aqueles degraus ainda uma criança. Quando desceu, era... Bem, não exatamente um homem, mas quase.

Alguma coisa estava diferente.

— Sean vai voltar para casa. — Ele disse.

— Você parece ter bastante certeza disso. — Debbie murmurou.

Ele deu de ombros.

— Onde quer que ele esteja, ele deve saber que você está preocupado com ele. Ele é gente boa. — Ele fez uma pausa, então pensou alguns segundos. — Um homem bom.

Debbie sorriu. Então, ela olhou o pacote que ele segurava, da loja Frankston Record X-Change, e perguntou:

— O que você tem aí?

— Discos do Mötley Crüe — respondeu ele. — Peguei ontem na loja. Foi Sean que me apresentou a eles.

Uma caminhonete preta parou do lado de fora da casa dos Fryman. Sharon Guffey desceu do veículo. Keiran gostava dela. Ela tinha sido legal e engraçada durante o jantar em sua casa. Havia algo leve sobre ela. Mas, naquele momento, ela parecia um tanto mais sombria.

Debbie ficou de pé.

— Novidades?

Sharon olhou para Keiran, depois, para Debbie.

— Vamos conversar lá dentro — disse ela.

Keiran os observou entrar na casa. Ele esperou no degrau por algum tempo, tentando descobrir o que estava acontecendo. Não escutou o que falavam, mas quando Debbie começou a chorar, sabia que seu amigo estava morto.

CAPÍTULO 40

Tom acordou cedo. Ele não esperava dormir, mas segundos depois de cair na cama na noite anterior — ou melhor, no início da manhã —, ele havia escorregado em uma inconsciência densa e livre de sonhos. Então, levantou. Connie ainda estava dormindo ao seu lado, respirando suave e delicadamente. Tom a observou por um momento. Ela não acordou.

Ele desceu e fez café. Do tipo instantâneo. Ele nunca entenderia por que Connie preferia aquele tipo. As coisas que aceitamos por amor. Bebeu um copo de suco de laranja e observou a casa dos Fryman. A caminhonete de Sharon estava estacionada na frente. A rua estava quieta e silenciosa. A maioria dos vizinhos provavelmente estava dormindo ou curando suas ressacas. Julgando pelo cheiro do ponche azul de Bill, alguns deles talvez não acordassem nunca mais. Até a janela de Ellie Sipple estava desocupada.

Seu foco mudou para algo em seu gramado da frente. Ele se inclinou para mais perto do vidro para ver melhor. Era um tufo de algo vermelho. A grama abaixo dele estava levemente queimada.

Ao olhar com atenção, Tom viu mais deles. Mais dois em seu gramado, e outros espalhados pela rua.

Ele levou seu café até o quintal para dar uma olhada mais de perto. No meio de um círculo de cinzas, havia um pedaço de uma camiseta. Rabiscado nela, os dizeres "1989". Eram pedaços do espantalho de Bill, que estavam por toda parte. Lydia teria muito a dizer sobre isso na próxima reunião de vigilância do bairro.

— Witter.

Tom olhou para cima. Sharon tinha acabado de sair da casa dos Fryman e estava caminhando em direção a ele, a passos largos. Ela parecia, como Connie diria, mastigada e cuspida. Tom duvidava que ela tivesse dormido.

— Oi — disse ele. Ele apontou para a casa de Sean. — O que está acontecendo?

— Ontem à noite, alguém fez uma ligação anônima para a polícia, nos informando que Owen Reed estava mantendo Sean Fryman refém no Camp Hill Christian College. Quando chegamos ao local, Owen Reed atirou e matou Sean Fryman. — Sharon respirou fundo. — Owen também está morto.

Tom agiu como se fossem informações novas.

— Meu Deus — disse ele. — Jesus. Sharon, isso é horrível.

— Encontramos narcóticos na mochila de Tracie. Aparentemente, Sean vendia maconha para os jovens da vizinhança. Meus superiores acham que ela ameaçou estragar seu disfarce. Eles acham que isso é sobre o perigo das drogas e a vingança de um pai.

— Seus superiores acham isso? — perguntou Tom. — E o que você acha?

— Eu acho que é direto demais. A vida e a morte geralmente não são. — Ela virou o rosto.

— Eu vi o corpo de Tracie. Vários hematomas, marcas de trauma. Sem ferimentos defensivos. Quem a matou não hesitou nem um segundo. Talvez fosse Sean. Talvez não fosse. Ele está morto, então provavelmente nunca saberemos com certeza.

Tom olhou para a casa dos Fryman:

— Como está Debbie?

— Como você acha que ela está, Tom?

Ele deu alguns passos para trás.

— Sharon, se eu fiz algo para chatear ou ofender você...

— Quando eu fui até a escola, Owen estava esperando alguém. Um cúmplice. O que você acha disso, Tom?

Tom balançou a cabeça e franziu a testa.

— Talvez alguém que tivesse uma chave — sugeriu ela.

Ele se manteve firme. Tentou dar um meio sorriso.

— E as pessoas dizem que eu sou paranoico.

— Não venha com gaslighting, Tom — disse ela. Havia mágoa em seu rosto. E medo. E indignação. — Ontem você estava convencido que um satanista morava ao lado e agora você está agindo como se eu fosse louca. Você mentiu. Sua esposa mentiu. Eu não posso provar isso, e uma parte doente em mim é grata por isso. Mas nós paramos por aqui, você entende? Passamos vinte e cinco anos longe da vida um do outro. Vamos ver se conseguimos quebrar esse recorde.

Tom não sabia o que dizer, então não disse nada.

— Você sabe qual é a coisa mais fodida disso tudo, Tom? Eu realmente preciso de um amigo agora.

Ela deu a volta e começou a caminhar até o carro.

— Sharon...

Ela continuou andando.

— Está tudo acabado? — Tom perguntou.

Ela olhou para trás.

— Por enquanto.

Ela olhou para ele, então inclinou a cabeça em um ângulo curioso.

— Bem, olha só para isso.

— O quê?

— Você não teve nenhum tique nervoso.

*

Ao voltar para dentro de casa, encontrou Connie na sala.

Ela estava vestida com suas roupas de ginástica. Colocou a fita de Jane Fonda no videocassete e apertou play.

— Sério mesmo? — perguntou Tom.

Conforme instruído por Jane, Connie ficou de quatro e ergueu a perna direita várias vezes, e então mudou para a esquerda. Um movimento que quase lembrava um cachorro fazendo xixi em uma árvore.

— É a melhor maneira de se livrar de uma ressaca. Você deveria tentar.

— Não estou de ressaca.

— Você não quer caber no seu blazer marrom de novo?

— Não tanto assim.

Com os olhos ainda na TV, Connie disse:

— Eu vi você conversando com Sharon.

— Acabou, Con. — Tom disse a ela.

Ela fez uma pausa no meio do treino. Um peso saiu de seus ombros. Tom podia ver isso em sua postura e em seu rosto. Ela exalou. Então, voltou sua atenção para Jane Fonda.

Tom juntou-se a ela na frente da televisão, de quatro, e começou a malhar ao lado da esposa.

— Você tem talento natural. — Ela riu.

— Sério? Porque parece que estou a alguns minutos de um ataque do coração.

Ao que parecia, era isso. Tudo estava acabado. Mas poderia ser tão simples assim? Connie sabia sobre seu envolvimento com Tracie há semanas e não disse nada. Quanto tempo ela teria mantido isso em segredo? A resposta, ele agora via, era óbvia. Ela manteria seu segredo enquanto ele carregasse o dela. Ele colocaria em uma caixa e trancaria em algum lugar profundo. Connie já havia feito o mesmo. Marty faria também.

Uma música alta veio do andar de cima, do quarto de Keiran. Tom e Connie olharam para cima.

— A que horas ele chegou em casa ontem à noite?

— Depois do toque de recolher, com certeza.

— Vou falar com ele hoje. — Tom fez uma pausa para tomar um gole da xícara de Connie. — Credo, Connie, eu não sei como você bebe essa água suja.

— O que posso dizer? Eu sou uma pessoa de gostos simples.

— Que bonitinho.

— Eu pensei que fosse. Ah, antes que eu esqueça, convidei Marty para jantar no próximo domingo. Achei que poderíamos fazer disso uma tradição.

Tom estava começando a ficar ofegante com o exercício.

— O que ele disse?

— Ele disse sim.

Tom suspirou. Foi um pequeno alívio, mas mesmo assim um alívio.

— Jantares de domingo à noite — disse ele. — Estamos oficialmente velhos agora, não estamos?

— Eu estava preocupado que você não tivesse notado.

— Ele quer ser chamado de Martin agora, a propósito.

— Eu nunca vou me acostumar com isso.

Eles continuaram falando, malhando com Jane Fonda e evitando pensar em tudo o que havia acontecido. Tom sentia um misto de emoções.

Mas, acima de tudo, ele se sentiu surpreso. O medo, a culpa e a vergonha eram reais e profundos, mas já estavam começando a desaparecer. Da mesma forma que seu erro com Tracie havia desaparecido. Em seu lugar, ele sentiu outra coisa surgindo: liberdade.

EPÍLOGO

TERÇA-FEIRA
23 DE JANEIRO, 1990

Três semanas depois, a polícia devolveu a mochila de Tracie. Detetive Rambaldini a entregou pessoalmente. Ele estava de volta das férias. Tracie estava usando a bolsa quando foi morta e enterrada sob a terra do Lugar Selvagem. Os policiais deviam ter esgotado todas as pistas que poderiam retirar daquele objeto.

Se é que se deram ao trabalho de abrir essa droga, pensou Nancy.

Oficialmente, o assassinato de Tracie foi resolvido. Ela foi morta após comprar maconha de um menino da vizinhança. Mas aquela história não soava bem. Nancy tentou não pensar sobre o assunto. Ela tentou, em vez disso, se concentrar nas memórias. Era tudo o que ela realmente tinha. Então ela foi de sala em sala, revivendo momentos. Capturando. Tentando preservá-los.

Aqui estava Tracie, às quatro horas da manhã, na Páscoa, examinando a cenoura mordida deixada pelo coelhinho, com ceticismo no olhar. E ali, ela gritava que precisava de mais bolhas na banheira. Owen, no dia em que se mudaram, insistindo em carregar Nancy nos braços além do limiar da porta.

Lembranças estúpidas, engraçadas, bobas e felizes.

A casa começou a cheirar diferente. O cheiro de Tracie estava desaparecendo. O perfume de Owen — aquela mistura inusitada de couro e loção pós-barba — já tinha sumido. Mas as lembranças permaneceram. Elas seriam as últimas coisas a permanecer. As coisas que ela nunca abandonaria.

Droga, ela pensou. Ela estava chorando de novo.

Nancy olhou para a mesa de centro: a foto da filha, a boneca de pano que Tracie encontrou quando criança em uma loja de conveniência e se recusou a deixar para trás, o colar de pentagrama, seu Walkman. E agora, sua mochila.

Ela a abriu. Estava cheia de roupas, principalmente, algumas roupas íntimas e um punhado de camisetas. E uma fita cassete. Em uma tira de fita, Tracie havia escrito: "Sr. W". Havia pequenos corações desenhados em ambos os lados.

Nancy pegou o Walkman, removeu-o do plástico e o abriu. Estava vazio. Joni Mitchell não estava lá antes?

Ela colocou a fita, pôs os fones de ouvido — Rambaldini os trouxe de volta também —, depois o levou com ela para o quarto de Tracie. Através da grande janela sobre sua cama, o Lugar Selvagem jazia tranquilo sob o sol poente.

Ela recostou a cabeça no travesseiro de Tracie, inalou seu cheiro o máximo que pôde, e então apertou o play.

— *Ei, Sr. Witter. Tem um segundo?*

NOTA DO AUTOR

Quem leu meus outros livros sabe que eu gosto de colocar um bilhetinho no final para agradecê-lo, leitor. É como se fosse o extra de um DVD. Isso deve me fazer parecer muito velho, mas acho que vocês entendem.

Já que você está aqui, eu gostaria de falar sobre a inspiração por trás deste livro. Meu processo de escrita geralmente funciona assim: escolher um tropo criminal, adicionar algo estranho e interessante que chame a minha atenção, misturar e servir com gelo. The Nowhere Child era uma história de sequestro envolvendo a igreja pentecostal e os pastores que utilizam cobras em seus sermões. The Wife and the Widow era um mistério de assassinato envolvendo swingers (essa parte da história foi cortada porque não fazia sentido, mas quem sabe, sempre há um quarto livro). Lugar Selvagem é um mistério nos moldes de Janela Indiscreta. O ingrediente especial: "O Pânico Satânico" — uma onda de histeria e indignação moral que afetou o mundo nos anos 80 e 90.

Eu fiquei interessado pelo Pânico Satânico desde que ouvi falar sobre "Os Três de West Memphis", um grupo de adolescentes condenados erroneamente por assassinato no início dos anos 90, baseado na forma que se vestiam e na música que consumiam. Mas a ideia de pessoas aparentemente normais e educadas sentirem medo de cultos satânicos, com pouca ou nenhuma prova, bem, parecia algo muito bobo. Eu não os compreendia, e nem conseguia me colocar em seus sapatos. Então guardei a ideia.

Então, a pandemia de COVID-19 começou.

No início da primeira quarentena, eu fiquei incrédulo pela velocidade que as teorias de conspiração surgiam. COVID se espalhava por redes de 5G; Bill Gates estava instalando microchips de rastreamento nas vacinas; Hillary Clinton bebia sangue de crianças. As histórias eram novas, mas a histeria não. Eu estava vendo a evolução natural do Pânico Satânico.

De repente, tudo fez sentido. Eu entendi como as pessoas poderiam acreditar em coisas assim. É tudo uma questão de medo. Quanto mais assustadas / raivosas / indignadas as pessoas ficam, menor se torna seu interesse em provas concretas. As melhores teorias da conspiração usam fatos como linha motriz, e então um monte de bobagens são penduradas nela. Mas não é o tipo de bobagem comum. Não, essa bobagem atrai interesse, é chamativa. Geralmente te dá algo no que colocar a culpa. Eu imaginei o suburbano comum e comportado, segurando um forcado e procurando alguém para atacar. Foi assim que nasceu Lugar Selvagem.

Como sempre, se quiser conversar, mande uma mensagem para christian@christian-white.com. Uma das maiores alegrias de lançar um livro é poder ouvir o que vocês acharam. Eu me afastei um pouco das redes sociais (porque elas são o Demônio), o que significa que estou menos envolvido com a internet, mas eu leio cada e-mail que recebo. Então, mande quantos quiser!

Mantenha-se seguro, saudável e nos vemos na próxima vez!

AGRADECIMENTO

Esse é meu terceiro livro. Muito doido, não é? Quem diria que eu conseguiria terminar um desses, quanto mais três? Por sorte, havia muitas pessoas maravilhosas ao meu redor para ajudar.

Primeiramente, para todos da Affirm Press: obrigado, obrigado, obrigado. Martin Hughes e Mic Looby passaram incontáveis horas transformando esse livro no que ele é hoje. Keiran Rogers, Grace Breen e Laura McNicol Smith passaram ainda mais tempo fazendo com que as pessoas o lessem. Se algum de vocês precisar de um rim algum dia, estou aqui para isso.

Eu vou contar um pequeno segredo para vocês. Sobre a questão monetária desse processo todo, eu não tenho a menor ideia do que estou fazendo. Por sorte, tenho duas agentes incríveis ao meu lado. Jenn Naughton e Candice Thom, vocês seguem me fazendo sentir seguro e protegido. Eu não conseguiria fazer nada disso sem vocês.

Na parte de pesquisa, quero agradecer meu cunhado Jeremy Smith, que me ensinou mais do que eu deveria saber sobre feridas abertas. Originalmente, haveria uma cena em que Tom esfaqueia Sean, e então Sean, filho de uma paramédica, precisa lhe dar instruções de como tratar o ferimento, usando itens que você só encontraria em sua casa no ano de 1989. Jeremy criou uma lista de possibilidades, cada uma mais sinistra que a anterior. E então, como um filho da mãe, eu rescrevi a cena, tornando todo seu trabalho inútil. Desculpe, amigo! Eu te devo uma cerveja. Agradeço também David Mahony, que mergulhou fundo na pesquisa do

Pânico Satânico por mim, e com certeza acabou em alguma lista de suspeitos do governo.

Para meus queridos amigos e família, eu amo todos vocês. São muitos para listar aqui (sério, têm muitos de vocês por aí), mas preciso fazer algumas menções. Maia Smith e Roy Asquith: bem vindos ao mundo! Chris DeRoche, obrigado por me deixar viciado em rosquinhas da Rebel Donuts enquanto escrevia esse livro.

Para Issy: minha filha de quatro patas, minha melhor amiga. Parafraseando The Fauves, cães realmente são as melhores pessoas. Falando sobre filhas, minha família cresceu desde o último livro. Zee, obrigado por trazer tanto amor, diversão e o maravilhoso caos para nossas vidas. Não leia isso até completar quinze anos. Tudo bem, quatorze. Conversamos quando tiver doze.

Finalmente, um grande, massivo, gigante "obrigado" para Sum. Esposa, melhor amiga, colaboradora. Nesse momento ninguém vai ficar surpreso de saber que os melhores twists desse livro foram ideias suas, mas também é ótima com trocadilhos. Tipo, estranhamente talentosa. Depois de ler uma versão prévia da cena com os trocadilhos de bandas com cachorros, Sum voltou com as seguintes sugestões: The Flea Gees, The Rolling Bones, Fleetwood Mac, Sonny and Fur, Phil Collars, David Bone, Bone Jovi, AC/FleaC, Muttley Crew, Pet Shop Boys, Barking Heads, Simon and Barkfunkel (a lista continua).

Lembra-se da cena em "Quanto Mais Idiota Melhor" em que Wayne olha para Cassandra e começa a tocar a música "Dream Weaver"?

Assim é minha vida com você, Sum.

A ESPOSA E A VIÚVA

CAPÍTULO 01

Kate Keddie estava no banheiro do aeroporto, praticando seu sorriso no espelho. Ela odiava sua boca. Tinha dentes grandes demais para seu rosto, então sorrir geralmente a fazia parecer maníaca e perturbada. Ela tentou curvar levemente os cantos dos lábios. Ela pretendia parecer confiantemente recatada. Mas acabou parecida com a Shelley Duvall chapada de sais de banho.

— O que você está fazendo com o seu rosto? — perguntou Mia. A filha de Kate de dez anos de idade saltou de um dos cubículos do banheiro para lavar as mãos. Ela amarrou a corda de um balão em forma de coração em seu pulso, que balançava acima dela como uma boia. No balão, os dizeres: "Bem-vindo".

— Nada — disse Kate.

— Quanto tempo falta até o papai chegar?

— Dez minutos até ele pousar, então ele tem que pegar suas malas, passar pela alfândega... Somando tudo, umas dezesseis horas.

— Você está me matando, mãe! — Mia bateu os pés contra o piso de concreto polido, zumbindo com o tipo de alegria ansiosa que ela normalmente reservava para a manhã de Natal. Ela nunca havia passado tanto tempo longe do pai.

John passou as últimas duas semanas em Londres para um Colóquio de Pesquisa sobre Cuidados Paliativos. Kate passou a maior parte desse tempo marcando os dias do calendário com linhas fortes de saudade. Ela esperava que aquele velho clichê sobre a distância tornar o amor mais forte fosse verdade, mas uma parte sombria de sua mente temia que pudesse funcionar da outra maneira também. Ela tinha lido em algum lugar que levava apenas duas semanas para se abandonar um hábito, e o que era o casamento senão um hábito?

Kate pegou a mão da filha e a levou para o terminal. O saguão de desembarque no Aeroporto Internacional de Melbourne estava lotado de pessoas. Famílias reunidas debaixo de cartazes pintados à mão, virados para as grandes portas de vidro fosco. Atrás deles, motoristas de terno preto erguiam pequenos quadros brancos com nomes escritos. Havia uma energia coletiva na multidão que a fazia parecer uma grande entidade em vez de centenas de pequenos seres, todos se movendo em intensa harmonia, como as pernas de uma lagarta.

A qualquer momento, John sairia pelas portas arrastando sua pequena mala azul atrás dele, os olhos afundados e cansados do longo voo. Ele os veria e seus olhos brilhariam. Ele não estaria esperando por elas. Ele havia insistido em pegar um táxi de volta para casa, e Kate insistiu que estava tudo bem, sabendo perfeitamente que ela e Mia iriam dirigir até o aeroporto para surpreendê-lo.

Ela estava ansiosa para ver o marido, mas mais ainda para entregar a ele as rédeas da família. Ela era uma boa mãe, pensou, mas nervosa demais. Ela nunca havia assumido o papel tão facilmente quanto as outras mulheres pareciam conseguir – suas colegas do grupo de mães, ou as de aparência ocupada na saída da escola. Kate se sentia muito mais confortável com o apoio de John.

— Você acha que papai se lembrou das minhas notas de libras? — Mia perguntou, olhando para a marquise de uma casa de câmbio. Ultimamente, ela parecia obcecada em colecionar dinheiro de outras partes do mundo.

— Você o lembrou pelo menos duas mil vezes — disse Kate. — Duvido que ele tenha coragem de voltar sem.

— Quanto tempo falta agora? — ela gemeu.

— Cinco minutos. Observe a tela. Viu?

O vôo QF31 da Companhia Qantas, vindo de Heathrow (com escala em Cingapura) pousou pontualmente e sem incidentes. Um silêncio pairou sobre a multidão ansiosa, que logo deu lugar a gritos, lágrimas e risos quando os primeiros passageiros saíram. Algumas pessoas saltaram nos braços de seus entes queridos, enquanto outros seguiram caminho através da multidão até seus respectivos motoristas ou táxis.

Uma mulher bonita com um rabo de cavalo loiro desmoronou nos braços do homem que a esperava. Então, esquecendo temporariamente onde ela estava e quem estava assistindo, ela o beijou apaixonadamente nos lábios. Perto dali, um casal asiático idoso acenou freneticamente quando um homem empurrou um carrinho de bebê na direção deles, dois meninos gêmeos cochilando dentro. Kate os observou, esperando sua vez.

Ela estava um pouco surpresa que John não estava entre os primeiros passageiros. Ele sempre voou na classe executiva, o que dava acesso às vias expressas e atendimento prioritário.

Mia ficou na ponta dos pés para examinar a multidão.

— Você está enxergando ele? — Mia perguntou.

— Ainda não, querida — respondeu Kate.

Eles observaram atentamente as grandes portas de vidro. Elas se abriram novamente. Desta vez, um grupo menor de passageiros atravessou.

— Eu o vi, ali! — Mia gritou, puxando seu balão para baixo e virando sua mensagem em direção à porta. Então seus ombros afundaram.— Não. Espere. Não é ele.

A segunda onda de passageiros se dispersou. Ainda nenhum sinal de John. As portas de vidro se fecharam, se abriram. Um senhor idoso saiu mancando, segurando uma bengala na mão esquerda e uma mala Samsonite empoeirado à sua direita. O corredor atrás dele estava vazio.

Kate verificou a placa de voo, verificou novamente se elas estavam no lugar certo na hora certa, Depois de checar três vezes. Surpresa deu lugar à preocupação.

— Mãe? — Disse Mia.

— Continue procurando, meu amor. Ele provavelmente está pegando sua mala, ou ele está sendo incomodado por um funcionário da alfândega exigente.

Elas esperaram. Eventualmente, tentando manter o pânico fora de seu rosto, Kate pegou seu telefone e discou o número de John. A ligação foi para o caixa postal. Ela tentou novamente. Novamente, o mesmo resultado. Ele provavelmente tinha esquecido o celular no modo avião, ela disse a si mesma. Ou isso ou ele havia deixado seu carregador conectado à parede de sua suíte de hotel e chegou à Austrália com a bateria descarregada.

Ela começou a roer as unhas.

As portas de vidro se abriram. Kate respirou fundo.

Três retardatários surgiram: um casal de meia-idade, que parecia estar no meio de uma discussão, e um jovem mochileiro com a pele suja e um emaranhado de dreadlocks caído sobre os ombros. Ninguém estava esperando por eles. As portas se fecharam. E então, a tripulação do voo saiu, conversando casualmente, felizes por terem chegado ao fim de seus turnos.

Onde você está, John?, Kate pensou.

Se ele tivesse perdido o voo, teria ligado ou mandado uma mensagem ou enviado um e-mail, não? Talvez ele não soubesse que ela estaria no aeroporto, mas sabia que estaria esperando por ele.

Ela tentou ligar novamente. Nada. Ela olhou ao redor, para o terminal. A maior parte da multidão tinha ido embora, além de alguns passageiros nos quiosques de aluguel de carros e um homem de macacão cinza limpando o carpete perto das portas.

— Onde ele está, mãe? — Perguntou Mia.

— Não tenho certeza, querida. Mas ele estará aqui. Está tudo bem.

Com os olhos fixos nas portas de vidro, Kate estendeu a mão e encontrou a mão de Mia. Ela a segurou com força e continuaram esperando. Cinco minutos se passaram, depois mais quinze.

A última vez que conversaram foi pelo Skype, na manhã que o voo de John deveria sair de Londres. Kate e Mia dividiam uma poltrona na sala, debruçadas sobre a tela do MacBook. Há dezessete mil quilômetros de distância, John estava sentado na cama de seu quarto de hotel. Era uma suíte típica, com papel de parede verde suave com um frigobar à sua esquerda e um menu do serviço de quarto à sua direita. Seu passaporte, carteira e telefone estavam empilhados cuidadosamente em sua mala perto da porta.

— Está tudo pronto para o voo? — Perguntou Kate.

— Eu tenho as três coisas que todos os viajantes experientes deveriam carregar — disse ele. — Tampões de ouvido, Valium e um livro do Haruki Murakami.

— Valium é um remédio? — Perguntou Mia.

— Sim, querida — disse ele. — Do melhor tipo.

Ele riu, mas sua conexão era fraca e demorada. A tela congelou, fazendo a risada soar como algo saído de um sonho febril.

John era três anos mais velho que Kate, mas parecia cinco anos mais jovem. Ele tinha uma cabeleira jovial, traços simétricos. Ele era naturalmente elegante e atlético. Na tela, seu rosto parecia um pouco mais corado do que o normal. Era verão em Londres, afinal.

Mia deslizou para frente para que seu rosto ficasse a centímetros da tela.

— Quando você embarcar escolha um lugar atrás da asa — disse ela. — Esse é o lugar mais seguro para sentar no caso de um acidente.

— A classe executiva fica bem na frente — disse ele.

— Ah. Na maioria dos acidentes, as onze primeiras fileiras são pulverizadas.

— Mia, seu pai não precisa ouvir que vai ser pulverizado. — Disse Kate. — E como você sabe o que significa pulverizado?

Mia deu de ombros.

— Internet.

— Ela descobriu como desligar o bloqueio parental outra vez — disse Kate. — Nossa filha, a pequena hacker.

John se apoiou nos cotovelos e olhou para a esquerda, para além da tela de seu laptop. Kate foi atingida por uma estranha e completamente infundada impressão de que ele não estava sozinho. Ela pensou que fosse apenas paranoia.

— Deixe o bloqueio desligado — disse John, depois de um momento. O tom de voz dele se tornou calmo. Kate não sabia dizer se ele estava brincando ou não. — A vida não tem um filtro, então por que a internet deveria ter?

— Maravilha — disse Kate. — Bem, esta noite eu posso mostrar a ela "O Exorcista" e amanhã veremos todos os filmes do Rambo.

Ele não riu.

— Tentamos proteger as pessoas que amamos de certas verdades — ele disse. — Mas não tenho certeza de que isso seja sempre certo ou justo. Se nós não falarmos sobre os monstros deste mundo, não estaremos prontos quando eles saltarem de debaixo da cama.

Kate queria muito atravessar a tela e tocar seu rosto. Que tipo de monstros?

— Você está bem, John? — Ela perguntou.

— Acho que sim — disse ele. — Acho que estou pronto para voltar para casa.

*

— Kate?

— Sim — disse ela. — Kate Keddie.

— Ah, Kate! Esposa de John. Oh, caramba, já faz um tempo, como estão vocês?

Chatveer Sandhu era o assistente administrativo do Centro Médico Divina Trindade de Cuidados Paliativos, onde John trabalhava.

— Desculpe incomodá-lo — disse Kate. — Mas eu estou tendo um pouco de dificuldade para entrar em contato com John, e pensei que você seria a melhor pessoa para perguntar. Creio que seu vôo de Londres foi alterado ou sua agenda mudou e alguém se esqueceu de entrar em contato comigo?

Houve uma pausa longa, e Kate teve que lutar muito contra o desejo de preenchê-lo. Ela olhou para Mia, que estava sentada em uma cadeira de plástico ao lado do balcão de informações. Seus olhos estavam desesperados. Lágrimas brotavam aos poucos.

— Você ainda está aí, Chat? — Perguntou Kate.

— Sim — disse ele. — Desculpe. Eu só... não tenho certeza do que você está perguntando.

— Estou no aeroporto e meu marido não.

Parecia bastante simples para ela, mas depois de outro breve momento de silêncio, Chatveer disse:

— Vou transferir você para Holly. Fique na linha, por favor...

— Transferir? Não, Chat, eu só preciso...

Tarde demais. Ela já estava em espera. Enquanto isso, ela continuou roendo as unhas. Ao roer demais, estremeceu com a dor.

Música clássica tocou na linha: Henryk Górecki, Sinfonia nº 3. Uma das favoritas de John. Uma obra-prima negligenciada, ele dizia. Antes de se casarem, Kate deixava a música clássica para os intelectuais pretensiosos. Ela se sentia muito mais confortável na companhia de Mariah Carey do que de Claude Debussy. Mas depois que John passou boa parte de seu primeiro encontro discutindo "Wolfgang Amadeus" isso e "Ludwig van" aquilo, ela saiu no dia seguinte e comprou uma coleção de CDs de luxo com o melhor dos clássicos e forçou-se a ouvi-los. Ela gostava agora. Pelo menos, ela pensava que sim.

— O que posso fazer por você, Kate? — Holly Cutter perguntou de repente em seu ouvido, seu tom já impaciente.

Holly Cutter era irritantemente bem sucedida. Além de Diretora do Centro Médico Divina Trindade, ela era também uma enfermeira qualificada, conselheira espiritual, pesquisadora clínica, professora honorário da Universidade de Melbourne e membro do conselho da Associação Internacional de Cuidados Paliativos. Uma pretensiosa típica.

— Oi, Holly — disse Kate. — Não sei por que o Chatveer me transferiu, mas estou no aeroporto com Mia, e o voo de John pousou, mas ele não está nele. É possível que ele ainda esteja na conferência? Ou talvez sua viagem tenha sido adiada ou...

— Não sei nada sobre isso, Kate — disse Holly.

Kate sentiu vontade de jogar o telefone para o outro lado do terminal.

— Nesse caso, você se importaria de me transferir de volta para Chatveer?

— Chatveer também não sabe nada sobre isso.

Kate se sentiu tola, louca e pegajosa. As lágrimas escorriam pelo rosto de Mia.

— Não tenho certeza do que está acontecendo aqui — disse ela. — Mas eu acho que houve algum tipo de falha de comunicação. John esteve em Londres nas últimas duas semanas, para o colóquio de pesquisa. Ele deveria voltar para casa hoje e...

— Escute — disse Holly. — Eu não sei o que você sabe ou não, e eu certamente tenho o suficiente para me preocupar sem ficar me metendo nos seus assuntos, mas se John participou do colóquio de pesquisa este ano, nós não saberíamos.

— Não entendo — disse Kate. — Por que não?

— Porque John não trabalha aqui há três meses.

CONHEÇA NOSSO SITE:
WWW.SKULLEDITORA.COM.BR

 @SKULLEDITORA